Le Livre de Poche Jeunesse

NUITS D'ENFER AU PARADIS

Stephenie Meyer
Met Cabot – Lauren Myracle
Kim Harrison – Michele Jaffe

Nuits d'Enfer au Paradis

Traduit de l'anglais (États-Unis)
par Maud Desurvire

L'édition originale de cet ouvrage a paru en langue anglaise
chez HarperCollinsPublishers
sous le titre :
Prom Nights from Hell

L'Enfer sur Terre

Stephenie Meyer

Les yeux rivés sur la piste de danse, Gabi fronça les sourcils. Pour quelle raison il avait invité Céleste au bal de fin d'année, ça, il ne se l'expliquait toujours pas… et encore moins pourquoi elle avait accepté. Surtout maintenant qu'elle était pendue au cou de Heath McKenzie – elle le serrait tellement fort qu'il devait avoir du mal à respirer. Leurs deux corps, ignorant le rythme du morceau qui grondait sourdement à travers la salle, oscillaient à contretemps et s'écrasaient régulièrement l'un contre l'autre. Les mains de Heath, elles, se baladaient familièrement sur la robe blanche scintillante de Céleste.

— C'est vraiment pas de pot, Gabi !

Ce dernier détourna les yeux du spectacle qu'offrait sa cavalière et se tourna vers l'ami qui venait à sa rencontre.

— Salut, Bry'. Alors, tu t'amuses bien ?

— Ça, pour m'amuser… En tout cas plus que toi, apparemment !

Affichant un large sourire, Bryan brandit une coupe emplie d'un punch verdâtre, comme pour porter un toast. Lâchant un soupir, Gabi fit trinquer sa bouteille d'eau contre la coupe.

— Je ne savais pas que Céleste en pinçait pour Heath ? C'est son ex ou… ?

Bryan avala une gorgée de sa sinistre boisson, fit une drôle de moue puis secoua la tête, écœuré.

— Non, pas que je sache. Je ne les avais même jamais vus parler ensemble avant cette soirée.

Les deux garçons contemplèrent la jeune fille, qui, manifestement, avait perdu quelque chose d'indispensable au fond de la bouche de Heath.

— Beurk ! s'exclama Gabi.

— À mon avis, c'est juste à cause du punch, reprit Bryan pour tenter de réconforter son copain. Je ne sais pas à combien ils s'y sont pris pour doser l'alcool, mais ça décoiffe ! Si ça se trouve, elle croit que c'est toi sur la piste !

Bryan engloutit une autre gorgée et grimaça une fois de plus.

— Pourquoi tu bois ce truc ?

— Aucune idée, bredouilla Bryan en haussant les épaules. J'aurai peut-être l'impression que la musique est un peu moins nulle une fois que je me serai forcé à avaler ça !

Gabi acquiesça d'un signe de tête.

— Ça, tu l'as dit ! Mes oreilles ne me le pardonneront jamais ! J'aurais vraiment dû apporter mon iPod.

— Je me demande où est passée Clara. À croire qu'il existe une sorte de règlement tacite entre filles, qui exige qu'à chaque soirée elles passent un certain pourcentage de temps ensemble dans les toilettes !

— Et gare aux pénalités pour celles qui n'atteignent pas leur quota !

Dans un premier temps, Bryan s'esclaffa, puis son sourire s'évanouit et il se mit à trifouiller son nœud papillon, gêné.

— Tu sais, à propos de Clara…

— Tu n'as pas besoin de te justifier, Bryan, le rassura Gabi. C'est une fille épatante et vous êtes faits l'un pour l'autre. Il aurait vraiment fallu que je sois aveugle pour ne pas le voir !

— Tu es sûr que ça ne t'ennuie pas… ? insista Bryan.

— Non, puisque c'est moi qui t'ai dit de l'inviter au bal !

— C'est vrai ! Le chevalier Galaad a encore frappé ! Cela dit, plus sérieusement, tu penses un peu à toi de temps en temps… ?

— Bien sûr : une fois par heure, toutes les heures ! D'ailleurs, en parlant de Clara… elle a intérêt à bien s'amuser ce soir, sinon je te pète le nez !

Gabi adressa un sourire entendu à son ami.

— Elle et moi, on est encore très proches, ajouta-t-il, alors dis-toi bien que je vérifierai si elle a passé une bonne soirée.

Bryan roula des yeux, amusé, même si en réalité il avait du mal à digérer ce qu'il venait d'entendre. Si Gabi Christensen avait envie de lui casser la figure, il ne se gênerait effectivement pas pour le faire. Car, tant qu'il s'agissait de réparer ce qu'il considérait comme une injustice, il se fichait pas mal de s'abîmer les poings ou de ternir sa réputation.

— Ne t'en fais pas, je prendrai soin de Clara, affirma Bryan, en espérant que ces mots n'aient pas pour autant l'air d'un serment.

Avec ses yeux bleus perçants, Gabi avait le don de provoquer ce genre de réaction chez les autres : quelle que soit la tâche à accomplir, il fallait faire de son mieux. Et parfois, c'était franchement énervant.

Grimaçant, Bryan renversa le reste de son punch dans la mousse desséchée qui tapissait un ficus en plastique et ajouta :

— Encore faudrait-il qu'elle sorte des toilettes…

Gabi acquiesça en souriant, puis son sourire s'estompa peu à peu : Céleste et Heath avaient disparu dans la foule.

Perplexe, le garçon s'interrogea sur les règles en usage quand on se fait plaquer à un bal de fin d'année. Devait-il rester pour s'assurer que Céleste serait raccompagnée chez elle en toute sécurité ou bien était-ce désormais à Heath de s'en charger ?

Une fois de plus, il se demanda pourquoi il lui avait demandé d'être sa cavalière.

C'était une jolie fille, certes – une sacrée beauté même ! De magnifiques cheveux blonds, presque bouffants tellement ils étaient épais, de grands yeux noisette et des lèvres charnues toujours rehaussées d'un joli rouge à lèvres rose. D'ailleurs, il n'y avait pas que ses lèvres qui étaient charnues, c'est pourquoi la fine robe moulante qu'elle portait ce soir était loin de laisser Gabi indifférent.

Mais ce n'était pas pour sa beauté qu'il l'avait remarquée. Non, la raison était tout autre.

Une raison vraiment idiote et gênante, dont Gabi ne parlerait jamais à personne. Seulement voilà : de temps à autre, il avait l'étrange impression que quelqu'un avait besoin d'aide. Qui plus est, de *son* aide. Cette attraction inexplicable, il l'avait ressentie vis-à-vis de Céleste, comme si, sous son maquillage impeccable, cette blonde plantureuse dissimulait une damoiselle en détresse.

Bref, c'était vraiment idiot. Et de toute évidence complètement faux puisque, pour l'heure, Céleste ne semblait pas du tout intéressée par l'aide de Gabi.

De nouveau, ce dernier balaya la piste de danse du regard, sans toutefois parvenir à distinguer la crinière dorée de la jeune fille au milieu de la foule. Il soupira, contrarié.

— Coucou, Bryan ! Je t'ai manqué ?

Clara, dont les cheveux noirs bouclés brillaient de mille feux, se libéra d'un bond d'une horde de filles et rejoignit les garçons en s'appuyant contre le mur. Le reste de la troupe se dispersa.

— Alors, Gabi, où est passée Céleste ?

Bryan enlaça les épaules de sa cavalière.

— Je te croyais partie, toi ! Maintenant que t'es revenue, je vais devoir renoncer aux avances de…

Clara donna un coup de coude dans l'estomac de son partenaire.

— … de Mlle Finkle ! continua Bryan, le souffle coupé, en indiquant la principale adjointe du lycée d'un signe de tête.

La femme en question mitraillait les élèves du regard depuis un coin de la salle, en restant à bonne distance des enceintes.

— On avait prévu de passer la nuit ensemble à faire le tri des pires bulletins de l'année !

— Oh mais je t'en prie, vas-y ! Je ne voudrais surtout pas que tu rates une telle occasion ! Pour ma part, je crois que j'ai aperçu l'entraîneur Lauder près du buffet de pâtisseries. Je peux peut-être lui proposer de faire quelques tractions supplémentaires pour gratter des points ?…

— Cela dit, on peut aussi aller danser ? suggéra gentiment Bryan pour calmer le jeu.

— Pas de problème, je me contenterai d'une danse !

Enjoués, les deux tourtereaux s'empressèrent de gagner la piste, et Bryan mit ses mains autour de la taille de sa cavalière.

Gabi fut soulagé que Clara n'ait pas insisté au sujet de Céleste. Il aurait été bien embêté, vu qu'il n'avait aucune réponse à lui donner.

— Alors, Gabi, on a perdu Céleste ?!

C'était reparti ! Gabi grimaça en se tournant vers la voix de Logan.

Apparemment, son copain était lui aussi en solo pour l'instant. Peut-être que c'était au tour de sa cavalière de faire preuve de solidarité féminine dans les toilettes ?

— Je ne sais pas où elle est, admit Gabi. Tu ne l'aurais pas vue par hasard ?

Logan pinça les lèvres quelques secondes, comme s'il hésitait à parler, puis passa nerveusement la main dans ses cheveux noirs et frisés.

— Je crois que si, mais… je ne suis pas sûr ! Elle porte une robe blanche, non ?

— C'est ça. Où est-elle ?

— Il me semble l'avoir vue dans le hall d'entrée, mais je ne peux rien te certifier. En fait, c'était un peu difficile de voir son visage… étant donné que celui de David Alvarado était greffé dessus…

— *David ?* répéta Gabi, surpris. Tu es sûr que ce n'était pas Heath McKenzie ?

— Heath ? Nan, pas du tout ! C'était David, ça, j'en suis certain.

Heath jouait au poste de défenseur dans l'équipe de foot ; c'était un blond à la peau très claire. David, lui, parvenait à peine à dégager le ballon à plus d'un mètre cinquante, et il avait les cheveux bruns avec une peau légèrement olive. Impossible de les confondre.

Logan secoua la tête avec tristesse.

— Désolée, Gabi. Je sais que ça craint.

— Ne t'en fais pas pour ça.

— Au moins, tu n'es pas tout seul sur le banc des célib', ajouta Logan d'un air dépité.

— Ah bon, pourquoi ? Où est passée ta cavalière ?

Logan haussa les épaules.

— Oh, elle doit être en train de bouder dans un coin ! Madame ne veut ni danser, ni discuter, ni boire du punch, ni se faire prendre en photo, et encore moins que je lui tienne compagnie !

Il énuméra chaque point sur ses doigts tandis qu'il exposait la situation.

— Je me demande bien pourquoi elle m'a invité. À mon avis, elle voulait juste frimer avec sa robe – très chouette robe, soit dit en passant. On est au moins d'accord là-dessus. Seulement, là, elle n'a plus l'air d'avoir envie de frimer ni quoi que ce soit d'autre ! Si seulement j'avais invité une autre fille…

Le regard de Logan s'attarda avec mélancolie sur un groupe de filles qui se déhanchaient énergiquement en cercle. Gabi eut l'impression que son ami en fixait une en particulier.

— Pourquoi ne pas avoir invité Libby plutôt ?

— Je n'en sais rien, soupira Logan. Pourtant, je suis persuadé qu'elle aurait accepté ! Enfin, bon…

— Et qui est-ce, ta cavalière… ?

— La nouvelle : Sheba. Elle est un peu allumée mais vraiment sublime, je dirais même « exotique ». J'étais tellement sous le choc quand elle m'a proposé de l'accompagner au bal que je me suis senti obligé d'accepter. Je la trouvais, disons… *sympa*, conclut Logan, sans grande conviction.

En réalité, ce qu'il avait pensé de l'invitation de Sheba, il ne tenait pas à le confesser tout haut, en particulier devant Gabi. D'ailleurs, bon nombre de sujets semblaient inappropriés quand Gabi était dans les parages. À l'inverse, lorsque Logan avait aperçu Sheba dans son hallucinante robe rouge en cuir et qu'elle l'avait dévisagé de ses grands yeux noirs, il s'était mis à fantasmer de manière *appropriée*, pour le coup.

— Je crois que je ne l'ai jamais vue, souligna Gabi, coupant court aux réflexions auxquelles Logan était en train de se livrer.

— Sinon, tu t'en souviendrais ! lui certifia ce dernier (même si Sheba, elle, n'avait pas mis longtemps à oublier son existence une fois sur place). Au fait, si ça se trouve Libby est venue seule ce soir ! Personne ne l'a invitée, si… ?

— Euh, *si*, elle est avec Dylan.

— Ah, bafouilla Logan, déconfit.

Puis, retrouvant un peu le sourire, il ajouta :

— Dis, ils n'étaient pas censés faire venir un orchestre à ce bal ? La soirée est suffisamment nulle pour qu'on ne soit pas obligés de se coltiner en plus ce DJ : ce type est une vraie torture !

— Ouais, à croire qu'on veut nous punir de nos péchés ! approuva Gabi en riant.

— Des péchés, toi ? Comme si c'était le genre de Galaad le pur !

— Tu plaisantes, Logan ? Je te rappelle que j'ai évité l'exclusion temporaire de justesse pour pouvoir venir à ce bal !

Inutile de dire que Gabi se serait finalement passé d'un timing aussi parfait.

— Même si ce bal est une véritable épreuve, j'ai de la chance de ne pas avoir été renvoyé…

— Tout le monde sait que Reese l'avait bien cherché.

— Ça, c'est sûr, approuva Gabi d'un ton soudain plus cassant.

Au lycée, on se méfiait de M. Reese. Jusqu'à présent, tout le monde le subissait sans pouvoir y faire grand-chose, mais là, le prof de maths avait vraiment dépassé les bornes. Gabi, qui en savait long sur ce prof, comme bon nombre d'élèves de dernière année, n'avait pas pu s'empêcher de réagir au quart de tour quand il avait poursuivi de ses ardeurs une innocente élève de première année. La situation aurait, c'est vrai, sûrement pu être gérée autrement. Malgré tout, comme toujours, ses parents l'avaient soutenu.

Soudain, Logan interrompit les réflexions de son copain :

— Bon, et si on partait ?

— Hum, ça m'embête un peu. Si jamais Céleste a besoin de quelqu'un pour la raccompagner…

— Écoute, Gabi : cette fille, c'est *pas* ton genre, O.K. ?

« Sans compter que c'est une vraie peste et une débauchée en puissance ! » aurait pu ajouter Logan ; mais ce n'était pas le genre de chose à dire sur une fille en présence de Gabi.

— Après tout, qu'elle rentre avec le type qui a la langue enfoncée dans sa gorge !

Gabi soupira en secouant la tête.

— Non, je vais rester encore un peu pour m'assurer qu'elle va bien.

Logan poussa un grognement.

— Je n'arrive pas à croire que tu l'aies invitée ! Est-ce qu'on peut au moins faire un saut chez moi pour prendre quelques CD dignes de ce nom ? Ensuite, on n'aura qu'à les substituer à cette pile de trucs merdiques que le DJ nous passe…

— Ton idée me tente assez, Logan. Je me demande si le chauffeur de la limousine que j'ai louée pour l'occasion verrait un inconvénient à une petite virée…

Pour la première fois de la soirée, Logan et Gabi s'amusèrent un peu. Ils se lancèrent dans un faux débat passionnant sur les meilleurs disques à rapporter : les cinq premiers étaient incontestables, mais le reste de la liste était un peu plus subjectif.

Néanmoins, pendant qu'ils plaisantaient, Gabi eut peu à peu le sentiment qu'ils étaient *les seuls* à s'amuser. Autour d'eux, tout le monde semblait étrangement contrarié ; dans un coin, près des gâteaux rassis, une fille avait même l'air de pleurer. C'était Evie Hess, non ? Et une autre fille aussi, Ursula Tatum : elle avait les yeux rouges et barbouillés de mascara ! Tout compte fait, la musique et le punch n'étaient peut-être pas ce qu'il y avait de pire dans cette soirée. Certes, Clara et Bryan paraissaient heureux, mais Gabi songea que, même si lui et Logan venaient d'être repoussés, ils semblaient tout de même s'amuser plus qu'aucune des autres personnes présentes à ce bal.

Moins perspicace que Gabi, Logan ne se rendit pas tout de suite compte de la mauvaise ambiance qui régnait dans la salle, jusqu'à ce que Libby et Dylan se mettent à se disputer. Brusquement, la jeune fille quitta la piste de danse d'un air furieux. Ce qui attira immédiatement l'attention de Logan.

Ce dernier se balança d'un pied sur l'autre, les yeux rivés sur la silhouette de Libby qui s'apprêtait à partir.

— Euh, Gabi, ça t'ennuie si je te laisse ?

— Pas du tout. Vas-y.

Logan piqua un sprint pour rejoindre la jeune fille.

Du coup, Gabi ne sut plus trop quoi faire. Aller trouver Céleste pour lui demander l'autorisation de mettre les voiles, peut-être… Non, l'idée de la déranger pendant qu'elle était « occupée » avec quelqu'un d'autre ne l'emballait pas plus que ça.

Alors il décida d'aller chercher une autre bouteille d'eau et de trouver un coin bien tranquille en attendant que la soirée touche à sa fin.

Tandis qu'il cherchait l'endroit idéal, Gabi ressentit de nouveau l'étrange phénomène d'attraction qu'il avait éprouvé précédemment – sauf que, cette fois, il était plus intense. Comme si quelqu'un était en train de se noyer dans des eaux opaques et l'appelait à l'aide en hurlant. Cherchant en vain l'origine de cet appel de détresse, il jeta un œil autour de lui avec anxiété, sans pouvoir s'expliquer l'impérative nature de cette urgence. Il n'avait jamais rien ressenti de tel.

L'espace de quelques minutes, son regard s'immobilisa sur une fille, du moins sur son dos ; une fille qui s'éloignait de lui. Ses cheveux de jais avaient l'éclat brillant d'un miroir, et elle portait une sublime robe longue et flamboyante. Tout à coup, Gabi vit ses boucles d'oreilles étinceler comme de petits diamants rouges.

Presque inconsciemment, il se mit à la suivre, attiré par l'appel à l'aide déchirant qui émanait d'elle. La fille se tourna soudain légèrement, et il eut juste le temps d'entrevoir un profil aquilin d'une pâleur inhabituelle, des lèvres charnues couleur ivoire et des sourcils noirs arqués, avant qu'elle s'engouffre dans les toilettes des filles.

Gabi dut se faire violence pour ne pas la suivre dans ce territoire « ennemi », même s'il sentait son affliction l'aspirer tel du sable mouvant. S'appuyant contre le mur situé en face des toilettes, il croisa fermement les bras sur sa poitrine et tenta de se convaincre de laisser tomber. Cet instinct absurde le faisait complètement dérailler – la preuve avec Céleste. Il divaguait, voilà tout, et maintenant le mieux était de s'en aller. Mais impossible, Gabi ne se décidait pas à partir.

La fille avait beau mesurer à peine un mètre soixante sur ses talons aiguilles, sa silhouette – à la fois fine, souple et rigide comme une lame d'escrime – la faisait paraître plus grande.

C'était un paradoxe ambulant, et pas seulement à cause de sa taille. Ses cheveux noirs comme de l'encre et son teint blafard lui donnaient un air à la fois sombre et lumineux ; ses traits fins et anguleux, une expression fragile et dure. Et les fascinantes ondulations de son corps, comparées à l'expression hostile de son visage, la rendaient aussi attrayante que repoussante.

Une seule chose chez elle n'était pas équivoque : sa robe. C'était sans conteste une œuvre d'art. Des langues de feu découpées dans un cuir rouge vif dansaient sur ses pâles épaules nues, léchaient les courbes élancées de son corps avant de venir mourir sur le sol. Tandis qu'elle traversait la piste de danse, les filles suivaient des yeux le sillage de sa robe avec envie, et les garçons faisaient de même – avec désir.

Mais il n'y avait pas qu'envie et désir dans ce sillage, il y avait aussi un singulier tourbillon de petits cris de consternation, de frustration et de douleur qui crépitaient autour d'elle. Ce n'était sans doute qu'une coïncidence... Pourtant, soudain, un talon haut se fendit, tordant la cheville qui se trouvait à l'intérieur ; la couture d'une robe en satin se déchira de bas en haut ; une lentille de contact se délogea subitement pour aller se perdre sur le sol crasseux ; une bretelle de soutien-gorge céda. Puis ce furent un portefeuille qui glissa d'une poche ; une crampe abdominale qui signala une arrivée de règles prématurée ; un collier emprunté à une autre qui s'éparpilla en une pluie de perles par terre...

Et ainsi de suite sur le passage de cette inconnue : des petits désastres qui engendraient des spirales de désarroi.

La fille pâle et ténébreuse esquissa un sourire, comme si, d'une certaine façon, elle percevait le malaise ambiant et le savourait, voire s'en *délectait*, à en croire la façon dont elle se léchait les lèvres avec gourmandise.

Puis elle fronça les sourcils, plissant le front avec une extrême concentration. Brody Farrow, le seul garçon qui la voyait de face, aperçut une étrange lueur rouge près de ses oreilles, semblable à une multitude de minuscules étincelles. Instantanément, tous les danseurs se retournèrent vers lui tandis qu'il agrippait subitement son propre bras en hurlant de douleur.

Le tranquille slow qu'il dansait venait de lui déboîter l'épaule.

La fille en rouge afficha un petit sourire satisfait.

Ses talons résonnant durement sur le carrelage, elle remonta le vestibule à grands pas jusqu'aux toilettes des filles, suivie d'un cortège de gémissements.

Là, une foule d'adolescentes s'attardaient devant les miroirs. À peine eurent-elles le temps d'admirer la superbe robe rouge – et la fine silhouette qui frissonna insensiblement en entrant dans la pièce pourtant surchauffée – que le chaos détourna leur attention. Tout commença avec Emma Roland, qui se blessa l'œil avec son eye-liner. Dans son affolement, la fille heurta le verre de punch rempli à ras bord que tenait Bethany Crandall. Cette dernière fut aussitôt aspergée par la boisson, qui tacha également trois autres robes à des endroits assez inopportuns. Avec la température, la tension monta encore dans les toilettes lorsqu'une fille arborant une affreuse traînée verdâtre sur la poitrine accusa Bethany d'avoir délibérément jeté son punch sur elle.

La sombre fille au teint d'ivoire esquissa encore un petit sourire face à la bagarre qui s'annonçait, puis se dirigea vers le cabinet le plus éloigné de la pièce, où elle s'engouffra en verrouillant la porte derrière elle.

Son besoin d'intimité n'était pas lié aux raisons qu'on peut imaginer. Sans se soucier de l'environnement peu hygiénique, la fille pressa son front contre le mur métallique et plissa très fort les yeux. Ses mains recroquevillées en deux petits poings anguleux prenaient elles aussi appui contre le métal, semblant y chercher un soutien.

Si les filles présentes dans ces toilettes avaient été plus observatrices, elles se seraient peut-être demandé ce qui provoquait ce faible rougeoiement à travers l'interstice de la porte et du mur. Seulement voilà, personne ne faisait attention.

La fille en robe rouge serra fermement les dents. D'entre ses lèvres jaillit cependant une flamme brûlante et vive qui laissa sur la surface du mur de sombres traînées de calcination. Luttant contre un poids invisible, elle se mit à haleter ; les flammes surgirent de plus belle et d'épaisses traces rouges crépitèrent sur le métal froid. Le feu monta jusqu'à ses cheveux, sans toutefois brûler ses soyeuses mèches de jais, tandis que des volutes de fumée filtraient de son nez et de ses oreilles.

Soudain, alors qu'elle chuchotait un mot entre ses dents (« Melissa »), une gerbe d'étincelles jaillit de ses oreilles.

Au même instant, sur la piste de danse bondée, Melissa Harris leva la tête, étrangement distraite. Quelqu'un venait de l'appeler, non ? Pourtant, personne ne se trouvait suffisamment près d'elle pour qu'elle puisse avoir entendu ce chuchotement. Bon, c'était sûrement son imagination. Tournant de nouveau la tête vers son cavalier, Melissa essaya de se concentrer sur ce qu'il lui racontait.

Elle se demandait bien pourquoi elle avait accepté de venir au bal avec Cooper Silverdale. Petit, obsédé par sa personne et cherchant constamment à prouver quelque chose, ce garçon n'était vraiment pas son type. Depuis le début de la soirée, il s'était montré particulièrement surexcité, passant son temps à se vanter au sujet de sa famille et de ses biens. Et Melissa en avait assez.

Subitement, un autre murmure, à peine audible, attira son attention ; son regard pivota aussitôt. Là-bas, au beau milieu de la foule, et bien que trop loin pour être à l'origine du chuchotement, Tyson Bell regardait fixement Melissa par-dessus l'épaule de sa cavalière. Melissa frissonna et baissa les yeux, tentant d'ignorer la fille qui dansait avec lui et s'efforçant de ne pas le regarder.

Elle se rapprocha de Cooper ; il était peut-être rasoir et futile, mais, lui ou un autre, c'était toujours mieux que Tyson.

Sérieusement, tu crois vraiment que Cooper est la meilleure option ? La question assaillit brusquement Melissa, comme si c'était quelqu'un d'autre qui la posait. Sans le vouloir, elle jeta un coup d'œil aux grands yeux bruns de Tyson… qui étaient toujours posés sur elle.

Évidemment que Cooper était mieux – et peu importe que Tyson soit beau comme un dieu ! Cette beauté faisait justement partie du piège !

Cooper continua à débiter ses histoires, butant sur les mots tandis qu'il tentait de capter l'intérêt de sa cavalière.

Cooper ne t'arrive pas à la cheville, lui chuchotèrent ses pensées. Melissa secoua la tête, gênée par ce raisonnement. C'était si vaniteux. Cooper valait autant qu'elle, ni plus ni moins !

Pas autant que Tyson. Souviens-toi…

Melissa tenta de chasser les images qui se bousculaient soudain dans son esprit : le regard ardent de Tyson… ses mains fermes et douces sur sa peau… sa voix chaude qui donnait à chaque mot, même le plus banal, une note poétique… et la façon dont ne serait-ce qu'une simple pression de ses lèvres contre ses doigts avait le don de faire palpiter son cœur…

Son cœur, justement, se mit à battre la chamade – et ça faisait mal.

Volontairement, Melissa déterra un autre souvenir de sa mémoire pour lutter contre son esprit rebelle : le poing de fer de Tyson s'écrasant sur sa joue sans prévenir. Et aussi les taches noires qui avaient troublé sa vue ; ses mains plaquées contre le sol et son visage face contre terre ; sa gorge étranglée par une subite envie de vomir et cette vive douleur qui ébranlait tout son corps…

« Il était vraiment désolé. Plus jamais ! » avait-il promis. L'image indésirable des yeux de Tyson baignés de larmes embua sa vision.

D'instinct, Melissa chercha le garçon du regard. Ce dernier la fixait toujours. Il plissa le front, et ses sourcils se rapprochèrent…

Une nouvelle fois, la jeune fille frissonna.

— Tu as froid ? lui demanda Cooper. Si tu veux, je te passe ma veste…

Une épaule à moitié sortie de sa veste de smoking, le garçon se ravisa soudain, pensant qu'avec cette chaleur, elle ne pouvait pas avoir vraiment froid.

— Non, ça va, le rassura sa cavalière en s'efforçant de garder les yeux fixés sur le visage cireux et puéril du garçon.

— Ça craint, cet endroit, poursuivit Cooper.

Melissa acquiesça, ravie d'être pour une fois d'accord avec lui.

— On pourrait aller au club de loisirs de mon père ! Le restaurant est fantastique et, si l'idée d'un dessert te tente… On n'aura pas besoin d'attendre pour avoir une table, du moment que je donne mon nom…

De nouveau, les pensées de Melissa s'égarèrent.

« Qu'est-ce que je fais ici avec ce petit avorton snob ? » chuchota une petite voix particulièrement inhabituelle dans sa tête – sa propre voix cependant. « Ce type est une mauviette ! Il serait incapable de résister à qui que ce soit ! Cela dit, la sécurité n'est pas la seule chose qui compte en amour… *Si ?* En même temps, quand je regarde Cooper ou un autre, je ne ressens pas la même attraction au creux du ventre que quand c'est Tyson… Je dois arrêter de me voiler la face : la vérité, c'est que je le désire encore… *tellement*. Et, désirer, c'est *aimer*, non ? »

Melissa regretta d'avoir bu ce punch infect qui lui brûlait l'estomac. À présent, elle n'avait plus les idées claires.

Du coin de l'œil, elle vit Tyson laisser sa partenaire en plan et traverser la piste dans sa direction avant de se planter sous son nez ; c'était l'archétype de la star de foot aux épaules musclées. Et c'était comme si Cooper, debout entre eux, n'existait pas.

— Melissa, s'il te plaît…, lui chuchota Tyson d'une voix implorante, les traits tirés par le chagrin.

Il tendit une main vers elle, ignorant les bredouillements silencieux de son cavalier.

« Génial, génial, génial ! » chantonnait l'esprit de Melissa.

Se faisant de plus en plus précis et intense, le souvenir du désir sema lentement le trouble dans tout son être, et son esprit embrouillé finit par céder.

Désorientée, Melissa acquiesça d'un signe de tête.

Et Tyson, soulagé et heureux, lui sourit en l'attirant dans ses bras.

C'était si simple de s'abandonner à lui !

Melissa sentit son cœur s'embraser…

« Bingo ! » jubila la fille ténébreuse au fond de son cabinet, à l'insu de tous.

Une langue de flamme fourchue illumina son visage d'une lueur rouge. Le feu jaillit de sa bouche avec force ; s'il n'y avait pas eu un tel brouhaha de voix stridentes et énervées dans les toilettes, n'importe qui aurait entendu le bruit.

Puis le feu s'évanouit, et la fille reprit son souffle en battant des cils avant de refermer les yeux. Ses poings se contractèrent jusqu'à ce que la peau d'un blanc livide qui recouvrait les contours saillants de ses phalanges semble sur le point de se craqueler. Sa fine silhouette se mit à trembler comme si elle croulait sous le poids d'une montagne qu'elle tentait de soulever ; un halo presque palpable de tension, de détermination et d'espoir semblait l'entourer.

Quelle que soit la difficulté de la tâche qu'elle s'était fixée, manifestement elle n'avait qu'une chose en tête : l'accomplir.

« Cooper ! » murmura-t-elle dans un sursaut.

Alors, une nouvelle flamme s'échappa de sa bouche, de son nez et de ses oreilles, dévastant son visage d'une lueur incandescente.

Et moi dans tout ça ?! À croire que je suis invisible ! De fureur, Cooper se mit à trembler ; les mots bouillonnaient dans sa tête, nourrissant sa colère, faisant monter la pression.

Fais en sorte qu'elle te voie, toi ! Que Tyson comprenne qui est l'homme, ici !

D'un geste machinal, sa main se dirigea vers la grosse bosse dissimulée sous sa veste au creux de son dos. Le souvenir de son revolver avait frappé son esprit déchaîné, le faisant vaciller comme s'il venait de sortir d'un rêve.

Mais une sueur froide lui glaça brusquement la nuque. Qu'est-ce qu'il faisait avec une arme au bal ? Il avait complètement perdu la tête !

C'était vraiment idiot, bien sûr… mais son côté vantard et impulsif avait été le plus fort quand Warren Beeds l'avait provoqué. Il faut dire que, question sécurité, le lycée était nul. N'importe qui pouvait faire rentrer un truc en cachette – la preuve avec son arme. Mais est-ce que ça valait vraiment le coup de la sortir, juste pour crâner devant Warren ?

D'où il était, il apercevait encore Melissa. Son visage était posé, les yeux fermés, sur l'épaule de cet abruti de footballeur. Elle avait donc complètement oublié son existence à lui, Cooper ?

De nouveau, la colère bouillonna en lui, sa main se contracta dans son dos.

Mais enfin ! Il n'avait pas apporté son arme dans ce but. À l'origine, c'était juste pour blaguer.

Mais regardez-moi ce Tyson ! Pour qui il se prend avec son sourire hautain et suffisant !? Son père n'est rien de plus qu'un vulgaire jardinier ! Ça n'a pas l'air de le déranger de m'avoir piqué ma cavalière… à croire qu'il ne se souvient même pas que c'est MOI qui l'ai invitée le premier ! Cela dit, même s'il s'en souvenait, il n'aurait pas peur de moi. Quant à Melissa, elle ne sait même plus qui je suis !

Cooper serra les dents, de nouveau agité par une haine féroce. Il imagina le sourire hautain de Tyson s'évanouir et laisser place à l'effroi à la vue du canon de son revolver.

Toutefois, un sursaut de crainte le ramena brusquement à la réalité.

Un autre verre de punch, voilà ce qu'il me faut. Ce truc répugnant ne vaut pas grand-chose, mais au moins c'est fort. Quelques gorgées de plus et je saurai quoi faire.

Prenant une profonde inspiration pour calmer ses nerfs, Cooper s'élança vers le buffet de boissons.

La mystérieuse fille des toilettes poussa un grognement et secoua la tête avec mécontentement. Inspirant lentement à deux reprises, elle se chuchota ensuite quelques mots apaisants d'une voix rauque.

« Patience, rien ne presse… Encore quelques grammes d'alcool pour embuer son esprit et anesthésier sa volonté. En attendant, il me reste beaucoup de choses à voir, plein d'autres détails… »

Les dents serrées, elle fit à nouveau battre ses paupières, plus longtemps.

« D'abord Matt et Louisa, ensuite Bryan et Clara, se dit-elle à voix basse, comme si elle dressait minutieusement une liste. Pouah ! Et il y a aussi cet intrus de Gabi ! Comment se fait-il que je n'aie pas encore anéanti ce minable ?! »

Elle prit une nouvelle inspiration pour se calmer.

« Il est temps que ma petite assistante se remette au travail… »

Alors, appuyant les poings contre ses tempes, elle ferma les yeux :

« Céleste », lâcha-t-elle avec autorité.

La voix qui surgit dans la tête de Céleste était familière, et même bienvenue. C'est grâce à elle qu'elle avait eu toutes ses brillantes idées dernièrement.

Matt et Louisa ont l'air très intimes… non ?

Céleste esquissa un large sourire en coin, en observant le couple en question.

Hum, quelqu'un s'amuse à cette soirée… Est-ce vraiment tolérable ?!

— Excuse-moi, murmura l'adolescente, les yeux levés vers son partenaire, dont elle cherchait le prénom : je dois y aller… Derek.

Les doigts du garçon, qui se promenaient furtivement sur le dos de sa cavalière, se figèrent de surprise.

— On s'est bien amusés, le rassura-t-elle en se frottant la bouche du dos de la main, comme pour effacer toute trace du garçon.

Puis elle se libéra de ses bras en reculant d'un pas.

— Mais, Céleste… je croyais que…

— Allez, à une prochaine !

Exhibant un sourire aussi tranchant qu'une lame de rasoir, Céleste parada en direction de Matt Franklin et de sa pauvre cavalière – Machine quelque chose.

L'espace d'une seconde, Céleste se rappela le nom de son propre cavalier (l'irréprochable Gabi Christensen !) et une irrésistible envie de rire l'assaillit. Il devait s'amuser comme un fou ce soir… Même si elle n'arrivait toujours pas à comprendre ce qui lui avait pris d'accepter son invitation, elle pensa que ça valait le coup, finalement, vu l'humiliation qu'elle lui faisait subir. Elle secoua la tête pour essayer de chasser ce mauvais souvenir : Gabi avait posé ses yeux bleus innocents sur elle et, pendant une demi-seconde, elle avait *sincèrement* eu envie de lui dire « oui » et de se rapprocher de lui. Elle avait même presque envisagé de laisser tomber sa délicieuse machination et de profiter en toute simplicité du bal en compagnie d'un type sympa.

Pff, heureusement que son côté enfant de chœur n'avait pas pris le dessus ! Céleste ne s'était jamais autant amusée que ce soir. Elle avait gâché la soirée de la moitié des filles du bal, et presque tous leurs cavaliers se battaient pour elle ! Tous les mêmes, ces garçons : elle n'avait qu'à les siffler et ils rappliquaient !

Bon, il était temps de s'occuper des autres filles. Cette conspiration pour régner en maître sur le bal avait été un véritable éclair de génie !

— Salut, Matt ! minauda Céleste en tapotant l'épaule du garçon.

— Ah, euh, salut, lui répondit ce dernier en détournant les yeux de sa cavalière d'un air confus.

— Tu permets que je « t'emprunte » un instant ? lui demanda-t-elle en battant des cils et en rejetant ses épaules en arrière pour caler son décolleté sous les projecteurs. J'aimerais te montrer quelque chose…

La tête penchée, Céleste passa la langue sur ses lèvres en contemplant le jeune homme.

Matt déglutit bruyamment.

Dans son dos, Céleste sentit la cavalière délaissée la fusiller du regard ; réprimant un fou rire, elle se souvint alors que non seulement Matt était le cavalier de cette fille, mais que c'était aussi son meilleur ami ! *Encore mieux !*

— Matt ?! protesta l'adolescente en question d'un ton offensé, alors que les mains de son cavalier lâchaient sa taille.

— Donne-moi juste cinq minutes, euh… *Louisa*.

Pas croyable ! Même lui se souvenait à peine du nom de cette fille ! Céleste lui lança un sourire éblouissant.

— Enfin, Matt ! s'écria encore Louisa, à la fois choquée et meurtrie.

Mais le garçon saisit la main que Céleste lui tendait et la suivit au centre de la piste.

Le cabinet au fond des toilettes était à présent plongé dans la pénombre. La fille qui se tenait à l'intérieur s'écroula contre le mur le temps de reprendre son souffle. Malgré l'air chaud qui asphyxiait la pièce, elle frissonnait.

La dispute qui avait précédé était résolue, et un nouvel essaim d'adolescentes s'entassèrent devant les miroirs pour vérifier leur maquillage.

La cracheuse de feu se calma, puis une nouvelle étincelle rouge illumina ses oreilles ; l'attroupement du miroir se tourna subitement vers la porte d'entrée des toilettes avec l'air d'attendre quelque chose. Alors la fille en robe rouge sortit discrètement de son cabinet et entrebâilla la fenêtre à mi-hauteur. Aucune des filles ne la vit s'éclipser par cette issue insolite ; toutes continuaient à fixer la porte, intriguées par ce bruit qui avait détourné leur attention.

Cette nuit-là, une chaleur moite pesait sur Miami. Comme si la ville tentait de rivaliser avec l'Enfer. Dans son épaisse robe de cuir rouge, la fille esquissa un sourire de soulagement en frottant ses bras nus à deux mains.

Elle s'appuya de tout son long contre le flanc d'une benne à ordures malodorante et se pencha en avant face au couvercle relevé, sous lequel planait un nuage fétide d'aliments en voie de décomposition. Fermant doucement les yeux, elle huma l'odeur à pleins poumons et sourit à nouveau.

Puis une puanteur encore plus abominable – pire qu'un vieux morceau de chair carbonisée et à moitié moisie – se mit à flotter dans l'atmosphère étouffante. À mesure qu'elle respirait cette nouvelle odeur pestilentielle, le sourire de la fille s'agrandit, comme si elle humait un parfum rare, voire unique.

Brusquement, elle rouvrit les yeux et se raidit.

Un faible ricanement retentit dans l'obscurité feutrée.

— Alors, on a le mal du pays, Sheba ? ronronna une voix de femme.

La fille grimaça d'un air mauvais en voyant le corps appartenant à la voix se révéler petit à petit à son regard.

La superbe femme aux cheveux bruns qui finit par apparaître semblait vêtue d'un unique voile noir, flottant mollement au vent. On ne distinguait ni ses jambes ni ses pieds – peut-être n'en avait-elle pas –, et sur le haut de son front se dressaient deux petites cornes rutilantes en onyx.

— Par tous les diables ! Chex Jezabel aut Baal-Malphus, qu'est-ce que tu fiches ici ! grogna la fille en robe rouge.

— Ne fais pas tant de cérémonie, petite sœur…

— Sœur ou pas, je m'en fiche !

— Il est vrai que nous sommes des milliers à se partager ce patronyme… mais c'est vraiment un nom à coucher dehors ! Appelle-moi plutôt Jez', et je t'épargnerai le Chex Sheba aut Baal-Malphus en t'appelant simplement Sheb'. D'accord ?

Sheba grogna d'un ton moqueur :

— Je te croyais en mission à New York ?

— Exact. Je fais juste une pause, là… comme toi, manifestement.

Jezabel examina rapidement l'« aire de repos » de Sheba, d'un regard plein de sous-entendus.

— Puisque tu me poses la question, New York est une ville fantastique, presque aussi infernale que l'Enfer !

Mais, de temps à autre, même les plus mauvais d'entre nous ont besoin de repos. Je commençais à m'ennuyer ferme, alors je suis passée voir si tu t'amusais bien à ton *baaaal*, ricana Jezabel d'une voix diabolique.

Le voile noir qui l'enveloppait dansait dans l'obscurité.

Sheba prit un air renfrogné et ne répondit pas.

Son esprit en alerte, en quête d'éventuelles interférences, se concentra de nouveau sur les adolescents sans méfiance du bal. Jezabel était sûrement venue pour semer la pagaille dans les affaires de Sheba – sinon pour quoi d'autre ? La plupart des démons étaient capables de parcourir des kilomètres pour foutre en l'air le boulot d'un concurrent – même au risque de commettre une *bonne* action.

Un jour, environ dix ans plus tôt, Balan Lilith Hadad aut Hamon s'était déguisée en humain dans l'un des lycées où était assignée Sheba. À l'époque, Sheba avait été complètement dépassée en voyant toutes ses interventions néfastes tomber systématiquement à l'eau. Puis elle avait fini par comprendre les raisons de ce fiasco. Lilith avait eu un sacré culot : cette impitoyable démone avait en fait orchestré trois cas de grand amour uniquement pour que Sheba soit rétrogradée ! Heureusement, à la dernière minute, cette dernière avait pu mettre en œuvre une bonne vieille trahison qui avait mis fin à deux des idylles. Sheba prit une profonde inspiration. Elle avait eu *chaud* sur ce coup ! On aurait pu la renvoyer chez les débutants !

Son visage se crispa en voyant la splendide démone qui flottait face à elle. Si seulement Sheba avait eu un boulot de rêve comme celui de Jezabel ! Les homicides n'étaient pas un job tellement plus difficile : fini les petits tours mesquins, et bonjour le grabuge !

Comme un souffle invisible, les pensées de Sheba tourbillonnèrent parmi les danseurs dans le bâtiment derrière elle, à la recherche d'un quelconque signe de traîtrise. Mais les événements suivaient leur cours tel que prévu. Dans la salle de bal, la détresse était presque à son comble. Le parfum de la misère humaine rassasia son esprit. Quel arôme délicieux !

Jezabel gloussa ; elle comprenait parfaitement ce que Sheba était en train de faire.

— Détends-toi, Sheba, je ne suis pas venue chercher la bagarre.

« Bien sûr que si ! » songea Sheba. Jezabel était venue *exprès* pour semer la zizanie ! Les démons étaient là pour ça, non ?

— Jolie robe, poursuivit la femme au voile. Une vraie vamp dans ta peau de cuir ! Rien de mieux pour susciter le désir et la jalousie !

— Je connais mon boulot, Jezabel.

La démone se mit à rire encore plus fort et, instinctivement, Sheba se pencha vers elle pour sentir le relent démoniaque de son souffle.

— Pauvre Sheba, encore aux prises avec ta moitié humaine ! la taquina Jezabel. Je me souviens comme tout sentait tout le temps *bon* sur Terre ! C'était insupportable ! Et je ne parle pas de la température ! Pourquoi faut-il toujours que les humains frigorifient le moindre endroit avec leurs satanés ventilateurs ?

Sheba affichait à présent un visage calme.

— Je fais avec, répliqua-t-elle. Surtout qu'il reste beaucoup de souffrances à infliger dans le coin.

— Bien dit ! Encore quelques siècles et tu seras au premier plan avec moi !

Sheba laissa un petit sourire narquois se dessiner au coin de sa bouche.

— Peut-être même avant…

Jezabel arqua férocement un de ses sourcils noirs sur son front blanc : on aurait dit une autre corne, d'ébène cette fois.

— Tiens donc ! Tu as un tour particulièrement maléfique en réserve, petite sœur ?

Sheba ne répondit rien, mais perçut les pensées de Jezabel qui serpentaient incognito parmi la foule du bal. Elle serra les dents, prête à riposter si Jezabel essayait d'anéantir un de ses plans. Mais la démone se contenta de regarder, sans toucher.

— Hmm, marmonna-t-elle doucement. Intéressant…

La fille en rouge ferma nerveusement les poings alors que l'esprit inquisiteur de Jezabel s'approchait de Cooper Silverdale ; mais, là encore, cette dernière ne fit qu'observer la situation.

— Eh bien, chuchota la démone, ma chère Sheba, je dois reconnaître que tu m'impressionnes : tu as fait entrer une *arme* dans le jeu ! Et une main motivée – par l'alcool ! – pour triompher du self-control de cet humain !

La femme marqua une pause en souriant d'un air étrangement sincère.

— C'est vraiment diabolique ! On n'en aurait pas attendu moins de la part d'un démon chargé de fomenter homicides, destructions et révoltes en tout genre. Mais qu'une jeunette comme toi, d'apparence encore humaine, dont la seule mission est de répandre le malheur sur Terre, soit capable de mettre en place ce genre de dispositif… ça me dépasse ! Par combien d'esprits es-tu habitée ? Deux cents, trois cents… ?

— Cent quatre-vingt-six, d'après ma dernière réincarnation, répondit Sheba avec aplomb, toujours sur ses gardes.

Jezabel siffla entre ses dents, en laissant échapper une langue de flammes de sa bouche.

— Épatant ! D'ailleurs, je vois que tu ne manques pas à ton devoir : ces gens ont l'air vraiment *pitoyable* ! ricana la démone. Tu as mis fin à presque toutes les relations prometteuses, brisé une douzaine d'amitiés de longue date et suscité de nouvelles rivalités…

Tandis que son esprit errait au milieu des humains, Jezabel compta sur ses doigts :

— … trois, quatre, *cinq* disputes sont sur le point d'éclater ! Ça va barder ! Même le DJ est à ta merci !

Quel souci du détail, Sheba ! Les derniers humains encore un tant soit peu heureux se comptent sur une main…

— Je vais m'occuper d'eux, rétorqua aussitôt Sheba avec un sourire amer.

— C'est vraiment vilain de ta part, Sheb' ! Tu fais pleinement honneur à notre nom. Si chaque promotion avait des élèves aussi impliqués que toi dans ses rangs, ce monde serait à nous !

— Je t'en prie, Jez', tu vas me faire rougir, commenta Sheba d'un ton sarcastique.

Jezabel fit résonner un rire sordide.

— Ah, mais je vois qu'on te file un petit coup de main !

Son esprit tournoya autour de Céleste, qui venait justement de prendre un autre garçon dans ses filets. Des filles plaquées par leur cavalier pleuraient dans un coin, pendant que les garçons que Céleste repoussait avec insouciance serraient les poings en lançant des regards noirs à leurs rivaux ; brûlant de convoitise, chacun d'entre eux était décidé à ce que Céleste termine la soirée avec lui.

Cette dernière faisait presque tout le boulot toute seule, ce soir.

— J'utilise les moyens du bord, se justifia Sheba.

— Diablement ironique comme prénom pour un esprit aussi fourbe ! Tu es sûre qu'elle est humaine à cent pour cent, cette *Céleste* ?

— J'ai traversé son corps dans le hall d'entrée, juste pour vérifier, avoua Sheba. Répugnant : son âme empeste la pureté !

— Pourtant, j'aurais juré qu'elle descendait d'une lignée de démons ! Bonne trouvaille, Sheba ! En revanche, pourquoi avoir pris un cavalier ? Ça me paraît bizarre cette façon de t'impliquer physiquement…

Sur la défensive, Sheba haussa le menton mais demeura silencieuse. Jezabel avait raison : utiliser son apparence humaine plutôt que ses pouvoirs était une méthode rudimentaire et une perte de temps. Néanmoins, seul le résultat comptait. L'intervention satanique de Sheba avait empêché Logan de faire la connaissance de son grand amour.

— Quoi qu'il en soit, l'œuvre que tu as accomplie ce soir est exemplaire, Sheba !

Le ton de Jezabel était conciliant.

— Mène cette mission à bien, et tu verras bientôt ton nom dans les manuels scolaires des démons !

— Merci, la coupa Sheba.

Jezabel croyait-elle vraiment que ses flatteries lui feraient baisser la garde ?

La démone sourit et son voile noir se replia sur les bords, reflétant l'expression de son visage.

— Un conseil, Sheba : continue à semer le désordre là-dedans. Et, si tu n'arrives pas à faire en sorte que Cooper appuie sur la détente, simule des coups de feu pour exciter cet aspirant gangster.

Elle secoua la tête avec émerveillement.

— Il y a un vrai potentiel dans cette salle pour provoquer de sérieux dégâts ! Bien entendu, ils t'enverront un démon de la révolte si vraiment ça chauffe, mais ça ne t'empêchera pas de marquer des points pour avoir été l'auteur de ce carnage.

Sheba grimaça, et des lueurs rouges étincelèrent près de ses oreilles. À quoi jouait Jezabel ? Où était le piège ? Son esprit traversa à maintes reprises les humains qu'elle avait pour mission de tourmenter, sans trouver dans la salle la moindre trace de Jezabel ni de son souffle démoniaque, pourtant si particulier. Rien de plus que le malheur engendré par Sheba, ainsi que quelques petits foyers de bonheur abjects dont elle s'occuperait bientôt.

— Tu es très *aimable* ce soir, lança Sheba à Jezabel en l'insultant volontairement.

La démone poussa un soupir, et quelque chose dans la façon dont son voile se replia sur lui-même lui donna un air… gêné. Pour la première fois, Sheba ressentit un léger doute quant à ses précédentes suppositions. Pourtant, les intentions de Jezabel ne pouvaient être *que* malveillantes. C'était sa nature !

D'un air contrit, cette dernière lui posa alors une question :

— Est-ce si difficile de croire que je cherche uniquement à t'aider ?

— *Évidemment !*

Jezabel soupira à nouveau ; et, là encore, la façon dont son voile se contorsionna de chagrin rendit Sheba perplexe.

— Pourquoi m'aider ? Qu'est-ce que ça t'apporte à toi ?

— Je sais que ce n'est pas très gentil, ou plutôt, pas très *méchant* de ma part de te donner des conseils qui pourraient te servir…

Sheba acquiesça avec réserve et la démone poursuivit :

— C'est dans notre nature de mettre des bâtons dans les roues de tout le monde : les humains, les démons, et même les anges avec un peu de chance ! Nous sommes *mauvais*. Et, naturellement, on rend les coups œil pour œil, même si c'est contre notre propre camp. Nous ne serions pas des démons si nous ne laissions pas la jalousie, la cupidité, la convoitise et la colère nous dominer ! gloussa Jezabel. Je me souviens que – *diable*, c'était il y a combien d'années ? – Lilith avait presque réussi à te faire sacquer, n'est-ce pas ?

Les yeux de Sheba s'embrasèrent de rage.

— *Presque.*

— Mais tu t'en es sortie mieux que quiconque, et aujourd'hui, pour ce qui est de répandre le malheur, tu es une des plus redoutables !

« Encore des flatteries ? » maugréa Sheba en son for intérieur tout en se raidissant.

D'un doigt, Jezabel entortilla son voile puis décrivit des cercles du bout de l'ongle pour dessiner un rond cendré dans le ciel nocturne.

— Tu dois voir plus loin, Sheba ! Les démons comme Lilith se contentent du mal qu'ils ont à portée de main. Mais le monde est rempli d'humains qui prennent des millions de décisions à chaque instant, le jour comme la nuit. Nous ne pouvons influencer qu'une fraction de ces décisions et parfois, du moins de mon point de vue, j'ai le sentiment que les anges prennent de l'avance…

— Qu'est-ce que tu racontes, Jezabel ! la coupa Sheba, dont les soupçons s'effacèrent face à cette étonnante déclaration. Au contraire, on les bat à plates coutures ! Regarde les infos, c'est évident : on est bien meilleurs qu'eux !

— Je sais, mais… même avec toutes ces guerres, je trouve ça étrange, Sheba. Il y a encore une affreuse quantité de gens heureux sur Terre : chaque fois que je fais tourner une simple agression au crime, à l'autre bout de la ville un ange pousse un passant à sauter sur un autre agresseur pour sauver la situation, ou à convaincre l'agresseur de renoncer à ses mauvaises intentions ! Je t'assure qu'on perd du terrain !

— Mais les anges sont faibles, Jezabel, tout le monde sait ça ! Leur excès d'amour les empêche de faire du bon boulot. Une fois sur deux, ces stupides crânes de piaf tombent amoureux de leur protégé et troquent leurs ailes contre un corps humain – et on se demande bien l'intérêt, même pour un ange !

Sheba s'inspecta de la tête aux pieds, l'air renfrogné. « Très restrictive, cette forme humaine », songea-t-elle en contemplant sa silhouette.

— Je n'ai jamais vraiment compris pourquoi on nous oblige à porter ce truc pendant un demi-millénaire ! Probablement pour nous torturer, c'est ça ? Les seigneurs des Ténèbres doivent bien s'amuser à nous voir au supplice !

— Pire que ça : c'est pour que tu finisses par les haïr au plus haut point… Les humains, j'entends.

Sheba l'observa fixement.

— C'est complètement idiot comme raisonnement, puisque la haine *est* mon métier !

— Peut-être, seulement parfois on dérape, poursuivit lentement Jezabel. Les anges ne sont pas les seuls à tout laisser tomber. Certains démons ont abandonné leurs cornes par amour pour un humain.

— Je ne te crois pas !

Les yeux de Sheba s'agrandirent puis se plissèrent, incrédules.

— Tu exagères. De temps en temps, un démon se met en ménage avec un humain, mais c'est uniquement pour le torturer : une simple partie de plaisir, disons… malsaine.

D'un geste agacé, Jezabel cingla l'air avec son voile en dessinant des huit, sans répliquer pour autant.

Sheba prit alors conscience du fait que la démone était sérieuse.

Elle ravala nerveusement sa salive. Jamais elle n'aurait imaginé ça : gaspiller tous ces maux dont on disposait, renoncer à une paire de cornes durement gagnée (cornes pour lesquelles Sheba aurait été capable de tout détruire sur-le-champ) et, en échange, se retrouver coincé dans un corps fragile et bien mortel ?

Sheba jeta un œil aux cornes scintillantes de Jezabel et fronça les sourcils.

— Qui pourrait avoir une idée pareille ?

— Tu te souviens de ce que tu disais à propos des anges ? Le fait que l'amour puisse les rendre fous ? lui demanda alors la démone. Eh bien, la haine, c'est pareil. Regarde Lilith et ses « bonnes actions » malveillantes. Ce type d'agissements ne concerne peut-être que les jeunes démons, mais qui sait où ça va nous conduire. La vertu nous déprave, Sheba !

— Ce ne sont pas quelques malheureux tours contre un autre démon qui vont nous rendre aussi stupides que les autres crânes de piaf ! rétorqua Sheba entre ses dents.

— Ne sous-estime pas les anges ! gronda Jezabel. Ne te frotte pas à eux, tu m'entends ! Même un démon puissant comme moi se garde bien de chercher noise à un dos ailé ! Ils nous évitent, et vice versa ! Laisse les seigneurs des Ténèbres en découdre avec eux.

— Ça va, Jezabel, je sais tout ça. Je ne suis pas née de la dernière pluie.

— Désolée, je voulais juste t'aider, une fois de plus, répondit la démone en frémissant. Cette bonté et cette lumière partout ont tendance à vraiment m'énerver !

Sheba secoua la tête en signe de dénégation :

— Ce n'est pas ce que je vois, moi : le malheur est partout.

— Le bonheur aussi, crois-moi, petite sœur. Il se répand comme une traînée de poudre ! tempêta Jezabel.

Le silence régna pendant un bon moment tandis que les mots de Jezabel s'attardaient dans les airs. Une brise chargée d'humidité balaya la peau de Sheba ; Miami n'était pas l'Enfer, mais au moins on s'y sentait bien.

— En tout cas, ça ne respire pas le bonheur à mon bal ! rétorqua cette dernière avec une soudaine férocité.

Jezabel lui lança un large sourire : ses dents étaient aussi noires que la nuit.

— Exactement, Sheba : c'est pour ça que je me démène comme un beau diable pour t'aider ! On a besoin de gens comme toi, des démons de la pire espèce qu'on peut mettre en première ligne ! Laisse donc les Lilith de l'Enfer s'amuser avec leurs tours mesquins, et fais en sorte que les Sheba de ton genre rejoignent mes rangs pour que nous remportions ce combat une bonne fois pour toutes !

Sheba réfléchit quelques minutes, mesurant le ton farouche et déterminé de Jezabel.

— Ton idée est à la fois maléfique et… bizarre, presque comme si c'était pour notre *bien* !

— J'avoue, c'est tordu.

Pour la première fois, toutes deux se mirent à rire ensemble.

— Allez, retournes-y et gâche-moi ce bal !

— J'y compte bien, Jezabel. En attendant, va au diable !

— Merci, Sheb'. Vas-y toi aussi !

La vieille démone lança un clin d'œil à Sheba, puis sourit jusqu'à ce que ses dents noires se confondent avec son visage. Alors elle s'évapora dans la nuit.

Sheba, elle, traîna un instant dans l'allée crasseuse en attendant que le séduisant parfum machiavélique de Jezabel disparaisse complètement. La pause était finie. Revigorée à l'idée de rejoindre la ligne de front, Sheba retourna avec empressement à son malheur.

Le bal battait son plein, et tout était en train de se mettre en place.

Céleste excellait à son jeu macabre. Elle se gratifiait d'un point dès qu'une fille pleurait dans un coin isolé de la salle ; de deux quand un garçon balançait un coup de poing à un rival.

Partout, les graines que Sheba avait semées étaient en train de germer. La haine fleurissait aux côtés de la convoitise, de la colère et du désespoir. Un jardin sorti tout droit de l'Enfer.

Tapie derrière un palmier en pot, Sheba apprécia le spectacle.

Certes, elle ne pouvait pas forcer les humains à faire tout et n'importe quoi contre leur volonté, mais elle pouvait les tenter, leur suggérer de petites choses : faire trébucher une fille en talons hauts, déchirer la couture d'une robe et autres actes mineurs, par exemple. Elle pouvait les manipuler physiquement, mais jamais elle ne pourrait dominer leurs pensées. Ils devaient d'abord choisir de l'écouter ; et ce soir, justement, ils l'écoutaient.

Sheba avait le vent en poupe, et elle voulait que tout soit parfait, dans le moindre détail. Ainsi, avant de revenir à son projet le plus ambitieux – Cooper était désormais complètement influencé par l'alcool et prêt à suivre toutes ses indications –, elle envoya son esprit sonder la foule, à l'affût de ces ennuyeuses petites bulles de bonheur.

Personne ne sortirait indemne de ce bal. Pas tant que Sheba aurait le diable au corps.

Là-bas, une vision d'horreur l'assaillit. Bryan Walker et Clara Hurst étaient en train de se regarder les yeux dans les yeux d'un air rêveur, complètement inconscients de la colère, du désespoir et de la musique criarde qui les entouraient, profitant simplement du fait d'être ensemble.

Sheba réfléchit aux options qui s'offraient à elle, puis décida de faire intervenir Céleste – celle-ci devrait adorer ça ! Rien de mieux que d'étaler ses charmes au nez d'un amour pur et sincère. C'était diaboliquement *bon* ! Sans compter que Céleste écoutait chaque suggestion que Sheba lui soufflait, se livrant corps et âme à la moindre combine machiavélique.

Sheba poursuivit son évaluation avant de passer à l'action.

Quelques mètres plus loin, elle réalisa qu'elle avait quitté le bal d'une façon impardonnable. Logan – son propre cavalier ! – était en train de s'amuser. *Impossible !* Il avait donc fini par trouver sa Libby. Et voilà qu'ils étaient tous les deux heureux ! C'était inadmissible ! Soit. Sheba allait facilement pouvoir rectifier le tir. Il lui suffisait de venir réclamer son partenaire et de faire fuir Libby en pleurs. Très amateur et grossier d'intervenir en personne, mais bon... Mieux valait ça que laisser le bonheur remporter ne serait-ce qu'une toute petite bataille.

L'examen de Sheba touchait à sa fin. Il ne restait qu'un minuscule havre de paix en vue – et ce n'était pas un couple, cette fois. C'était un garçon seul qui flânait de l'autre côté de la salle, près de l'entrée : cet enquiquineur de Gabi Christensen.

Sheba jeta un regard mauvais dans sa direction. Qu'est-ce qu'il avait à être si heureux ? Il s'était fait plaquer, n'avait personne à qui parler, et sa cavalière était le fléau du bal. En principe, un garçon normal aurait été fou de rage ou de douleur à l'heure qu'il était ! Mais non, monsieur persistait à lui donner du fil à retordre !

Sheba examina avec attention les pensées de Gabi. Hmm… Il n'était pas vraiment *heureux*. En réalité, il était extrêmement inquiet pour l'instant, et il cherchait quelqu'un. Céleste était clairement dans son champ de vision, ondulant sur un slow dans les bras de Rob Carlton (Pamela Green contemplait la scène avec stupéfaction, et le désespoir ruisselait délicieusement autour d'elle) ; toutefois, ce n'était pas elle qui inquiétait Gabi. Il cherchait quelqu'un d'autre.

Il semblait malheureux, certes, pourtant il émanait de lui un sentiment paradoxal qui risquait de l'emporter sur l'ambiance créée par Sheba : c'était la bonté même, voire *pire*, que ce garçon inspirait.

S'effaçant derrière son palmier, Sheba repoussa cette pensée dans un coin de son esprit. Un trait de fumée suinta de ses narines. « Gabi », souffla-t-elle.

Gabi secoua distraitement la tête et continua à fouiller la salle du regard.

Pendant plus d'une demi-heure, il avait patienté en regardant des troupeaux de filles sortir des toilettes les unes après les autres. Il avait bien ressenti une petite pointe de détresse ici et là, mais rien d'aussi intense que le besoin violent et oppressant de cette fille.

Après que trois autres groupes furent entrés et sortis, Gabi avait intercepté Jill Stein pour lui demander des nouvelles de la fille.

— Une brune en robe rouge ? Non, ça ne me dit rien, et il n'y a plus personne dans les toilettes.

La fille avait dû passer devant lui sans qu'il s'en aperçoive.

Gabi était alors simplement retourné se poster près de la piste de danse, en ruminant sur cette mystérieuse fille. Au moins, Bryan, Clara, Logan et Libby s'amusaient, eux. C'était une bonne chose. En revanche, les autres élèves avaient l'air de passer une soirée particulièrement pénible.

Soudain, ça recommença. Gabi pivota brusquement la tête, happé par cette sensation de désespoir qu'il avait traquée toute la soirée. Où était-*elle* ?

Sheba laissa échapper un sifflement d'exaspération. L'esprit du garçon était entièrement sobre et particulièrement hermétique à sa voix insidieuse. Peu importe, elle n'allait pas s'arrêter à ça. Elle avait d'autres outils à sa disposition.

« Céleste… »

Il était temps que cette odieuse fille tourmente son propre cavalier.

Sheba se pencha légèrement sur Céleste pour lui suggérer cette éventualité. Après tout, d'un point de vue humain, Gabi était plutôt attirant ; il plairait sûrement à Céleste, vu qu'elle n'était pas très difficile question garçons. Grand, légèrement musclé, avec des cheveux bruns et des traits symétriques, Gabi avait surtout de beaux yeux bleu clair que, pour sa part, Sheba trouvait assez repoussants – ce regard bleu comme le *ciel* lui donnait un air affreusement *angélique*, il semblait béni des dieux – mais qui attiraient inévitablement les mortelles. D'ailleurs, c'était justement ce regard d'ange qui avait poussé Céleste à accepter l'invitation de cette bonne âme trop parfaite.

« Une bonne âme, en effet », marmonna Sheba en plissant les yeux. Gabi était déjà sur sa liste avant qu'il s'échine à jouer les indifférents ce soir. C'était lui qui avait saboté ses plans avec le professeur lubrique – une idée machiavélique pour se mettre en jambes avant le jour J, que Sheba avait organisée à la dernière minute, histoire de s'assurer que tout le monde invite la mauvaise personne à cette grande soirée. Si seulement Gabi ne s'était pas chargé de M. Reese, pile quand la tentation était à son comble…

Sheba serra les dents avec rage, et des étincelles vibrèrent près de ses oreilles. Elle aurait pu ruiner la carrière de cet homme et accabler cette ado trop candide au passage. M. Reese ne serait pas tombé tellement plus bas qu'il n'était déjà, mais ça aurait occasionné un magnifique scandale. Seulement maintenant, le professeur se montrait extrêmement prudent. Dire qu'il en venait presque à culpabiliser et qu'il envisageait de consulter à cause de son « problème » ! Sheba en était verte !

Gabi Christensen lui devait une bonne dose de malheur, et elle était bien décidée à obtenir réparation.

Elle se tourna vers Céleste en lui lançant un regard furieux : qu'est-ce qu'elle fichait encore dans les bras de Rob, à savourer la détresse de Pamela ? Elle s'était suffisamment amusée. Elle avait du pain sur la planche, des peines à infliger… Sheba chuchota quelques suggestions à l'esprit de Céleste pour l'inciter à se diriger vers Gabi.

En haussant les épaules, cette dernière s'écarta de Rob pour jeter un œil à Gabi qui, du regard, continuait à passer la foule au peigne fin. Les yeux noisette de Céleste croisèrent ceux de Gabi l'espace d'une seconde, puis elle retourna – carrément en reculant ! – dans les bras de Rob.

Étrange. Le regard lumineux de Gabi semblait dégoûter la cruelle blonde presque autant que Sheba.

L'esprit de la démone se pencha de nouveau sur elle, mais, pour une fois, Céleste se débarrassa d'elle en secouant la tête et tenta de ne plus penser à Gabi en se concentrant sur les lèvres insatiables de Rob.

Perplexe, Sheba réfléchit à un autre moyen d'en finir avec cet insupportable garçon, mais elle fut interrompue par quelque chose de bien plus important qu'une bonne âme.

Sur le bord de la piste, Cooper Silverdale lançait des regards noirs à Melissa et Tyson. Il était tout simplement sur le point d'exploser. La tête posée sur l'épaule de son partenaire, Melissa n'était pas consciente du sourire suffisant que ce dernier adressait à Cooper.

Le moment était venu de passer à l'action. Cooper envisageait d'engloutir un dernier verre de punch pour noyer son chagrin, mais il risquait alors d'être trop ivre pour que Sheba le laisse faire. Elle se concentra sur lui, laissant échapper de la fumée de ses oreilles, et Cooper réalisa soudain que le liquide verdâtre était infect ; il ne pouvait pas boire une gorgée de plus de ce truc infâme. Alors, jetant son verre à moitié vide par terre, il se tourna de nouveau vers Tyson en le fusillant du regard.

Elle pense que je suis un minable, murmura la voix dans la tête de Cooper. En fait, non : elle ne pense même pas à moi. Toutefois, je peux faire en sorte qu'elle ne puisse plus jamais m'oublier…

L'esprit imbibé d'alcool, Cooper passa une main dans son dos et caressa le canon de l'arme dissimulée sous sa veste.

Sheba retint son souffle ; des étincelles jaillirent de ses oreilles.

C'est à cet instant fatidique que Sheba fut affolée par la sensation très nette que quelqu'un avait les yeux rivés sur elle.

Ici, au sein même de cette salle de bal, Gabi continuait à être obsédé par la même impression d'urgence : quelqu'un se noyait en hurlant au secours de tout son être. C'était forcément cette fille. Gabi n'avait jamais rien ressenti d'aussi urgent de toute sa vie.

D'un regard, il balaya encore une fois les couples en train de danser, mais en vain. Il ne la voyait pas. Avançant lentement le long de la piste, il examina les visages des élèves sur la touche. Elle n'était pas là non plus.

Il aperçut Céleste, encore dans les bras d'un autre garçon, sans que son regard s'arrête sur elle ; si elle ne se décidait pas à lui demander de rentrer dans les minutes qui venaient, il ne pourrait plus y faire grand-chose. Quelqu'un d'autre avait bien plus besoin de lui.

De nouveau, le même élan de désarroi l'assaillit brutalement, et, pendant quelques secondes, Gabi se demanda s'il n'était pas en train de devenir fou. Peut-être qu'il avait rêvé, que cette fille en robe rouge n'existait pas. Et peut-être que cette sensation de besoin désespéré n'était que le début d'un simple délire.

Finalement, le regard de Gabi trouva ce qu'il cherchait.

Contournant la grosse silhouette boudeuse de Heath McKenzie, les yeux de Gabi s'immobilisèrent sur une petite lueur rouge, à peine visible et pourtant très vive. Elle était enfin là, cette fameuse fille à la robe rouge, à moitié planquée derrière un faux palmier, toujours avec ses boucles d'oreilles qui scintillaient comme des éclairs. Son regard sombre, aussi profond que l'étang dans lequel il l'avait imaginée en train de se noyer, croisa le sien. La vibrante sensation d'urgence émanait d'elle. Il n'eut pas à se demander s'il devait ou non aller vers elle – de toute façon, rien n'aurait pu l'en empêcher.

Gabi était certain de n'avoir jamais vu cette fille auparavant ; c'était une parfaite inconnue.

Ses yeux noirs en amande lui donnaient un air posé et prudent, et, en même temps, ils l'appelaient à grands cris. C'était vers eux que le menait l'attraction qu'il ressentait. Gabi ne pouvait pas rester sourd à leur appel, pas plus qu'il ne pouvait dire à son cœur d'arrêter de battre.

Elle avait besoin de lui.

Incrédule, Sheba regarda Gabi Christensen se diriger droit sur elle. Découvrant son propre visage dans les pensées du garçon, elle réalisa soudain que la personne qu'il avait cherchée pendant tout ce temps… c'était elle.

Elle s'autorisa ce bref moment d'inattention – sachant que Cooper était désormais entièrement à sa merci et que quelques minutes de répit ne le sauveraient pas – et se réjouit de cette délicieuse ironie du sort. Gabi voulait donc que Sheba s'occupe personnellement de lui ? Eh bien, elle serait ravie de lui rendre ce service ! Son malheur n'en serait que plus amer, mais il l'aurait lui-même choisi. Elle se redressa de tout son haut dans sa robe aguicheuse, laissant celle-ci caresser sa silhouette de façon suggestive. Elle savait pertinemment ce qu'un homme pouvait ressentir en voyant cette robe.

Sauf que ce garçon exaspérant ne fixait que ses yeux.

C'était dangereux de regarder un démon dans les yeux. Les humains qui ne détournaient pas la tête assez vite pouvaient se faire prendre au piège. Ils se retrouvaient alors coincés, liés pour toujours à cet esprit du Mal, et brûlant de haine pour lui…

Ravalant un sourire, Sheba plongea ses yeux dans le regard bleu ciel du garçon. Quel imbécile, cet humain !

Gabi s'arrêta à quelques pas de la fille, suffisamment près pour ne pas avoir à crier pour se faire entendre malgré la musique. Il avait conscience qu'il la regardait avec un peu trop d'insistance – elle allait sûrement trouver ça très impoli de sa part ou bien elle allait le prendre pour un dingue. Ça n'empêcha pas la fille de soutenir son regard avec la même intensité, ses yeux brillants sondant les siens.

Alors qu'il s'apprêtait à se présenter, subitement, l'expression impassible de l'inconnue laissa place à celle de la surprise. Surprise ou… *effroi* ? La bouche livide de la fille se décomposa soudain, et un faible cri s'échappa de ses lèvres. Sa posture raide s'affaissa, et elle commença à s'écrouler.

Gabi bondit pour la prendre dans ses bras avant qu'elle ne tombe.

Sheba sentit ses jambes céder à mesure que le feu qui l'animait se dissipait. Sa petite flamme intérieure s'éteignit comme une bougie, aspirée et étouffée dans le vide.

La pièce ne lui parut plus aussi fraîche, et elle ne sentait rien de plus qu'une odeur de sueur, d'eau de Cologne et de renfermé. Le délicieux parfum de malheur qu'elle avait répandu avait disparu. La seule chose qu'elle percevait distinctement, c'était le goût de sa gorge sèche.

Et aussi les bras robustes de Gabi Christensen qui la soutenaient.

La robe de cuir de la fille était souple, mais chaude. Le problème venait peut-être de là, se dit Gabi en l'attirant contre lui : la chaleur de la salle bondée ajoutée à sa robe épaisse, ça faisait peut-être beaucoup pour elle ? D'un geste inquiet, le garçon écarta les mèches soyeuses du visage de son inconnue. Son front semblait plutôt frais, et sa peau douce n'était pas moite de sueur. Malgré tout, le regard stupéfait de la fille ne quittait pas le sien.

— Ça va ? Tu peux te relever ? Excuse-moi, je ne sais pas comment tu t'appelles.

— C'est bon, tout va bien, lui répondit la fille d'une voix faible et éraillée.

Mis à part cette singulière intonation, sa voix était aussi confusc quc son regard.

— Je… je vais me relever.

Elle se redressa, mais Gabi ne la lâcha pas ; il ne voulait pas la laisser partir, et la fille ne chercha pas à se dégager non plus. Ses petites mains s'étaient glissées sur les épaules du garçon, comme s'ils étaient un couple de danseurs.

— Qui es-tu ? s'enquit-elle de sa voix rauque.

— Gabi… Gabriel Michael Christensen, précisa-t-il en souriant. Et tu es… ?

— Sheba, répondit-elle en écarquillant légèrement les yeux. *Sheba Smith.*

— Eh bien, mademoiselle Smith, m'accorderiez-vous cette danse ? Sous réserve que vous vous sentiez mieux…

— Oui, murmura-t-elle quasiment pour elle-même, pourquoi pas…

À aucun moment elle ne l'avait quitté des yeux.

Restant sur place, Gabi et Sheba se mirent alors à osciller au rythme d'un morceau aussi nul que les précédents. Mais, cette fois, l'épouvantable musique ne choqua pas autant Gabi.

Ce dernier tenta alors de reconstituer le puzzle dans sa tête : Sheba, une nouvelle, avec une robe superbe. C'était la cavalière de Logan, celle qui l'avait invité au bal et qui n'avait ensuite plus voulu de lui. Pendant une demi-seconde, Gabi se demanda, tracassé, s'il avait tort de marcher sur les plates-bandes de son copain. Mais son inquiétude se dissipa très vite.

D'abord, Logan était heureux avec Libby. Ça ne servait à rien de les déranger alors qu'ils étaient clairement faits l'un pour l'autre.

Ensuite, Sheba et Logan, n'avaient, eux, *rien* à faire ensemble.

Gabi avait toujours eu un sixième sens pour ce genre de choses – pour les personnalités qui allaient bien ensemble, les tempéraments compatibles. Son côté entremetteur lui avait valu bien des moqueries, mais ça ne le dérangeait pas. Gabi aimait voir les gens heureux.

Et cette Sheba, cette fille sérieuse au regard si sombre et si intense, n'allait pas avec Logan.

Le sentiment de désespoir diffus qui régnait dans cette salle de bal s'était apaisé dès l'instant où il l'avait touchée. Gabi se sentait beaucoup mieux maintenant qu'elle était dans ses bras – comme si le fait de la tenir atténuait l'étrange appel de détresse qu'il avait perçu depuis le début de la soirée. Elle était en sécurité ici ; plus de noyade ni d'égarement. Gabi avait peur de la lâcher ; il craignait que les pressants signaux de détresse ne se fassent de nouveau entendre.

C'était une drôle de première pour lui, cette impression d'etre exactement au bon endroit, d'etre le seul à sa place ici. Non qu'il n'ait jamais eu de petite amie par le passé – les filles aimaient bien Gabi, et il avait eu plusieurs flirts. Mais ça n'avait jamais duré. Ses copines étaient toujours faites pour un autre. Aucune n'avait réellement besoin de lui, excepté en tant qu'ami. D'ailleurs, il était toujours resté bon copain avec elles.

Aujourd'hui, c'était différent. Gabi avait-il enfin trouvé sa place ? Protéger cette fille svelte et la garder en sécurité dans ses bras, était-ce ça, son *destin* ?

C'était idiot de penser avec autant de fatalisme. Gabi fit alors son maximum pour se comporter normalement.

— Tu es nouvelle à Reed River, non ?

— Je ne suis là que depuis quelques semaines, confirma-t-elle au garçon.

— On n'a aucun cours ensemble, je crois…

— Non, je m'en souviendrais si j'avais déjà été *près* de toi.

Quelle étrange façon de tourner ça.

La fille le contempla fixement, les mains légèrement cramponnées à ses épaules. Instinctivement, il l'attira davantage contre lui.

— Est-ce que tu passes une bonne soirée ? lui demanda-t-il.

Elle poussa un soupir – un soupir profond, issu du plus profond de son être.

— Maintenant, oui, lui répondit-elle d'une voix étrangement triste. Une *très* bonne soirée.

Piégée comme un rat ! Comme un bébé à peine sorti du berceau ! Comme une débutante, un bleu !

Sheba s'appuya contre Gabi, incapable de résister. Et ne voulant *pas* résister ! Elle plongea son regard dans ses yeux divins et fut prise d'une envie complètement ridicule de gémir.

Elle aurait dû le voir venir !

La bonté personnifiée l'entourait comme un bouclier. Ses suggestions perfides avaient constamment glissé sur lui sans l'atteindre. Et les seules personnes de ce bal qui avaient été épargnées par son pouvoir maléfique – ces petites bulles de bonheur qui échappaient à son contrôle –, c'étaient ses amis, les gens avec lesquels il avait été en contact d'une façon ou d'une autre.

Rien que ses yeux bleus auraient dû la mettre en garde !

Céleste était plus maligne que Sheba. Elle, au moins, son instinct l'avait éloignée de ce garçon dangereux. Dès qu'elle s'était libérée de son regard perçant, Céleste avait maintenu une bonne distance entre eux. Sheba aurait dû se douter que ça cachait quelque chose ! Tout comme elle aurait dû comprendre que c'était pour cette raison, d'ailleurs, que Gabi avait invité Céleste : il avait été attiré par elle. Tout s'expliquait à présent !

Sheba oscilla au rythme du morceau qui passait alors, sensible à ce corps sécurisant qui l'enveloppait et la protégeait. Quelques vrilles de bonheur, infimes et inhabituelles, zigzaguèrent à travers son âme vide.

Non, pas ça ! Pas le bonheur !

Si déjà elle se sentait heureuse, l'escalade du bonheur n'allait pas tarder. N'y avait-il donc aucun moyen d'éviter le terrible miracle de l'*amour* ?

Assez peu probable quand on est dans les bras d'un ange.

Pas un vrai ange, non. Gabi n'avait pas d'ailes, et n'en avait jamais eu – ce n'était pas un de ces stupides crânes de piaf qui avaient troqué leurs plumes et la vie éternelle en échange de l'amour terrestre. Par contre, c'était le cas d'un de ses parents.

Gabi était à moitié ange, mais il n'en savait absolument rien ; sinon, Sheba l'aurait lu dans ses pensées et aurait fui ce monstre divin. À présent, c'était d'une évidence absolue aux yeux de Sheba – ils étaient si près l'un de l'autre qu'elle sentait le parfum des asphodèles qui lui collait à la peau. Et il avait clairement hérité des yeux angéliques de ses parents. Ce regard bleu et divin qui aurait dû être une preuve accablante si Sheba n'avait pas été aussi obsédée par ses sordides machinations.

Ce n'était pas pour rien que même les démons expérimentés comme Jezabel se méfiaient des anges. Si c'était risqué pour un humain de regarder un démon dans les yeux, c'était deux fois pire pour un démon. Jamais un démon ne devait croiser le regard d'un ange trop longtemps, sinon *pfft !* les flammes de l'enfer s'éteignaient, et le démon était emprisonné jusqu'à ce que l'ange renonce à le sauver.

Parce que c'était ça, le boulot des anges. *Sauver des êtres.*

Sheba était éternelle, et elle resterait prisonnière de Gabi aussi longtemps qu'il déciderait de la garder.

Un vrai ange aurait tout de suite vu ce qu'était Sheba, et il l'aurait chassée s'il avait été suffisamment fort ou évité dans le cas contraire. Toutefois, Sheba imaginait très bien l'impression que sa présence pouvait faire à une personne dotée d'un instinct de protection comme Gabi. Les tourments de l'âme noire de Sheba avaient dû, pour ce garçon plein de bonté, s'apparenter à un chant de sirènes !

Impuissante et enivrée de bonheur, elle contempla le magnifique visage de Gabi en se demandant combien de temps durerait ce supplice.

Déjà trop longtemps pour sauver son bal.

Sans sa flamme infernale, Sheba n'avait aucun impact sur les mortels présents ici-bas. Néanmoins, encore pleinement consciente de la situation, elle regardait autour d'elle d'un air impuissant et lâchement béat alors que tout tombait à l'eau.

Le souffle coupé, Cooper Silverdale découvrit avec horreur le revolver rutilant qu'il tenait d'une main tremblante. Avait-il *perdu la tête* ? Il fourra l'arme dans sa cachette d'origine et, quasi au pas de course, détala en direction des toilettes, où il vomit violemment son punch dans un lavabo.

Les problèmes d'estomac de Cooper interrompirent Matt et Derek, qui venaient juste de commencer à se battre à coups de poing dans les toilettes des hommes. Les deux amis se lorgnèrent du coin de l'œil, sous leurs paupières gonflées : bon sang, mais pourquoi se bagarraient-ils ?! Pour une fille qu'ils connaissaient à peine ? C'était vraiment crétin ! Une seconde plus tard, ils cédaient à un besoin urgent de s'excuser en se coupant l'un après l'autre la parole. Bras dessus, bras dessous, un sourire au coin de leurs lèvres fendues, ils regagnèrent la salle de bal.

David Alvarado avait abandonné l'idée de sauter sur Heath en fin de soirée, parce qu'Evie lui avait pardonné d'avoir disparu avec Céleste. À présent, sa joue posée contre la sienne lui semblait douce et chaude tandis qu'ils dansaient sur ce slow langoureux, et il était hors de question qu'il lui fasse du mal en disparaissant encore sans raison.

David n'était pas le seul à se sentir aussi bien. Comme si ce nouveau morceau était magique au lieu d'être insipide, les danseurs de la grande salle de bal s'avancèrent spontanément vers la personne qui aurait dû être leur partenaire dès le départ, celle qui transformerait cette nuit cauchemardesque en soirée de rêve.

Seul et déprimé, l'entraîneur Lauder leva les yeux des gâteaux peu appétissants vers le visage triste de Mlle Finkle, la principale adjointe. Elle aussi avait l'air seule. L'homme s'approcha d'elle en souriant avec hésitation.

Secouant la tête et clignant des yeux comme quelqu'un qui vient de se réveiller d'un mauvais rêve, Melissa Harris s'arracha des bras de Tyson et courut vers la sortie. Elle allait trouver le concierge pour qu'il lui appelle un taxi…

Brusquement, comme un élastique qu'on aurait trop tendu, le bal de Reed River retrouva son ambiance d'origine : celle d'une fête réussie. Si Sheba avait toujours été elle-même, elle aurait tiré sur cet élastique jusqu'à ce qu'il explose en mille morceaux. Mais, désormais, les sentiments de détresse, de colère et de haine se volatilisaient les uns après les autres. Les esprits humains avaient été trop longtemps sous leur emprise. Avec soulagement, chacun s'abandonna au bonheur, se cramponnant des deux mains à l'amour.

Même Céleste en avait assez de faire du mal aux autres. Elle resta dans les bras de Rob, frissonnant légèrement au souvenir des sublimes yeux bleus qui l'avaient accompagnée au bal, tandis qu'un slow se fondait dans le suivant.

Ni Sheba ni Gabi ne marquèrent que la musique avait changé.

C'en était fini de toute cette délicieuse souffrance ! Même si Sheba s'était effectivement libérée, elle était désormais destinée à retourner au collège. Et alors ? En quoi c'était *injuste* ?!

Et Jezabel ! Est-ce que c'était elle qui était derrière tout ça ? Elle qui avait essayé de détourner l'attention de Sheba du fait qu'un être à moitié ange était présent ce soir ? Ou bien serait-elle déçue ? Est-ce qu'elle était vraiment venue la soutenir ? Sheba n'avait aucun moyen de le savoir. Maintenant que sa flamme s'était éteinte, elle ne pourrait d'ailleurs même plus voir Jezabel – que la démone à cornes soit en train de rire ou de pleurer.

Écœurée d'elle-même, Sheba soupira de bonheur. Gabi était si *bon*. Et puis, dans ses bras, elle se sentait vraiment bien. *Merveilleusement* bien.

Elle devait absolument s'en délivrer avant que le bonheur et l'amour ne l'anéantissent ! Sinon, elle se retrouverait coincée à jamais avec un rejeton du Paradis !

Gabi lui sourit, et Sheba poussa un nouveau soupir d'extase.

Elle savait ce qu'il devait ressentir en ce moment. Les anges étaient au comble du bonheur quand ils rendaient quelqu'un heureux, et plus la personne était ravie, plus ils étaient… aux anges ! Vu la noirceur de l'âme tourmentée dont Sheba avait été dotée, Gabi devait être sur un petit nuage à présent. Jamais il ne la laisserait partir.

Il restait une seule chance à Sheba, un seul moyen de retourner à sa vie minable, malheureuse, en proie aux flammes et à la puanteur : Gabi devait lui ordonner de partir.

Réfléchissant à cette opportunité, Sheba se sentit beaucoup moins bien, submergée par une vague du malheur d'antan. Gabi, la sentant glisser de ses bras, resserra son étreinte ; la détresse de Sheba se noya dans le bien-être, mais elle garda espoir.

Plantant son regard dans les yeux d'ange remplis d'amour, elle sourit d'un air rêveur.

« Tu es le mal incarné, se dit Sheba à voix basse. Tu as un vrai don pour le malheur. Tu sais ce que c'est que de souffrir intérieurement et physiquement. Tu peux encore te libérer de ce piège pour que tout redevienne comme avant… »

Après tout… Vu la souffrance et les ravages que Sheba était capable d'engendrer, serait-ce si difficile de faire en sorte que ce garçon angélique lui dise… d'aller au diable ?

La Fille de l'Exterminateur

Meg Cabot

Marie La musique tambourine au rythme de mes battements de cœur. *Tadam, tadam…* la basse résonne dans ma poitrine. Difficile de distinguer quelque chose dans la salle, au milieu de ces corps contorsionnés, en particulier à cause de la fumée générée par la neige carbonique et de l'éclairage vacillant que le plafond de la boîte diffuse au-dessus des têtes.

Mais je sais qu'il est là. Je sens sa présence.

D'ailleurs, je suis bien contente que ces silhouettes s'entassent les unes contre les autres autour de moi. Elles me gardent à l'abri de lui… et de ses sens. Sinon, il m'aurait déjà sentie arriver. L'odeur de la peur, ils la détectent à des kilomètres.

Pas que j'aie peur. Non.

Enfin, un peu peut-être…

Mais j'ai mon arbalète de chasse Excalibur 285 FPS avec moi, munie d'une flèche Easton XX75 de cinquante centimètres (la pointe, autrefois en or, étant désormais remplacée par du frêne sculpté à la main) déjà armée et prête à être larguée d'une simple pression du doigt.

Il ne saura jamais ce qui l'a frappé.

Et, avec un peu de chance, elle non plus.

L'important, c'est que le tir soit précis – ce qui ne va pas être simple dans cette foule – et efficace. Je n'aurai probablement qu'une seule occasion de tirer. Soit j'atteins ma proie… soit je deviens la sienne.

« Toujours viser la poitrine, disait maman. C'est la partie la plus large du corps et une cible, a priori, immanquable. Bien entendu, on est davantage susceptible de tuer que de blesser si on vise la poitrine plutôt que la cuisse ou le bras… Mais pourquoi se contenter de *blesser* de toute façon ? Le but, *c'est de les abattre*. »

C'est bien pour ça que je suis venue ce soir. Pour l'abattre.

Bien sûr, Lila me haïra si elle découvre ce qui s'est réellement passé… et que c'est moi la responsable.

Mais qu'est-ce qu'elle croit ? Que je vais rester assise là sans rien faire et la regarder gâcher sa vie ?

— J'ai rencontré un garçon, s'est-elle extasiée aujourd'hui au déjeuner pendant qu'on faisait la queue au buffet de crudités. Bon sang, Marie, si tu savais comme il est mignon ! Il s'appelle Sébastien. Ses yeux sont d'un bleu… je n'ai jamais vu ça !

Ce que bon nombre de gens ne pigent pas à propos de Lila, c'est que sous ses airs – il faut bien dire ce qui est – d'allumeuse bat le cœur d'une amie foncièrement fidèle. Contrairement aux autres filles de Saint-Eligius, Lila ne s'est jamais offusquée du fait que mon père ne soit ni P-DG, ni chirurgien esthétique.

Alors O.K., je dois faire semblant de m'intéresser à bon nombre de choses dont je me contrefiche. Par exemple : combien elle a payé son fourre-tout Prada aux soldes de fin de saison chez Saks ou quel type de motif sexy elle envisage de se faire tatouer au bas des reins la prochaine fois qu'elle ira à Cancún.

Mais, pour le coup, j'ai tiqué.

— Lila, lui ai-je demandé, et Ted dans tout ça ?

Parce qu'il faut savoir que Ted est le seul mot que Lila ait à la bouche depuis un an – enfin, mis à part ses histoires de soldes Prada et de tatouages dans le dos –, depuis le jour où ce dernier a enfin eu le cran de lui filer rencard.

— Oh…, c'est fini avec lui ! a-t-elle répondu en tendant le bras pour attraper les pinces à salade. Sébastien m'emmène en boîte ce soir – au Swig. Il dit qu'il peut nous faire rentrer : il est sur la liste V.I.P.

Ce n'est pas le fait que ce type, lui ou un autre, prétende être sur la liste V.I.P. du nouveau club le plus sélect du centre de Manhattan qui m'a hérissé le poil. Comprenez-moi bien : Lila est superbe. Si quelqu'un doit se faire aborder par un parfait inconnu ayant son nom sur la liste V.I.P. la plus prisée de la ville, c'est elle.

Non, c'est ce qu'elle a dit à propos de Ted qui m'a frappée. Car Lila *adorait* ce garçon. À eux deux, ils incarnaient typiquement le parfait petit couple de lycéens. Elle est canon, lui, une star du sport… Une union sacrée au paradis des ados.

D'où le fait que ce qu'elle m'a raconté ne collait pas.

— Lila, comment peux-tu dire que c'est fini entre Ted et toi ? Ça fait des lustres que vous sortez ensemble (du moins, depuis que je suis arrivée à la prépa Saint-Eligius en septembre, époque à laquelle Lila a été la première fille – et, jusqu'à présent, quasiment la seule – de tous mes cours qui m'ait réellement parlé). En plus, c'est le bal de fin d'année ce week-end !

— Je sais, a soupiré Lila, ravie. Sébastien sera mon cavalier.

— *Seb ?*

C'est là que j'ai compris. Que j'ai *vraiment* compris.

— Lila, regarde-moi.

Elle a baissé les yeux vers moi (je suis petite, mais, comme maman disait toujours, je suis rapide) et, tout à coup, je l'ai vue. J'ai vu ce que j'aurais dû voir depuis le début : cette expression légèrement terne (regard vitreux, lèvres soyeuses…) que j'ai fini par si bien connaître au fil des ans.

J'ai eu du mal à le croire. Il s'en est pris à ma meilleure amie. À ma *seule* amie !

Alors quoi ? Qu'est-ce que je suis censée faire ? Rester en retrait et le laisser encore triompher ?

Sûrement pas !

J'imaginais que la vision d'une fille avec une arbalète sur la piste de danse de la dernière boîte à la mode de Manhattan allait susciter peut-être un commentaire ou deux. Mais, hé ! On est à Manhattan. Sans compter que chacun est bien trop occupé à s'amuser pour faire attention à moi. Même…

Oh, mon Dieu. C'est lui. Je n'arrive pas à croire qu'il soit enfin là, devant moi, en personne…

Enfin, son fils, en tout cas.

Il est encore plus mignon que je ne l'avais imaginé. Chevelure d'or et yeux azur, sourire parfait digne d'une star hollywoodienne, et des épaules d'un kilomètre de large. Et puis il est grand – même si la plupart des garçons le sont, comparés à moi.

Quoi qu'il en soit, s'il ressemble un minimum à son père, hé bien, alors… je comprends. Je comprends *enfin*.

Cela dit, je…

Oh, non ! Il a capté mon regard. Il se tourne dans ma direction…

C'est maintenant ou jamais. Je lève mon arc :

Adieu, Sébastien Drake. Adieu à jamais.

Mais, pile au moment où le triangle blanc immaculé de son tee-shirt est à ma portée, un truc incroyable se produit : une vive éclosion rouge cerise apparaît exactement là où je visais.

Sauf que je n'ai pas touché à la détente.

Et que ceux de son espèce ne saignent pas.

— Qu'est-ce que c'est, Sébastien ? s'étonne Lila en se dandinant jusqu'à lui.

— Bon sang ! (Et là, je vois Sébastien lever ses yeux bleu ciel stupéfaits de la tache écarlate vers le visage de Lila.) Quelqu'un m'a *tiré* dessus !

Effectivement, quelqu'un lui a bel et bien tiré dessus.

Sauf que ce n'est pas moi.

Et, autre truc incompréhensible : il *saigne.*

Ça, ce n'est juste *pas* possible !

Ne sachant pas quoi faire d'autre, je disparais derrière un pilier, l'arbalète serrée contre ma poitrine. Je dois me ressaisir, trouver quoi faire. Rien de tout cela ne peut être vrai. Je n'aurais pas pu me tromper sur lui. J'ai fait des recherches. Tout se tient : le fait qu'il soit ici, à Manhattan… que, parmi tous ses habitants, il s'en soit pris à ma meilleure amie… cette expression terne sur le visage de Lila… *tout.*

Sauf ce qui vient de se produire.

Dire que je suis restée là immobile, les yeux écarquillés, alors que j'avais un angle de tir parfait ! J'ai tout loupé…

À moins que… S'il saigne, c'est qu'il est humain, non ?

Sauf que, s'il est humain, comment expliquer qu'il soit encore debout alors qu'on vient de lui tirer *en pleine poitrine* ?

Oh mince…

Il m'a vue ! Le pire reste à venir… Je suis quasiment certaine d'avoir senti son regard reptilien glisser sur moi. Que va-t-il faire à présent ? Me pourchasser ? Si c'est le cas, je ne peux m'en prendre qu'à moi-même. Maman m'avait pourtant prévenue de ne jamais faire ça. « Un chasseur ne part jamais seul », disait-elle toujours. Pourquoi ne l'ai-je pas écoutée ? Bon sang, j'aurais dû réfléchir !

C'est bien le problème, évidemment : je n'ai pas réfléchi une seule seconde. J'ai laissé mes émotions prendre le dessus. Ce qui est arrivé à maman ne peut pas arriver à Lila – je ne peux pas laisser faire *ça*.

À présent, je vais le payer.

Comme maman.

Étreinte par l'angoisse, j'essaie de ne pas songer à ce que papa fera lorsque la police de New York sonnera à notre porte à quatre heures du matin pour lui annoncer qu'il faut se rendre à la morgue pour identifier le corps de sa fille unique. Ma gorge sera ouverte comme une gouge, et qui sait quelles autres atrocités seront faites à mon corps mutilé. Tout ça parce que je ne suis pas restée à la maison ce soir à rédiger ma dissertation pour le cours de onze heures – histoire des États-Unis – de Mme Gregory (sujet : les ligues de tempérance dans l'Amérique d'avant la guerre de Sécession, deux cents mots, double interligne, pour lundi).

La musique change. J'entends Lila pousser un cri aigu :

— Où vas-tu ?

Oh, mon Dieu. Il arrive.

Et il tient à me le faire savoir ! Il joue avec moi désormais, tout comme son père a joué avec ma mère avant de… Bref, *de faire ce qu'il lui a fait*.

C'est alors que je perçois un son étrange – une sorte de *zoum* – à nouveau suivi d'un : « Purée, c'est pas vrai ! »

Quoi encore ?

— Sébastien…

La voix de Lila semble perplexe.

— … quelqu'un te tire du ketchup dessus !

Euh, j'ai bien entendu ? Du *ketchup* ?

Alors, tandis que je me tourne prudemment pour essayer de jeter un œil derrière le pilier et comprendre de quoi parle Lila, je le vois.

Pas Sébastien, non. Mais le tireur embusqué.

C'est à peine si j'en crois mes yeux.

Lui… Mais qu'est-ce qu'*il* fiche ici ?

ADAM Tout ça, c'est la faute de Ted. C'est lui qui a suggéré qu'on les file pendant leur rencard.

— Pourquoi ? ai-je alors demandé à Ted.

— Parce que, ce type, je l'sens pas ! qu'il m'a répondu.

Sauf que Ted ne savait absolument rien de lui. En fait, Drake avait surgi de nulle part devant l'immeuble de Lila, sur Park Avenue, pas plus tard que la veille au soir. Ted ne l'avait même pas rencontré. Alors, qu'est-ce qu'il savait de lui ? Avait-il la moindre idée de qui il était ?

Quand je lui ai dit ça, Ted a rétorqué : « Il suffit de le *regarder* ! »

J'avoue que Monsieur Muscles n'avait pas tort. Ce gars semblait tout droit sorti d'un catalogue Abercrombie & Fitch. On ne pouvait pas se fier à un garçon, disons… *si parfait*.

N'empêche, suivre un type à la trace, ça ne m'enchantait pas vraiment. Ce n'était pas cool. Même si, selon Ted, c'était juste pour s'assurer que Lila n'aurait pas d'ennuis. Je sais bien que Lila est la petite amie de Ted – enfin, ex-petite amie désormais, grâce à Drake.

Et bon, c'est vrai qu'elle n'a pas inventé le fil à couper le beurre.

De là à lui filer le train pendant qu'elle sortait avec son nouveau petit copain, franchement, à mon avis, c'était une perte de temps – encore pire que cette dissertation de deux cents mots, en double interligne, que je dois rendre lundi pour le cours d'histoire des États-Unis de Mme Gregory.

Après, il a fallu que Ted me suggère d'apporter mon beretta calibre 9 mm.

Le truc, c'est que, même si ce n'est qu'un pistolet à eau, les armes en plastique aussi bien imitées sont interdites à Manhattan. Je n'ai donc jamais vraiment eu l'occasion de me servir de la mienne. Et Ted le sait bien.

C'est sûrement pour ça qu'il n'arrêtait pas de dire que ce serait vachement drôle si on aspergeait ce mec : il savait que je ne pourrais pas résister.

Le ketchup, c'était mon idée.

Oui, *je sais*, c'est assez puéril.

Mais bon Dieu, qu'est-ce que vous voulez que je fiche d'autre un vendredi soir ? Ça vaut toutes les dissertes d'histoire !

Quoi qu'il en soit, j'ai fini par dire à Monsieur Muscles que j'étais partant. À condition que ce soit moi qui tire ; Ted était d'accord là-dessus.

— Dis-moi juste un truc, mec, a-t-il ajouté en secouant la tête.

— Oui… quoi ?

— Qu'est-ce que ce gommeux de Sébastien a de plus que moi ?

J'aurais pu lui répondre, évidemment. C'est vrai, ça saute aux yeux : quand on regarde Drake, on voit tout de suite ce qu'il a de plus que Ted. Pas que Ted soit moche, non. Il est plutôt agréable à regarder. Mais il n'a pas l'étoffe d'un mannequin, ça c'est sûr.

Pourtant, je n'ai rien dit. Ted était déjà assez malheureux comme ça à cause de cette rupture. Et, en quelque sorte, je comprenais pourquoi. Vous savez, Lila, c'est le genre de fille avec de grands yeux noirs, et aussi de gros… enfin, d'autres *grandes* formes.

Je ne me lancerai pas dans ce genre de discours à cause de Veronica, ma sœur. Elle dit qu'il faut que j'arrête de prendre les femmes pour des objets sexuels et que je commence plutôt à les considérer comme de futures partenaires dans l'inéluctable lutte pour survivre dans l'Amérique postapocalyptique (sujet sur lequel Veronica rédige son mémoire de fin d'études, parce qu'elle pressent l'avènement de l'apocalypse dans les dix prochaines années en raison du fanatisme religieux et de l'insouciance environnementale qui sévissent actuellement dans le pays – deux facteurs présents lors de la chute de Rome et d'autres civilisations diverses désormais éteintes).

C'est comme ça que je me retrouve au Swig – par chance, Vinnie, l'oncle de Ted, est leur fournisseur d'alcools, ce qui nous a permis d'entrer sans même avoir besoin de passer au détecteur de métaux. Et c'est comme ça que je me mets à tirer du ketchup sur Sébastien Drake avec mon pistolet à eau imitation beretta. Je sais bien que je devrais être chez moi en train de rédiger cette disserte pour Mme Gregory, mais bon… un mec, faut bien que ça s'amuse un peu, non ?

Ça, pour s'amuser… C'est trop drôle de voir ces taches rouges giclant partout sur le torse de ce type ! C'est même la première fois que Ted rit depuis que Lila lui a envoyé ce texto pendant le déjeuner, disant qu'il ira seul au bal parce que, elle, elle y va avec Drake.

Tout se déroule à la perfection… jusqu'au moment où je vois Drake fixer ce pilier de l'autre côté de la piste de danse. Ça n'a aucun sens. J'aurais plutôt imaginé qu'il se tournerait vers *nous*, vers notre carré

V.I.P. (merci, oncle Vinnie), étant donné que l'assaut de ketchup venait de là.

C'est alors que je remarque que quelqu'un se cache. Derrière le pilier, j'entends.

Pas n'importe qui, en plus, mais Marie, la nouvelle élève de mon cours d'histoire. Celle qui ne parle jamais à personne sauf à Lila.

Sans compter qu'elle a une arbalète dans les mains.

Une *arbalète* !

Mais comment a-t-elle réussi à faire passer une arbalète à travers le détecteur de métaux ?

Aucune chance pour qu'elle connaisse l'oncle Vinnie !

Ça n'a pas grande importance, cela dit. Pour l'heure, Drake est en train de scruter le pilier derrière lequel Marie est accroupie comme s'il voyait directement à travers, et quelque chose dans sa façon de la regarder me rend… comment dire ? Bref, ce n'est pas *là* que ce type est censé regarder.

— Crétin ! marmonné-je entre mes dents.

Principalement à l'attention de Drake, bien qu'un peu à moi-même aussi. Ensuite je vise, et je tire une deuxième fois.

— Bingo ! hurle joyeusement Ted. En plein dans le mille !

Pour le coup, Drake nous a bien repérés. Il se retourne…

… et, subitement, je comprends ce qu'on entend par « des yeux qui lancent des éclairs ». Vous savez, comme dans les romans de Stephen King et autres auteurs du même genre… Je n'aurais jamais imaginé en voir un jour *pour de vrai.*

Pourtant, c'est exactement ce que fait Drake en matant dans notre direction : il nous foudroie littéralement du regard !

« Vas-y, me retrouvé-je à penser à voix basse. C'est ça, viens un peu par ici, Drake. Tu veux te battre ? T'inquiète, j'ai mieux que du ketchup, mon pote ! »

Bon, ce n'est pas tout à fait vrai. Mais, au final, ça ne change pas grand-chose puisque de toute façon Drake ne vient pas jusqu'à nous.

Au lieu de ça, il disparaît.

Non qu'il tourne les talons ni quitte la boîte, ni rien.

Non, ce que je veux dire, c'est qu'il est là, debout devant moi, et une seconde plus tard… plus personne. Il est parti. L'espace d'un instant, le brouillard produit par les fumigènes semble s'épaissir… Et, lorsque la fumée se dissipe, Lila est seule en train de danser.

— Tiens ! dis-je à Ted en lui fourrant le beretta dans la main.

— Merde, qu'est-ce que… ?!

Ted balaie la piste du regard.

— Où est-ce qu'il est passé ?

Moi, je suis déjà en route.

— Va chercher Lila ! je lui crie dans mon dos, et retrouve-moi dehors, à l'entrée !

Sur ce, Ted balance une jolie flopée de jurons – que personne ne remarque, cela dit : la musique est trop forte et les gens ont bien mieux à faire. D'ailleurs, vu que ces gens n'ont même pas remarqué qu'on tirait sur un gars avec un pistolet à eau rempli de ketchup, il y a peu de chances pour qu'ils se préoccupent d'un type en train de hurler des gros mots.

J'arrive près du pilier et je baisse les yeux.

Elle est là, haletante, comme si elle venait de courir un marathon. Cramponnée à son arbalète comme un enfant à son doudou, et le teint aussi livide que celui d'un fantôme.

— Salut, lui dis-je doucement pour ne pas la faire sursauter...

Raté. C'est tout juste si elle ne saute pas au plafond au son de ma voix, avant de lever vers moi des yeux écarquillés de frayeur...

— Hé, du calme ! Ne t'inquiète pas, il est parti.

— Tu... tu es sûr ?

Ses yeux – aussi verts que la grande pelouse de Central Park au mois de mai – continuent à me fixer. Impossible de ne pas y lire l'épouvante.

— Mais... comment ça, *parti* ?!

— Il s'est volatilisé, je lui confirme en haussant les épaules. Je l'ai vu te regarder quand je lui ai tiré dessus.

— Tu as *quoi* ?

Je constate que, à l'instar de Drake, sa peur semble soudain s'être volatilisée... Sauf que, contrairement à ce dernier, elle laisse place à autre chose. La *colère*. Marie est folle de rage.

— Nom d'un chien, Adam ! hurle-t-elle. Tu as perdu la tête ! Tu n'as pas la moindre idée de *qui* est ce type !

Je dois avouer que Marie est plutôt mignonne quand elle s'énerve. C'est dingue que je n'aie rien remarqué avant. Faut dire que je n'ai jamais eu l'occasion de la voir en colère. Rien dans le cours de Mme Gregory ne donne matière à se mettre en rogne…

— Si, je sais que c'est le nouveau mec de Lila et que c'est un vrai naze. T'as vu son pantalon ?

Marie se contente de secouer la tête.

— Qu'est-ce que tu fiches ici ? me demande-t-elle abasourdie.

— Apparemment la même chose que toi, je réponds sèchement en jaugeant l'arbalète. Si ce n'est que ta puissance de feu est nettement plus conséquente que la mienne. Où as-tu déniché ce truc ? Je ne suis même pas sûr que ce soit légal en ville !

— Tu peux parler, réplique-t-elle, faisant allusion au beretta.

Je lève les deux mains en l'air, du style « je me rends ».

— C'était juste du ketchup, je te signale. Par contre, ce que je vois à l'extrémité de ton machin n'a rien d'une ventouse. Tu pourrais faire de sérieux dégâts…

— Justement, c'est l'idée ! me coupe froidement Marie.

Sa voix contient une telle animosité – ma mère nous incite sans cesse, Veronica et moi, à utiliser un langage descriptif pour nous exprimer – que, tout à coup, je *saisis*. C'est très clair.

Drake est son ex !

Pour être franc, ça me fait un peu bizarre de m'en rendre compte. En fait, j'aime bien Marie. On voit d'emblée qu'elle est plutôt intelligente – en classe, elle n'hésite jamais à intervenir – et le fait qu'elle traîne avec cette idiote de Lila prouve au moins que ce n'est pas une snob, étant donné que la plupart des filles de Saint-Eligius ne lui adressent pas la parole… Notamment depuis que cette photo prise sur un portable a fait le tour du lycée, montrant précisément ce que Lila et Ted faisaient dans la salle de bains lors d'une soirée dans un loft du centre-ville.

D'ailleurs, ils ne faisaient rien de mal, si vous voulez mon avis.

Bref. Ça n'empêche que je suis un peu déçu. J'aurais pensé qu'une fille comme Marie avait mieux à faire que de sortir avec un type comme Sébastien Drake.

Tout ça prouve sans doute que Veronica a raison à mon sujet : comme elle dit toujours, avec tout ce que j'ignore sur les femmes, on pourrait écrire un roman.

MARIE Je n'en reviens pas ! Dire que je suis là, dans l'allée qui longe le Swig, en train de discuter avec Adam Blum, le garçon assis derrière moi pendant le cours d'histoire de Mme Gregory ! Sans parler de Teddy Hancock, son meilleur ami.

Et, accessoirement, l'ex de Lila.

Laquelle ignore royalement ce dernier en cet instant.

J'ai enlevé la flèche munie de sa pointe en frêne du fût et je l'ai glissée dans ma sacoche. Maintenant, c'est sûr, il n'y aura pas d'extermination ce soir.

J'imagine que je devrais être reconnaissante envers Adam du fait que ce ne soit pas moi qui ai été *flairée*. S'il n'avait pas été là, à l'heure qu'il est je ne serais pas en train d'essayer de lui expliquer quelque chose de… de franchement inexplicable, en fait.

— Sérieusement, Marie…

Adam me dévisage d'un air sombre. Bizarre que je n'aie jamais remarqué à quel point il est mignon. Sûr, ce n'est pas Sébastien Drake. Adam est aussi brun que moi et ses iris aussi noirs que l'ébène, et non pas bleus comme l'océan.

Néanmoins, il s'en tire très bien avec sa carrure de nageur olympique (il a mené l'équipe de Saint-Eligius à la finale régionale de brasse papillon deux années de suite) et son mètre quatre-vingts (il est tellement grand que je suis pour ainsi dire obligée de me dévisser le cou pour le regarder dans les yeux, ne faisant moi-même – à mon grand désarroi – qu'un pauvre mètre cinquante-deux). C'est un élève plutôt au-dessus de la moyenne, et populaire aussi, à en juger par le nombre d'élèves de première année qui se pâment chaque fois qu'il passe dans le couloir (sans qu'il y prête pour autant attention, semble-t-il).

En revanche, la façon qu'il a de me regarder fixement en ce moment même n'a rien d'inattentif.

— Quel est ton problème avec lui ? me questionne-t-il en haussant un de ses épais sourcils noirs d'un air suspicieux. Je sais pourquoi Ted déteste Drake – il lui a volé sa petite amie – mais toi, qu'est-ce que tu as contre lui ?

— C'est personnel.

Bon sang, quel manque de professionnalisme ! Maman me tuera quand elle apprendra ça !

Si elle l'apprend un jour.

D'un autre côté… Adam vient vraisemblablement de me sauver la vie, même s'il n'en a pas conscience. Drake m'aurait éviscérée – là, devant tout le monde – sans hésiter une seconde !

À moins qu'il n'ait d'abord décidé de jouer avec moi, ce que, connaissant son père, je pense qu'il aurait fait.

Je dois une fière chandelle à Adam, c'est le moins qu'on puisse dire.

Pour autant, je n'ai pas l'intention de le lui faire savoir.

— Comment es-tu rentrée dans la boîte ? me demande-t-il encore. Et inutile de me faire croire que tu as réussi à passer le détecteur de métaux avec cet engin !

— Bien sûr que non !

Franchement, c'que les garçons peuvent être bêtes parfois !

— Je suis passée par la lucarne.

— Sur le *toit* ?

— En général, c'est là que se trouvent les lucarnes…

— T'es vraiment un gamin ! lance soudain Lila à Ted.

Sa voix est douce et feutrée, contrairement à ses mots. Mais ce n'est pas sa faute : elle est sous l'emprise de Drake.

— Qu'est-ce que tu espérais, Ted ?

— Lila, ça fait à peine vingt-quatre heures que tu connais ce type…

Ted vient d'enfoncer les mains dans ses poches. Il a l'air piteux… et le regard pourtant plein de défi.

— Si j'avais su que tu voulais aller au Swig, j'aurais pu t'y faire entrer. Pourquoi tu ne m'as rien dit ? Tu connais mon oncle Vinnie…

— Ce n'est pas le problème, Ted. Sébastien est tout simplement… parfait.

Je me force à déglutir pour réfréner un soudain haut-le-cœur.

— *Personne* n'est parfait, Li', rétorque Ted, qui m'ôte les mots de la bouche.

— Sauf Sébastien, s'enthousiasme Lila, dont les yeux noirs brillent à la lumière de l'unique ampoule qui éclaire la porte de secours du club. Il est tellement beau… intelligent… mature… et gentil…

Assez ! Je ne peux en supporter davantage !

— La ferme, Lila ! je la rembarre d'un ton cassant. Ted a raison, tu ne connais rien de ce type, sinon tu ne dirais pas qu'il est gentil !

— Pourtant c'est vrai ! insiste-t-elle, ses yeux brillants s'embrasant peu à peu. Tu ne le connais même...

Une seconde plus tard, sans que je sache exactement pourquoi ni comment, je me mets à la secouer comme un prunier en la tenant fermement par les épaules ; pour information, elle me dépasse de quinze centimètres et pèse bien autant de kilos de plus que moi.

Je m'en fiche. Pour l'heure, tout ce que je veux, c'est la ramener à la raison.

— Il te l'a dit, n'est-ce pas ?!

Je m'entends hurler d'une voix rauque.

— Il t'a dit ce qu'il était ! Lila, espèce d'imbécile ! Ce que tu peux être stupide, *vraiment* !

— Hé là !

Adam essaie de décoller mes doigts cramponnés aux épaules dénudées de mon amie.

— Ça suffit, du calme... !

Cependant, Lila se dégage brusquement de ma poigne et pivote vers nous d'un air triomphal.

— Eh oui ! s'écrie-t-elle avec ce trémolo de jubilation dans la voix que je lui connais si bien. Il m'a tout dit ! Et il m'a aussi mise en garde contre les gens comme toi, Marie. Ceux qui ne comprennent pas – ou *ne peuvent pas* comprendre – qu'il est issu d'une lignée aussi noble et ancienne que celle d'un roi...

— C'est pas vrai, je rêve !

Je n'ai qu'une envie, la gifler. La seule chose qui m'en empêche, c'est Adam – à croire qu'il a lu dans mes pensées – qui s'empresse d'intercepter mon bras.

— Tu savais, Lila ? *Et tu es quand même sortie avec lui ?*

— Et pourquoi pas ? rétorque-t-elle en faisant la moue. Contrairement à toi, Marie, je ne suis pas bornée. Je n'ai pas de préjugés contre les gens de son espèce…

— De son *espèce* ?!

Si Adam ne m'avait pas retenue – en me chuchotant « Relax, calme-toi » –, je me serais jetée sur elle pour tenter d'injecter un semblant de lucidité dans son stupide crâne blond.

— Est-ce que, par hasard, il t'a aussi parlé de la façon dont ceux de son *espèce* survivent ? Ce qu'ils mangent – ou *boivent*, devrais-je plutôt dire – pour vivre ?

Lila affiche un air méprisant.

— Oui, il me l'a dit ! fanfaronne-t-elle sur un ton agressif. Et, si tu veux mon avis, il n'y a vraiment pas de quoi en faire un drame. Il boit uniquement le sang qu'il achète au centre médical. Il ne *tue* pers…

— Mais tu le fais exprès ou quoi, Lila !

Je n'en crois pas mes oreilles. Quoique, en fait, venant d'elle, plus rien ne m'étonne. Cependant, j'aurais pensé que personne, même Lila, ne serait assez naïf pour tomber dans un tel panneau.

— C'est ce qu'ils disent tous ! Ça fait des siècles qu'ils tentent de faire avaler ça aux filles. *Je ne touche pas aux humains*. Des foutaises, oui !

— Attendez une minute…

Adam desserre un peu la main qui retient mon bras. Malheureusement, maintenant que j'en ai la possibilité, je n'ai plus envie de gifler Lila. Je suis trop écœurée.

— C'est quoi ce charabia ? s'enquiert Adam, confus. Qui boit du sang ? *Drake* ?

— Oui, Drake ! je lui confirme sans façon.

Adam baisse les yeux vers moi et me fixe, incrédule, tandis qu'à ses côtés son pote Ted émet un sifflement.

— Ben, tiens ! s'exclame-t-il. Voilà pourquoi je n'le sentais pas, ce type !

— Ça suffit ! s'égosille Lila. Non mais, vous vous entendez parler ? De vrais bigots ! Soit : Sébastien est un vampire ! Et alors ? Il a le droit de vivre comme tout le monde, non ?

— Pas vraiment, non ! Vu que c'est une abomination ambulante qui s'est nourrie d'innocentes victimes comme toi depuis des siècles, *non*, il n'a pas le droit de vivre comme tout le monde !

— Mais qu'est-ce que vous racontez ?

Adam semble toujours aussi perplexe.

— Un *vampire* ? Arrêtez vos histoires. Les vampires n'existent pas.

Lila se tourne vers lui en frappant du pied sur le sol.

— Tu es encore pire qu'eux !

— Lila, je te préviens…, la coupé-je sans tenir compte d'Adam, tu n'as pas intérêt à le revoir !

— *Mais il n'a rien fait de mal!* s'entête cette dernière. Il ne m'a même pas mordue – pourtant ce n'est pas faute de le lui avoir demandé ! Tout ça parce qu'il *m'aime* !

— Sans blague !

Je suis hors de moi.

— Tu ne voies pas que, ça aussi, c'est des foutaises, Lila ? Ils disent tous ça ! Il ne t'aime pas, du moins pas plus qu'une tique aime le chien dont elle se nourrit.

— *Moi*, je t'aime, intervient Ted, la gorge nouée. Dire que tu m'as plaqué pour un vampire…

— Vous ne comprenez rien ! siffle Lila en rejetant ses longs cheveux blonds en arrière. Sébastien n'est pas une tique, Marie. Il m'aime trop pour me mordre. Pourtant je sais que je peux le faire changer d'avis, parce qu'il veut être uni à moi pour toujours, autant que moi je le veux. J'en suis *sûre*. D'ailleurs, après la soirée de demain, ce sera fait : nous serons liés à jamais.

— Quelle soirée de demain ? s'étonne Adam.

— Le bal de fin d'année, je lui précise avec raideur.

— Parfaitement ! babille Lila. Sébastien sera mon cavalier et, bien qu'il ne le sache pas encore, c'est là qu'il cédera. Une petite morsure et… à moi la vie éternelle ! Allons, les mecs, vous ne trouvez pas ça d'enfer ? Ne me dites pas que, si vous le pouviez, vous n'aimeriez pas vivre éternellement ?

— Sûrement pas de cette façon ! je rétorque en premier, à bout de nerfs.

Une douleur m'assaille au plus profond de moi. Une douleur liée à Lila et à toutes ces filles disparues avant elle. Sans compter toutes celles à qui ils s'en prendront si je ne fais rien.

— Vous vous retrouvez au bal ?

Lui adresser la parole me déchire le cœur. J'ai envie de pleurer.

— Oui, me répond Lila.

Son visage est toujours aussi terne qu'à l'intérieur de la boîte et qu'un peu plus tôt dans la journée, à la cantine.

— Il ne pourra pas me résister – pas dans ma nouvelle robe de soirée Roberto Cavalli, avec mon cou entièrement dénudé sous la lueur argentée de la pleine lune…

— Je crois que je vais vomir, lâche Ted de but en blanc.

— N'y compte pas ! Tu vas plutôt ramener Lila chez elle. Tiens, prends ça…

Je plonge la main dans mon cartable pour en sortir un crucifix et deux flacons d'eau bénite que je lui mets de force dans les mains.

— Si Drake se pointe, ce qui m'étonnerait, balance ça sur lui. Une fois que tu auras déposé Lila, rentre chez toi.

Ted contemple ce que je viens de lui donner.

— Quoi, c'est tout ? On va le laisser *tuer* Lila sans rien faire ?

— Il ne va pas me tuer, rectifie gaiement cette dernière, mais me *transformer*… en une des leurs !

— Toi, tu ne vas rien faire, dis-je à Ted. Rentrez chez vous avec Adam et laissez-moi régler ça. Je contrôle la situation. Assurez-vous juste que Lila est à l'abri et veillez à ce qu'il ne lui arrive rien jusqu'au bal. *Les esprits maléfiques ne peuvent pénétrer un lieu habité à moins d'y être invité.*

Je plisse les yeux en direction de Lila.

— Tu ne l'as pas invité chez toi, j'espère ?

— C'te question ! ronchonne-t-elle en tournant brusquement la tête. Tu sais très bien que mon père piquerait une mégacrise s'il trouvait un garçon dans ma chambre.

— C'est vu, Ted ? Maintenant, vas-y. Et toi aussi, Adam.

Ted attrape Lila par le bras et commence à s'éloigner.

À ma grande surprise, Adam, lui, ne bouge pas d'un pouce, les mains enfouies au fond de ses poches d'un air déterminé.

— Un problème, Adam ?

— Oui, me répond-il calmement, il me manque le début de l'histoire. Je veux que tu me dises *tout*. Parce que, si ce que tu dis est vrai, sans moi tu ne serais plus qu'une minuscule tache sur le mur du Swig à l'heure qu'il est. Alors, parle, je t'écoute.

ADAM Si une personne m'avait dit quelques heures plus tôt que je terminerais la soirée par une virée dans l'appartement de Marie – *la fille du cours d'histoire* –, dans le quartier d'East Seventies... je lui aurais répondu qu'elle planait complètement.

Pourtant, c'est précisément là que je me trouve, talonnant Marie, devant son gardien endormi (qui sourcille à peine en voyant son arbalète) puis dans l'ascenseur jusqu'à sa porte. La déco de l'appart est digne de l'élégance victorienne du milieu du XIXe siècle – pour autant que je puisse en juger, vu que tout le mobilier semble tiré d'une de ces sitcoms soporifiques que ma mère aime regarder sur la chaîne publique, avec des personnages qui s'appellent Violette, Hortense ou autres prénoms du même tonneau.

Il y a des livres absolument *partout* – pas des éditions de poche de Dan Brown, hein, de gros livres bien lourds, avec des titres comme *Démonologie dans la Grèce du XVIIe siècle* ou encore *Guide de la nécromancie*. Je jette un œil autour de moi, mais aucun écran plasma ni LCD en vue. Ni même le moindre poste de télévision, d'ailleurs.

— Tes parents, ils sont profs, quelque chose dans ce genre ? je demande alors à Marie pendant qu'elle pose son arbalète avant de se diriger vers la cuisine, où elle s'empresse d'ouvrir le frigo pour attraper deux Coca (un pour elle, un pour moi).

— Ouais, dans ce genre.

Décidément, ici ou ailleurs, même topo : cette fille est plutôt avare en confidences.

De toute façon, peu importe. Je lui ai d'ores et déjà fait savoir que je ne partirai pas tant que je n'aurai pas entendu l'histoire de A à Z. Le problème, c'est que, jusque-là, je ne sais vraiment pas quoi penser de tout ça. D'un côté, je suis soulagé que Drake ne soit pas celui que je croyais, à savoir l'ex-petit ami de Marie, mais de l'autre… un *vampire* ?

— Suis-moi, ordonne Marie.

Ce que je fais, tout en me demandant ce que je fiche ici puisque je ne crois *pas* aux vampires ! À mon avis, Lila s'est simplement fait embarquer par un de ces gothiques tordus comme ceux que j'ai vus une fois à la télé dans la série *Law & Order*.

Néanmoins, je suis bien embêté lorsque Marie me lance : « Alors, comment expliques-tu qu'il se soit volatilisé de la piste de danse ? » C'est vrai, comment il a fait ?

Et dégringolent alors une tonne de questions similaires auxquelles je n'ai aucune réponse. Celle-ci, par exemple, qui me vient justement à l'esprit : comment faire en sorte que Marie me regarde de la manière dont Lila regardait ce Drake ?

La vie est remplie d'énigmes, comme dit si bien mon père, dont bon nombre sont par ailleurs voilées de mystère.

Marie me conduit le long d'un couloir obscur, vers une porte entrebâillée laissant filtrer un faible rayon de lumière. Elle tape doucement à la porte.

— On peut entrer, papa ?

— Faites donc ! répond une voix bourrue.

Imitant Marie, je pénètre alors dans la pièce la plus étrange que j'aie jamais vue ; du moins pour un appartement grand standing de l'Upper East Side.

C'est un laboratoire. Avec des tubes à essai, des vases à bec et des fioles de toute sorte partout. Devant une rangée d'éprouvettes se tient un grand type – genre professeur – aux cheveux blancs, vêtu d'un peignoir de bain, en train de touiller une solution dans un récipient transparent vert clair qui dégage une fumée abondante. Le vieil homme lève le nez de son affaire et sourit tandis que Marie entre dans la pièce, tout en m'adressant – avec ces mêmes yeux verts que Marie – un regard inquisiteur.

— Bonjour, nous salue-t-il. Je vois que tu as ramené un camarade. Je m'en réjouis ! Je me disais récemment que vous passiez beaucoup trop de temps toute seule, jeune fille !

— Papa, je te présente Adam, lui répond Marie d'un ton détaché. Il est avec moi en cours d'histoire. On va dans ma chambre faire nos devoirs.

— Quelle bonne idée ! commente son père.

Manifestement, *l'idée* que ce soit la dernière chose qu'un garçon de mon âge soit susceptible de faire dans la chambre d'une fille à deux heures de matin ne semble pas l'effleurer.

— Ne travaillez quand même pas trop, les enfants !

— Aucun risque, le rassure Marie. Viens, Adam.

— Bonsoir, monsieur !

Son père me renvoie un sourire rayonnant avant de retourner à son vase fumant.

De nouveau j'emboîte le pas à Marie, le long du couloir cette fois, jusqu'à sa chambre. Une pièce particulièrement fonctionnelle pour une chambre de fille, puisqu'elle contient uniquement un grand lit, une commode et un bureau. Contrairement à la chambre de Veronica, elle est rangée. Seuls éléments visibles : un ordinateur portable et un lecteur MP3. Je jette un rapide coup d'œil à la playlist de Marie pendant qu'elle est occupée à farfouiller dans sa penderie. Surtout du rock, quelques morceaux de R&B et un peu de rap. Dieu merci, pas d'emo ni de punk-rock.

— C'est quoi tout ça ? Qu'est-ce que ton père fabrique avec ces tubes ?

— Il cherche un remède, m'explique Marie d'une voix sourde du fond de sa penderie.

Je foule un somptueux tapis persan pour aller jusqu'à son lit. Une photo encadrée trône sur sa table de chevet. Le portrait d'une jolie femme, souriant et plissant les yeux face au soleil. La mère de Marie… Quelque chose me dit que c'est elle. J'en suis même sûr.

— Un remède contre quoi ? je demande encore en attrapant le cadre pour l'examiner de plus près.

Ouais, j'avais raison. Pas de doute, c'est sa mère. Les mêmes lèvres que Marie. Des lèvres – je n'ai pas arrêté de le remarquer – qui sont comme retroussées aux extrémités, même quand elle est furieuse.

— Contre le vampirisme.

Elle ressort de la penderie en tenant une longue robe rouge encore enveloppée dans le plastique transparent du teinturier.

— Au risque de te décevoir, Marie, je te répète que les vampires n'existent pas. Et le vampirisme non plus, d'ailleurs, ni quoi que ce soit du genre.

— Ah non ?!

Un petit rictus se forme à la commissure de ses lèvres, encore plus marqué que d'habitude.

— Non, les vampires ont été inventés par ce type…

Je vois bien qu'elle se moque de moi, mais ça ne me dérange pas, cela dit… parce que c'est elle, Marie. Je préfère ça plutôt qu'elle m'ignore, ce qu'elle a quasiment toujours fait depuis que je la connais. Alors je poursuis :

— … ce type qui a écrit *Dracula*. Tu ne crois pas ?

— Bram Stoker n'a pas inventé les vampires, objecte Marie, dont le sourire s'évanouit, pas même Dracula ! Qui se trouve être un personnage historique réel, soit dit en passant.

— D'accord, mais de là à boire du sang et à se transformer en chauve-souris… Faut pas exagérer !

— Les vampires existent, Adam…, insiste doucement Marie.

J'aime sa façon de prononcer mon prénom. À tel point que, sur le coup, je ne remarque même pas qu'elle a les yeux rivés sur la photo que je tiens entre les mains.

— … ainsi que leurs victimes.

Je suis son regard, et manque de faire tomber la photo.

— Marie…

Je ne sais pas quoi dire d'autre.

— Ta… ta mère ? Est-ce qu'elle est… a été… ?

— Elle est encore en vie.

Marie se tourne pour balancer la robe rouge et son enveloppe plastique glissante sur le lit.

— Si on peut appeler ça *vivre*, ajoute-t-elle, presque à voix basse.

— Marie…, je répète d'un timbre de voix différent. Je n'arrive pas à le croire…

Pourtant, je la crois. Quelque chose sur son visage prouve qu'elle ne ment pas. Quelque chose qui me donne par ailleurs très envie de la prendre dans mes bras – ce que Veronica qualifierait de sexiste, mais tant pis, c'est comme ça.

Je lâche la lèvre que j'ai commencé à mordiller.

— Est-ce que c'est pour ça que ton père…

— Il n'a pas toujours été comme ça, anticipe-t-elle sans me regarder. Il était différent avant, quand maman était là. Il… il pense pouvoir trouver un traitement chimique.

Elle s'affale sur le lit à côté de la robe.

— Il ne veut pas admettre qu'il n'y a qu'une seule façon de la ramener : tuer celui qui a fait d'elle un vampire !

— *Drake !* j'en déduis, m'affalant à ses côtés sur le lit.

Je comprends mieux à présent. Enfin, je crois.

— Non, pas lui, réfute Marie en secouant la tête, *son père.* Qui, à l'origine, portait le nom de Dracula, mais son fils pense sans doute que « Drake » fait un peu moins prétentieux et plus moderne.

— Mais alors, pourquoi essayais-tu de tuer le rejeton de Dracula si c'est son père qui… ?

Je suis incapable de terminer ma phrase. Par chance, je n'ai pas à le faire.

Marie se serre les épaules.

— À part massacrer le fils unique de Dracula pour le faire sortir de sa cachette et le tuer à son tour, je ne vois pas de solution…

— Ce n'est pas un peu… risqué ?

Je n'en reviens pas d'être en train de parler d'un truc pareil ; tout comme je n'en reviens pas d'être assis dans la chambre de Marie, *la fille du cours d'histoire.*

— Sauf erreur, Dracula, c'est un peu le chef de l'organisation, non ?

— Exact, concède Marie d'un ton glacial, en baissant les yeux vers la photo que j'ai posée entre nous. Et, lorsque ce monstre sera mort, maman sera enfin libérée.

« Et, le père de Marie n'aura plus à se soucier de trouver un traitement contre le vampirisme », je pense, sans rien dire pour autant.

— Pourquoi Drake n'a-t-il pas touché à Lila ce soir ?

Cette question n'a pas cessé de me tourmenter. Entre autres choses.

— Au club, j'veux dire ?

— Parce qu'il aime jouer avec sa nourriture, soupire Marie, impassible. Exactement comme son père.

Je n'y peux rien, je frissonne… Même si ce n'est pas trop mon type de fille, considérer Lila comme un vulgaire casse-croûte nocturne de vampire n'a rien de très agréable.

— Tu n'as pas peur que Lila dise à Drake de ne pas venir au bal étant donné qu'on l'attendra là-bas ? dis-je alors à Marie dans l'espoir de changer un peu de sujet.

Si je dis « on » et pas « tu », c'est parce qu'il est hors de question que je la laisse traquer ce type toute seule. Encore une remarque que Veronica qualifierait de sexiste.

Sauf que ma sœur n'a jamais vu le sourire de Marie.

— Tu rigoles ?!

Apparemment, elle n'a pas remarqué le « on ».

— J'espère bien qu'elle va lui dire ! Ça le fera justement venir.

Je contemple fixement Marie.

— Pourquoi… ?

— Parce que tuer la fille de l'Exterminateur fera grimper sa popularité en flèche au sein de la crypte, tiens !

À présent, c'est avec des yeux écarquillés que je la regarde.

— Sa popularité… au sein de la *crypte*… ?

— Qu'est-ce que tu crois ? lâche-t-elle ironique, en rejetant sa queue-de-cheval en arrière. Les morts-vivants aussi ont leurs vedettes !

— Ah !

Bizarrement, ça ne me choque pas. Pas plus que tout ce que j'ai entendu ce soir.

— Ton père… ils le surnomment l'Exterminateur ?

J'ai du mal à visualiser le père de Marie maniant l'arbalète comme elle.

— Non, me répond-elle, son sourire s'estompant à nouveau. Pas lui, ma mère. Du moins, *avant*. D'ailleurs, elle ne traquait pas que les vampires, elle poursuivait aussi toutes sortes d'êtres maléfiques : démons, loups-garous, esprits malins, fantômes, sorciers, génies, satyres, lokis, shedus, veletas, titans, lutins…

— … des *lutins* ? je répète, incrédule.

Marie se contente de hausser les épaules.

— Dès lors qu'il s'agissait d'un esprit du mal, ma mère le tuait. Elle avait un don pour ça… Un talent, ajoute-t-elle doucement, dont j'espère vraiment avoir hérité.

Je demeure silencieux un moment. Je dois admettre que tout ce qui s'est passé depuis deux heures me laisse un peu ahuri. Toutes ces histoires d'arbalète, de vampire, d'exterminateur et de… *Et puis d'abord, c'est quoi un veleta ?* Je ne sais même pas si je veux le savoir. Non. Rectification : je n'ai *pas* envie de savoir. Ma tête bourdonne et ça ne veut pas s'arrêter…

Étrangement, ça me plaît assez.

— Alors…, reprend Marie en levant les yeux vers moi, tu me crois maintenant ?

— Oui, je te crois.

À vrai dire, c'est bien ce qui m'embête – le fait que je la croie.

— Bien, mais je te conseille de garder ça pour toi. À présent, si ça ne t'ennuie pas, il faut que je commence à préparer…

— Parfait, dis-moi ce que je dois faire.

L'embarras assombrit le visage de Marie.

— Adam…

Ses lèvres ont une façon de formuler mon prénom qui me rend à moitié dingue… au point d'avoir envie de la prendre sur-le-champ dans mes bras et, en même temps, de faire le tour de la pièce en courant.

— J'apprécie ton offre. Vraiment. Mais c'est trop dangereux. Si je tue Drake…

— Non, *lorsque* tu tueras Drake.

— … il y a des chances pour que son père débarque, assoiffé de revanche. Peut-être pas ce soir ni demain, mais bientôt. Le jour venu, ce sera terrible. Affreux. Un vrai cauchemar. Ce sera…

— Apocalyptique !

Le mot m'est venu d'un coup. Et, rien qu'en le prononçant, j'ai senti un léger frisson me parcourir le dos.

— Ouais, tu l'as dit.

— T'inquiète pas ! je réponds, un brin frimeur, sans prêter attention au frisson. Question apocalypse, je suis blindé !

— Adam, s'agace-t-elle en secouant la tête, tu ne comprends pas… je ne peux pas te garantir que je pourrai te protéger ! En aucun cas je ne te laisserai risquer ta vie. Moi, c'est différent, il y a ma mère… Mais toi…

Là, je m'impose une bonne fois pour toutes.

— Bon, je passe te prendre à quelle heure ?

Elle me dévisage, le regard fixe.

— Quoi… ?

— Navré, mais pas question que tu ailles au bal toute seule. Point à la ligne.

Je ne sais pas si je lui ai fait peur ou quoi en disant ça parce que, bien qu'elle ait ouvert la bouche pour protester, elle l'a refermée aussi sec quand elle a vu ma tête. Et elle a juste répondu :

— Euh, O.K.

Ce qui ne l'a toutefois pas empêchée d'ajouter « Tu viens de signer ton arrêt de mort », histoire d'avoir le dernier mot.

Ça ne me dérange pas. Je lui laisse le dernier mot.

Car je sais désormais que j'ai trouvé ma future partenaire dans l'inéluctable lutte pour survivre dans l'Amérique postapocalyptique.

MARIE La musique tambourine au rythme de mes battements de cœur. *Tadam, tadam*… la basse résonne dans ma poitrine. Difficile de distinguer quelque chose parmi ces corps contorsionnés, en particulier à cause de l'éclairage vacillant diffusé par le plafond de la salle.

Mais je sais qu'il est là. Je sens sa présence.

Et puis je le vois, traversant la piste de danse dans ma direction. Il tient dans chaque main un verre d'un liquide rouge sang. Une fois à ma hauteur, il m'en tend un.

— Ne t'inquiète pas, ce n'est pas fort. J'ai vérifié.

Je ne réponds rien, et je me contente – tant je suis déshydratée – de boire une petite gorgée du punch, ravie de l'arrivée de cette boisson bien qu'elle soit un petit peu trop sucrée.

Je sais que je commets une erreur en laissant Adam faire ça.

Mais ce garçon a quelque chose… Un je-ne-sais-quoi qui le distingue des autres gros bras du lycée. Peut-être que c'est sa façon de m'avoir sauvé la mise au club, l'autre soir, en tirant sur Sébastien Drake – la progéniture du diable en personne ! – avec un pistolet à eau rempli de ketchup, alors que moi, avec mon arbalète, je m'étais dégonflée.

Ou peut-être le fait qu'il ait été si sympa au sujet de mon père, qu'il ne l'ait pas comparé au personnage de Doc dans le film *Retour vers le futur* et qu'il l'ait même appelé « monsieur ». Ou qu'il ait pris la photo de ma mère d'un geste naturel et qu'il ait eu l'air vraiment surpris lorsque je lui ai dit la vérité.

À moins que ce ne soit son look quand il est arrivé à huit heures moins le quart chez moi, tellement mignon dans son smoking – m'ayant même apporté un petit bouquet de roses rouges – en dépit du fait que, vingt-quatre heures plus tôt à peine, il ne savait même pas qu'il irait au bal (heureusement qu'ils vendaient des places à l'entrée).

Enfin, bref. Papa était surexcité et se comportait pour une fois comme un père normal, prenant une kyrielle de photos, ne cessant de répéter « Que ta mère voie ça quand elle ira mieux ! » et essayant de glisser des billets de vingt dollars dans la main d'Adam en lui disant d'« inviter Marie à manger une glace après le bal ».

Cela dit, tout compte fait, je préfère largement papa quand il est enfermé dans son labo.

Quoi qu'il en soit, j'aurais *dû* dire à Adam de remballer ses affaires tout de suite. Ce n'est pas un boulot pour les amateurs.

C'est…

… si beau ! Cette salle de bal ! J'en ai presque eu le souffle coupé en entrant au bras d'Adam. (C'est lui qui a insisté, histoire qu'on ait l'air d'un « vrai couple » au cas où Drake serait déjà là, à nous guetter.) Le comité d'organisation du bal de Saint-Eligius s'est vraiment surpassé cette année.

Obtenir la magnifique salle de bal de quatre étages de l'hôtel Waldorf-Astoria était déjà un exploit en soi, mais la transformer en un lieu si féerique et étincelant de romantisme… c'est tout simplement prodigieux !

J'espère juste que tous ces rubans et ces serpentins sont ignifugés. Je ne voudrais surtout pas les voir pris dans les flammes qui jailliront du corps de Drake lorsqu'il commencera à s'embraser une fois que je lui aurai planté le pieu dans le cœur.

— Alors ? lâche soudain Adam, tandis que nous sirotons nos punchs au bord de la piste sans nous dire un mot.

Pour être franche, ce silence devenait assez pesant.

— Comment on va s'y prendre ? Tu as pris ton arbalète ?

— Non, je vais utiliser un pieu.

Du coup, je lui montre ma jambe à travers la fente latérale de ma robe. J'y ai sanglé un morceau de frêne pointu à l'aide du vieux holster de cuisse de maman.

— On va régler ça simplement, en douceur.

— Ah, balbutie Adam après s'être quelque peu étranglé avec son punch. D'accord.

Je m'aperçois qu'il a les yeux rivés sur l'intérieur de ma cuisse… et m'empresse de rabattre le pan de ma robe.

Pour la première fois me vient alors l'idée qu'Adam est peut-être ici pour un tout autre motif que celui de délivrer la petite amie de son meilleur copain du sortilège d'une sangsue démoniaque.

Sauf que… ce n'est même pas envisageable ! Il s'agit d'*Adam Blum*, voyons. Moi, je ne suis que la nouvelle. Il m'aime bien, certes. Mais *bien*. Point barre. Sans compter qu'il ne me reste sans doute qu'à peine dix minutes à vivre, à moins que quelque chose ne modifie radicalement ce qui doit se produire de façon quasiment certaine.

Les joues en feu, je continue à fixer les couples tourbillonnant sous nos yeux. Mme Gregory, du cours d'histoire, fait partie des chaperons. Elle sillonne la salle, essayant ici et là d'empêcher les filles de s'éterniser avec leur cavalier dans un coin. Autant essayer d'empêcher le soleil de se coucher.

— Le mieux, ce serait que tu occupes Lila pendant que je règle son compte à Drake, dis-je à Adam tout en espérant qu'il ne remarque pas mes joues à présent aussi écarlates que ma robe. Il ne s'agirait pas qu'elle se jette en travers de mon chemin pour tenter de le sauver !

— C'est bien pour ça que j'ai traîné Ted ici, acquiesce Adam.

Il hoche la tête en direction de Teddy Hancock, affalé à une table d'où il contemple la piste de danse avec l'air de quelqu'un qui s'ennuie.

Comme nous, il n'attend qu'une chose : que Lila *et* son cavalier arrivent.

— D'accord, mais je ne veux pas vous voir dans les parages au moment où je… enfin, *tu sais*.

— Ça va, tu l'as déjà répété dix mille fois ! bougonne Adam. Tu peux te débrouiller toute seule, *je sais*. Tu me l'as bien fait comprendre !

Je ne peux pas m'empêcher de grimacer un peu. On ne peut pas dire qu'il s'amuse, ça se voit.

Bon, et quoi ? Je ne lui ai pas demandé de venir, moi ! Il s'est invité tout seul ! Seulement, on n'est pas venus pour danser, on est là pour tuer quelqu'un ! Il le sait depuis le début. C'est lui qui mélange tout, pas moi ! Et puis, qu'est-ce que je m'imagine ? Comme si *moi*, je pouvais sortir avec un garçon. J'ai hérité d'une mission que je dois remplir. Je suis la fille de l'Exterminateur. Je…

— Tu danses ? me propose Adam en me faisant sursauter.

— Oh, euh…, je bredouille, un peu surprise. J'ado rerais, mais il vaut mieux que…

— Génial, décrète-t-il en me prenant dans ses bras pour m'entraîner sur la piste, sans me laisser le choix.

Sincèrement, je suis tellement abasourdie que je suis incapable de l'arrêter. Bon, j'admets, à mesure que le choc initial s'atténue, je me rends compte que je n'ai pas envie de l'arrêter. Je suis stupéfaite de voir que, en fait, j'aime bien cette sensation : être dans les bras d'Adam. C'est agréable… rassurant… confortable… Presque comme si j'étais une fille normale pour une fois !

Pas « la nouvelle », ni « la fille de l'Exterminateur ». Juste moi. Marie.

C'est une sensation à laquelle je pourrais prendre goût.

— Marie…, me susurre Adam.

Il est tellement grand que son souffle chatouille les mèches folles tombées du chignon dans lequel j'ai entortillé mes cheveux. Ça ne me dérange pas, son souffle est agréable.

Je lève les yeux vers lui d'un air rêveur. Dire qu'il m'a fallu tout ce temps pour (vraiment) remarquer à quel point il est mignon. Jusqu'à hier soir, pour être précise. À moins que je ne me sois déjà fait la remarque mais sans vraiment l'intégrer ? Car qu'est-ce qu'un garçon comme lui pourrait trouver à une fille comme moi ? Jamais, même dans un million d'années, je n'aurais pensé me retrouver au bal de fin d'année avec Adam Blum…

D'accord, il est sûrement venu parce que je lui fais de la peine avec ma mère devenue vampire et tout, mais quand même.

— Oui… ? je susurre à mon tour en souriant.

— Euh…

Adam, pour une raison que j'ignore, semble mal à l'aise.

— Je me demandais si – enfin, quand tout ça sera terminé, que tu auras réduit Drake en cendres et que Lila et Ted se seront remis ensemble – si tu aurais envie de…

Dites-moi que je rêve ! C'est moi ou… il est sur le point de me filer rencard ? Dans le sens, *vrai rendez-vous*, sans aucun objet tranchant ni pointu ?

Non. Stop. Je me fais des films. Dans une minute, je vais me réveiller et redescendre sur terre. Après tout, c'est totalement impossible, *non* ? Je n'ose même pas respirer, au risque de rompre le charme…

— Oui, Adam ?

— Voilà, je me disais…

Manifestement, il n'arrive plus à me regarder dans les yeux.

— … que ça pourrait être sympa de se revoir.

— Pardon de vous interrompre, mais…

Cette voix grave qui interrompt Adam, j'ai bien l'impression de la connaître.

— … m'accorderiez-vous cette danse ?

Je ferme les yeux, frustrée. C'est pas possible ! À ce rythme-là, je n'arriverai *jamais* à sortir avec un garçon qui me plaît vraiment. Jamais, jamais, jamais ! Je resterai un phénomène – engendré par deux autres phénomènes – toute ma vie ! De toute façon, pourquoi un garçon comme Adam Blum voudrait-il sortir avec moi, d'abord ? Moi, la fille d'une chasseuse de vampires et d'un savant fou ? Regardons les choses en face : ça ne marchera pas !

J'en ai marre. *Ras le bol !*

Furax, je fais volte-face vers Sébastien Drake, dont les yeux bleus se dilatent légèrement face à mon regard incendiaire.

— *COMMENT OSES-TU… venir te pavaner…*

Ma voix s'éteint peu à peu. Soudain, je ne vois plus que ses yeux…

… ces yeux bleus qui m'hypnotisent, à tel point que j'ai subitement l'impression de plonger dedans tandis que la chaleur de son regard me berce comme de délicieuses petites vagues…

C'est vrai, ce n'est pas Adam Blum. Justement, Drake me regarde d'une façon qui prouve clairement qu'il en a conscience, et qu'il en est désolé, et qu'il fera tout son possible pour compenser, et même plus…

Et, sans que je m'en rende compte, Sébastien me prend dans ses bras – avec une telle douceur ! – et me conduit de la piste de danse jusqu'à une porte-fenêtre, à travers laquelle j'aperçois un jardin décoré de guirlandes électriques qui scintillent dans le clair de lune… Exactement le genre d'endroit où vous vous attendriez à être amenée par le descendant à la chevelure d'or d'un comte transylvanien.

— Je suis ravi que nous ayons enfin l'occasion de nous connaître, me souffle Sébastien d'une voix qui semble aussi légère et caressante qu'une plume.

Tous ceux que nous avons laissés derrière nous – les autres couples, Adam, une Lila stupéfaite qui nous dévore jalousement des yeux, Ted qui la dévore *elle* des yeux, et même les serpentins et les rubans – semblent s'évanouir à l'horizon comme si rien au monde n'existait à part moi, le jardin dans lequel je me trouve et Sébastien Drake.

Ce dernier tend la main pour lisser délicatement quelques mèches folles sur les contours de mon visage.

Dans un sombre et intime recoin de mon esprit, je me souviens alors que je suis censée avoir peur de lui... le détester, même ! Seulement, je ne sais plus pourquoi. Comment ai-je pu haïr quelqu'un d'aussi beau, d'aussi bienveillant et gentil que lui ? Il ne me veut que du bien. Il veut m'aider.

— Tu vois ? murmure Sébastien Drake tandis qu'il soulève une de mes mains pour la presser avec douceur contre ses lèvres. Je ne suis pas si terrifiant que ça, finalement. Je suis comme toi, en réalité. L'enfant d'une personne – il faut bien le dire – exceptionnelle, qui tente de trouver sa place dans le monde ! Toi et moi portons chacun notre fardeau, n'est-ce pas, Marie ? Au fait, ta mère te passe le bonjour.

— Ma... ma mère ?

J'ai l'impression que mon cerveau est aussi embrumé que le jardin où nous nous trouvons. Bien que je visualise le visage de ma mère, impossible de me rappeler comment Sébastien Drake la connaît.

— Oui, ta mère, répète-t-il, ses lèvres s'écartant à présent de ma main pour glisser jusqu'au creux de mon coude.

Une vague brûlante déferle en moi lorsque sa bouche touche ma peau.

— Tu lui manques, tu sais. Elle ne comprend pas pourquoi tu ne veux pas la rejoindre. Elle est si heureuse à présent... elle ne connaît plus les affres de la maladie… ni l'indignité de la vieillesse… ni la douleur de la solitude.

Ses lèvres sont désormais posées sur mon épaule dénudée. J'ai du mal à respirer, mais dans le bon sens.

— Elle est entourée de beauté et d'amour… et tu pourrais l'être aussi, Marie.

Ses lèvres sont près de mon cou. Son souffle, si chaud, semble avoir ramolli ma colonne vertébrale. Qu'importe, un de ses bras musclés vient de me prendre par la taille et me maintient debout alors même que mon corps, comme de son propre gré, se cambre en arrière, lui offrant une vue imprenable sur ma gorge.

— Marie, me chuchote-t-il dans le creux de l'oreille.

Je me sens si paisible, si sereine – comme je ne l'ai pas été depuis des années, depuis que maman est partie – que mes paupières se ferment peu à peu…

Tout à coup, je reçois une espèce de giclée glacée dans la nuque.

— Aaah !

Paniquée, je rouvre les yeux en plaquant une main derrière mon cou, puis, en l'écartant, je constate que mes doigts sont humides.

— Désolé ! me lance Adam, qui se tient à quelques mètres de nous, les bras tendus devant lui avec le calibre de son faux beretta 9 mm braqué sur moi. J'ai mal visé !

Presque aussitôt, je me mets à suffoquer, asphyxiée par un épais nuage de fumée âcre et de flammes qui me lèchent presque le visage. Secouée par la toux, je m'écarte en titubant de l'homme qui, quelques secondes avant, me tenait si tendrement dans ses bras, et qui se cramponne à présent à sa poitrine en feu.

— Qu'est-ce que… ? vocifère Sébastien Drake, le souffle coupé, martelant de ses poings les flammes qui jaillissent de son torse. *Qu'est-ce que c'est que ça ?!*

— Pas grand-chose, mon vieux, juste un peu d'eau bénite ! le nargue Adam en continuant à l'asperger avec son pistolet. En principe, ça ne devrait pas te poser de problème. À moins, bien sûr, que tu ne sois un mort-vivant. Ce qui, malheureusement pour toi, semble être le cas.

En un clin d'œil, je reprends mes esprits et tends la main sous ma robe pour attraper mon pieu.

— Sébastien Drake, dis-je, fulminante, tandis qu'il s'écroule à genoux devant moi en hurlant de douleur et de rage : *ÇA, c'est pour ma mère !*

Alors, profondément, j'enfonce le morceau de frêne pointu à l'endroit où se serait trouvé son cœur… s'il en avait eu un.

— Ted…, dit Lila d'une voix sirupeuse pendant que son petit ami s'allonge en travers du banc galbé de plastique, la tête sur ses genoux.

— Oui… ? répond-il en la contemplant avec adoration.

— C'est ce que je me ferai tatouer au creux des reins la prochaine fois que j'irai à Cancún… le mot

Ted. Comme ça, à partir de ce jour, tout le monde saura que je t'appartiens.

— Oh, ma chérie…, soupire-t-il.

… avant d'abaisser le visage de Lila vers lui pour introduire sa langue dans sa bouche.

— Mon Dieu…, je marmonne en détournant le regard.

— Comme tu dis !

Adam vient de lancer une boule de bowling phosphorescente de cinq kilos le long du couloir illuminé de néons.

— Je préférais limite quand elle était sous le charme de Drake ! Mais bon, je suppose que ça marche mieux ainsi. Ted est moins *nuisible* que Sébastien. Au fait, au cas où tu l'aurais loupé, j'ai fait un strike !

Il se glisse sur le banc à mes côtés, et jette un œil à la grille des scores au-dessus de ma tête.

— Hé bien, tu sais quoi… ? Je suis en train de gagner !

— Arrête de te vanter !

Même si je dois admettre qu'il y a de quoi. Pas seulement parce qu'il gagne cette partie.

— Au fait, dis-moi… je lui demande tandis qu'il lève le bras pour retirer enfin son nœud papillon.

En dépit de l'étrange lueur émise par les néons de Bowlmor Lanes – le bowling où nous nous sommes repliés pour nous changer les idées après le bal, à peine neuf dollars en taxi depuis le Waldorf –, Adam demeure d'une beauté indécente.

— … où t'es-tu procuré l'eau bénite ?

— Je te rappelle que tu en avais donné des litres à Ted, réplique Adam en me dévisageant un peu surpris.

— Mais d'où t'est venue l'idée d'en mettre dans le pistolet à eau ?

Je ne me suis pas encore remise des événements de la soirée. Bien sûr, une partie de bowling à minuit, c'est sympa. Néanmoins, ce n'est rien comparé à l'extermination d'un vampire de deux cents ans au bal de fin d'année.

Dommage qu'il ait été réduit en cendres dehors, dans le jardin, et que personne, à l'exception d'Adam et moi, n'ait pu voir ça. À tous les coups, c'est nous qui aurions été élus roi et reine du bal, plutôt que Ted et Lila ; ces derniers portent encore tous deux leur couronne… même, si à l'heure actuelle, elles penchent sérieusement de travers à cause de leurs baisers à répétition.

— Je ne sais pas, Maribelle, soupire Adam, distrait, en notant son score sur la grille. Ça m'a juste semblé être une bonne idée sur le moment !

Maribelle. Personne ne m'a jamais appelée comme ça !

— Mais comment as-tu su… que Drake m'avait… Bon, enfin, t'as compris : à quoi as-tu vu que je ne faisais pas semblant de l'endormir dans une fausse sécurité ?

— Outre le fait qu'il était sur le point de te mordre le cou ? ironise Adam en haussant un sourcil noir. Et que tu ne faisais absolument rien pour l'en empêcher ? Crois-moi, je voyais très bien ce qui était en train de se passer !

— J'aurais réagi !

Je me rebiffe avec un aplomb qui me surprend moi-même.

— Je me serais défendue, Adam ! Dès que j'aurais senti ses dents !

— *Ça*, j'en doute…

Adam m'adresse alors un large sourire en baissant les yeux vers moi, le visage éclairé par une faible lumière. Le reste de la salle est plongé dans l'obscurité, à l'exception des boules et des quilles, qui luisent d'une étrange fluorescence.

— Tu n'aurais pas réagi, Marie, admets-le. Heureusement que j'étais là.

Son visage est si près du mien – comme jamais celui de Sébastien ne l'a été.

Sauf que, au lieu de plonger dans son regard, j'ai l'impression de me fondre dedans. Les battements de mon cœur ralentissent…

— Oui, tu as sans doute raison, j'avoue doucement, incapable d'empêcher mon regard de dévier sur ses lèvres.

— On fait une bonne équipe…

Le regard d'Adam (ça m'obsède, tellement c'est frappant) erre assez près de ma bouche, lui aussi.

— Tu ne trouves pas ? Surtout compte tenu de l'apocalypse qui se prépare, lorsque le père de Drake découvrira ce qu'on a fait ce soir…

Ces mots me glacent le sang.

— Mon Dieu, Adam, il ne va pas s'en prendre juste à moi, mais à *toi* aussi !

— Tu sais, Marie…

À présent, ses yeux se détachent peu à peu de ma bouche et se dirigent plus bas.

— … j'aime vraiment beaucoup cette robe. Elle va très bien avec des chaussures de bowling !

— Adam, je suis sérieuse ! Dracula s'apprête peut-être à faire une descente sur Manhattan d'un instant à l'autre, et nous, on perd notre temps au bowling ! Il faut qu'on se tienne prêts ! Prêts à contre-attaquer. Il faut qu'on…

— Marie ! me coupe délicieusement Adam. Dracula peut bien attendre.

— Mais…

— Tais-toi…

Ce que je fais aussitôt. Parce que je suis à présent bien trop occupée à embrasser Adam pour faire quoi que ce soit d'autre.

Sans compter qu'il a raison. Dracula peut attendre.

LE BOUQUET

LAUREN MYRACLE

Prenez garde, lecteurs ! L'histoire qui suit est inspirée de « La Patte de singe », une nouvelle de W. W. Jacobs initialement publiée en 1902 et qui m'a flanqué une frousse de tous les diables quand j'étais adolescente. Faites bien attention aux souhaits que vous formulez !

Lauren Myracle

Dehors, le vent fouettait les parois de la maison de Madame Zanzibar, faisant tambouriner la gouttière branlante contre le mur. Le ciel était sombre, bien qu'il fût à peine quatre heures de l'après-midi. À l'intérieur de la salle d'attente aux couleurs criardes, trois lampes brillaient, chacune drapée d'un foulard multicolore aux tons de joyaux. La teinte rubis illuminait le visage rond de Yun Sun, tandis que la nuance mauve bleuté donnait à Will le teint marbré d'un cadavre frais.

— T'as une tête de déterré ! lui soufflai-je.

— Frankie ! rouspéta Yun Sun.

Elle secoua la tête d'un air crispé en direction du bureau fermé de Madame Z., inquiète, je présume, à l'idée que cette dernière puisse nous entendre et s'offenser. Un singe rouge en plastique pendait à la poignée de la porte du cabinet, indiquant que Madame Z. était avec un client. Nous étions les suivants.

Will prit un air sombre, dénué d'expression.

— Je suis un extraterrestre, gémit-il en tendant les bras vers nous. *Donnez-moi... vos cœurs... et vos foies !*

— Oh, mon Dieu ! La *chose* s'est emparée du corps de notre bien-aimé Will ! m'écriai-je en agrippant le bras de Yun Sun. Vite, file-lui ton cœur et ton foie, qu'il ne s'en prenne pas aux miens !

Yun Sun se dégagea brusquement.

— Ça m'fait pas rire ! me lança-t-elle d'un ton menaçant. Et, si tu n'es pas plus sympa avec moi, je m'en vais !

— Oh, arrête de faire ta trouillarde !

— Très bien, dans ce cas, regarde : la trouillarde prend les deux jambonneaux qui lui servent de cuisses et elle se tire d'ici sur-le-champ !

Yun Sun était dans sa période « j'ai de grosses jambes », tout ça parce que sa robe de bal ultramoulante avait besoin d'être légèrement élargie. Elle, au moins, elle avait une robe et, qui plus est, une chance certaine de la porter.

— C'est ça ! lui rétorquai-je.

Son humeur ronchonne était en train de compromettre notre plan, l'unique raison pour laquelle nous étions là. Le soir du bal approchait dangereusement, et je n'avais pas l'intention de jouer la pauvre fille qui reste toute seule chez elle pendant que les autres font les folles toutes poudrées de paillettes en dansant perchées sur des talons de sept centimètres. Hors de question ! Surtout que, dans mon for intérieur, je savais que Will voulait m'inviter. Il lui fallait juste un petit coup de pouce.

Je baissai la voix, tout en souriant bêtement à Will d'un air de dire : « Hé, rien de grave, juste des trucs de *filles* ! »

— Je te rappelle qu'on a toutes les deux eu cette idée, Yun Sun !

— Non, Frankie, c'était *ton* idée, rectifia cette dernière.

Elle, par contre, elle continuait à parler à voix haute.

— Moi, j'ai déjà un cavalier, même si le pauvre risque de finir écrabouillé par mes cuisses ! C'est *toi* qui espères un miracle de dernière minute !

— Yun Sun ! hurlai-je en jetant un coup d'œil à Will, qui rougit aussitôt. T'es vraiment une peste de balancer ça aussi ouvertement !

— Aïe ! gémit-elle, suite au coup que je venais de lui asséner.

— Bonjour la honte à cause de toi !

— Arrête avec ta fausse timidité. Tu veux qu'il t'invite, *oui ou non* ?

— Euh… ça va, les filles ? intervint maladroitement Will.

Sa pomme d'Adam s'agita brusquement de bas en haut – un tic adorable qui se manifestait toujours quand il était nerveux. Quoique, cette vision était plutôt dégoûtante en fait… Ça me faisait penser au jeu de la pomme qu'on essaie d'attraper dans l'eau avec les dents, à la différence que, là, il s'agissait de la pomme d'Adam. Enfin… de Will.

Bref. Le fait est qu'il était pourvu d'une pomme d'Adam et que, quand elle descendait et remontait le long de sa gorge, c'était vraiment mignon. Ça lui donnait un air très vulnérable.

— Elle m'a tapée ! cafarda Yun Sun.

— Elle l'avait mérité ! répliquai-je.

Toutefois, je ne voulais pas que cette courte scène, qui en disait déjà long, aille plus loin. Je tapotai donc la cuisse tout ce qu'il y a de plus mince de Yun Sun pour la calmer :

— Allez, on oublie, je ne t'en veux plus. Mais maintenant, *la ferme !*

Yun Sun ne parvenait pas à comprendre – ou plutôt si, mais elle s'en fichait complètement – que, dans la vie, tout n'a pas forcément besoin d'être dit haut et fort. *Oui*, je voulais que Will m'invite au bal et surtout qu'il le fasse *vite*, car dans à peine deux semaines c'était « Le printemps, saison des amoureux », autrement dit : le bal de fin d'année.

Le titre de la soirée était totalement nul, mais, cela dit, franchement bien trouvé ! C'était une réalité incontestable, aussi avérée que Will m'était destiné ! Je n'avais qu'un souhait : qu'il arrive un jour à dépasser sa timidité maladive et à faire ce fichu premier pas… J'en avais ras le bol qu'on chahute comme de bons potes ! Marre qu'on se blottisse l'un contre l'autre en hurlant parce qu'on avait loué *L'Invasion des profanateurs* ou *La colline a des yeux* ! Will ne voyait donc pas qu'il avait juste à me cueillir ?

Il avait presque fait sa demande le week-end d'avant, j'en étais sûre à quatre-vingt-dix-neuf virgule neuf pour cent. On venait de regarder *Pretty Woman*, le film idéal pour vous mettre dans l'ambiance. Yun Sun s'était éclipsée dans la cuisine à la recherche d'un en-cas, nous laissant tous les deux seuls dans le salon.

— Frankie… ? avait alors murmuré Will.

Son pied jouait des claquettes sur le sol, et ses doigts étaient tendus comme un string sur son jean.

— J'ai quelque chose à te demander…

N'importe quelle imbécile aurait deviné la suite, parce que, si Will avait voulu que je monte le son, il m'aurait juste dit : « Eh, Frankie, monte un peu le son ! » Sans préliminaires, contrairement à ce qu'il venait de faire ! Franchement, que pouvait-il me demander d'autre que : « Tu veux bien être ma cavalière pour le bal ? » Le paradis était là, à une fraction de seconde…

Jusqu'à ce que je fiche tout par terre. Sa nervosité à couper au couteau déclencha chez moi une semi-crise d'hystérie et, au lieu de laisser les choses se faire d'elles-mêmes, j'ai braillé en pointant la télé du doigt :

— Tu vois, c'est comme ça qu'il faut s'y prendre !

Rien à dire, j'étais CINGLÉE.

Richard Gere était en train de galoper sur son étalon blanc (en réalité, une limousine) jusqu'au château de Julia Roberts (un immeuble merdique de trois étages). Tandis que nos yeux étaient rivés sur l'écran, Richard Gere s'extirpait du toit ouvrant et escaladait l'échelle d'incendie pour gagner le cœur de sa douce.

— Pas de bla-bla gnangnan du type « T'es mignonne, tu sais », poursuivis-je, pleinement consciente de débiter des monstruosités, mais *de l'action*, mon vieux ! De grands gestes d'amour !

Will avait avalé nerveusement sa salive et cligné des yeux en observant Richard Gere d'un air d'ourson effarouché, pensant à coup sûr qu'il ne lui arriverait jamais à la cheville.

Quant à moi, je scrutais la télévision, mortifiée, réalisant que je venais de saboter une belle soirée de bal grâce à mon film culte. Ah, j'avais l'air malin avec mes « grands gestes d'amour » ! Tout ce cinéma pour, au final, me dégonfler et faire fuir la seule personne qui comptait pour moi : Will. J'étais donc une cinglée, doublée d'une gourde.

Mais il fallait que ça cesse. D'où notre virée chez Madame Zanzibar. Elle allait nous révéler notre avenir et, à moins d'être totalement incompétente, cette experte objective serait forcée de se rendre à l'évidence : Will et moi étions faits l'un pour l'autre. En entendant les faits formulés aussi explicitement, Will aurait alors le cran de retenter sa chance. Il m'inviterait au bal et, cette fois, je le laisserais faire sans paniquer.

Le singe en plastique oscilla sur la poignée de la porte du cabinet.

— Regardez, ça bouge ! chuchotai-je aux autres.

Un homme noir aux cheveux blancs comme neige sortit du bureau d'un pas traînant. Il n'avait plus de dents, ce qui donnait à la partie inférieure de son visage l'aspect d'un pruneau.

— Bonjour, les enfants, nous souffla-t-il en portant la main à son chapeau pour nous saluer.

Will se leva immédiatement pour lui ouvrir la porte : c'était le genre de mec super à faire ça ! Une rafale de vent soudaine fit presque perdre l'équilibre au vieil homme, mais Will le rattrapa.

— Quel vent ! s'exclama ce dernier.

— C'te petite brise ? s'étonna le vieillard, qui, vu l'état de sa bouche, avait du mal à articuler. Non ! Ça c'est juste un bébé qui réclame son biberon ! D'ici l'aube, ça aura empiré. Vous verrez !

Il nous observa l'un après l'autre du coin de l'œil.

— J'ferais mieux d'déguerpir avant que la tempête n'éclate ! Vous devriez allez vous mettre à l'abri, les enfants !

Difficile de se vexer quand un ancien, qui plus est édenté, vous surnomme « les enfants ». Seulement, ça faisait déjà deux fois en vingt secondes !

— On est en première, lui fis-je remarquer. On peut se débrouiller tout seuls. Ne vous en faites pas pour nous !

Son rire m'évoqua le frémissement des feuilles mortes.

— Bien, bien, marmonna-t-il, vous savez sûrement mieux que moi.

Il s'avança à petits pas sous le porche, et Will lui adressa un signe de la main avant de refermer la porte.

— Vieux chnoque ! railla une voix dans notre dos.

Pivotant aussitôt, nous aperçûmes Madame Zanzibar dans l'embrasure de son bureau. Elle portait un jogging en éponge rose pétant dont le haut, à fermeture Éclair, était légèrement entrouvert. Sa poitrine était ronde et ferme – et étonnament haute vu qu'elle n'avait pas l'air de porter de soutien-gorge. Son rouge à lèvres était orange vif, sans doute pour aller avec son vernis, tout comme le bout de la cigarette qu'elle tenait entre les doigts.

— Alors, on entre ou on reste planté là ? nous défia-t-elle. À vous de décider : percer les énigmes de l'existence ou laisser faire le destin !

Je bondis de mon siège en entraînant Yun Sun avec moi ; Will suivit. Madame Z. nous fit entrer dans son cabinet, et nous nous entassâmes tous les trois sur un fauteuil rembourré. Réalisant qu'on ne tiendrait pas longtemps comme ça, Will finit par s'asseoir par terre et j'en profitai pour me tortiller afin que Yun Sun me fasse un peu de place.

— Tu vois… de vraies saucisses ! rumina-t-elle en faisant référence à ses cuisses.

— Oh, pousse-toi ! m'impatientai-je.

— Alors ? commença Madame Z. en passant devant nous pour aller s'asseoir derrière son bureau tout en tirant une bouffée sur sa cigarette. Qu'est-ce que je peux faire pour vous ?

Je mordillai ma lèvre inférieure. Hum, comment dire… ?

— Eh bien, vous êtes médium, non ?

La femme souffla un nuage de fumée.

— Mince alors, c'est l'annonce dans les Pages jaunes qui vous a mis sur la piste, Sherlock ?

Je rougis aussitôt, piquée au vif. Ma question était une simple formule de politesse, histoire d'engager la conversation. Elle avait un problème avec la courtoisie ou quoi ? N'importe comment, si elle était vraiment médium, elle devait bien savoir pourquoi j'étais là, non ?

— Oui… enfin, bref. En fait, je me demandais…

— Allez-y, parlez !

Je rassemblai mon courage.

— Bon, en fait je me demandais si une *certaine* personne allait me poser une *certaine* question.

Je fis exprès de ne pas regarder Will, mais je l'entendis sursauter. Ha, ha ! Il ne l'avait pas vue venir, celle-là !

Madame Z. posa deux doigts sur son front et prit un air inspiré.

— Hum, hum, marmonna-t-elle, ce que je vois là est très confus ! Il y a de la passion, c'est évident…

Yun Sun pouffa, alors que Will déglutit distinctement.

— … mais je vois également… Mince, comment dit-on ? Ah oui, des *complications* !

« Sans blague ? ne pus-je m'empêcher de penser. Cela dit, ça vous ennuierait de creuser davantage, que j'aie quelque chose à me mettre sous la dent ? »

— Et il… Enfin *elle*, cette personne, va-t-elle se décider à agir ?

Même si j'avais une boule dans l'estomac, il ne fallait pas que je tourne autour du pot.

— Agir ou ne pas agir, telle est la question, récita Madame Z. d'une voix lointaine.

— Oui, c'est bien ce que je vous demande !

— C'est le même dilemme qui revient constamment…

La voyante s'interrompit. Ses yeux fixés sur Will papillonnèrent à toute vitesse et son visage blêmit.

— Quoi ? m'étonnai-je.

— Rien, marmonna-t-elle, manifestement troublée.

— Non, pas « rien » !

Son pseudo-numéro de télépathie avec l'au-delà ne marchait pas avec moi. Qu'est-ce qu'elle voulait ? Nous faire croire qu'elle avait subitement été possédée ? Qu'elle avait eu une vision *terrible et saisissante* ? Soit. Qu'elle me donne ma foutue réponse, alors !

Madame Z. fit mine de se ressaisir avant de tirer une longue bouffée sur sa cigarette. Puis elle me toisa d'un œil noir :

— Si un arbre s'abat dans une forêt mais que personne n'est là pour l'entendre, fait-il quand même du bruit ?

— HEIN ??!

— C'est tout ce que je peux vous dire. À prendre ou à laisser !

Comme elle semblait réellement *secouée*, je me suis contentée de cette devinette, non sans lancer un regard ahuri à Yun Sun pendant que Madame Z. avait le dos tourné.

Will prétendit n'avoir aucune question spécifique à poser mais, bizarrement, notre hôte insista pour lui transmettre un message. Les mains placées au-dessus de son aura, elle le mit en garde sur un ton comminatoire contre l'altitude – une remarque curieusement appropriée étant donné que Will était un passionné de varappe. Toutefois, le plus étrange, ce fut la réaction de Will. D'abord il haussa les sourcils d'un air étonné, puis une émotion différente sembla prendre le dessus, comme s'il éprouvait un plaisir secret par anticipation. Il jeta un coup d'œil amusé vers moi et rougit.

— Qu'est-ce qu'il y a ? le questionnai-je. Pourquoi tu fais cette tête sournoise ?

— Moi, sournois ? bafouilla-t-il, énigmatique.

— Will Goodman, tu me caches quelque chose !

— Pas du tout, j'te jure !

— Ne faites pas l'idiot, jeune homme ! rabâcha Madame Z. Écoutez ce que je vous dis !

— Ne vous en faites pas pour lui, la coupai-je. C'est un grand garçon !

Je fis volte-face vers Will.

— Bon, sérieusement : t'as dégoté un nouveau site d'escalade incroyable ? Un nouveau mousqueton rutilant ?

— C'est au tour de Yun Sun, esquiva-t-il. Vas-y, Yun Sun !

— Vous savez lire les lignes de la main ? s'enquit cette dernière.

Madame Z. poussa un soupir, puis, sans grande conviction, se mit à faire glisser son doigt sur la pulpe potelée au-dessous du pouce de mon amie.

— Vous serez aussi belle que vous voudrez bien l'être ! finit-elle par prédire.

C'est tout, rien de plus. Ses perles de sagesse se résumaient à ça.

Yun Sun semblait aussi peu impressionnée que moi, et j'avais envie de lui régler son compte en notre nom à tous. Franchement ! *Un arbre dans une forêt ? Prendre garde à l'altitude ? Être aussi belle que vous voudrez bien l'être ?* En dépit du malaise ambiant qu'elle avait plutôt habilement installé, il était clair qu'on était tous les trois en train de se faire embobiner. Surtout moi.

Mais, avant même que j'aie le temps de dire quoi que ce soit, un téléphone portable sonna sur le bureau. Madame Z. décrocha en utilisant une de ses longues griffes orange pour enfoncer la touche verte de l'appareil.

— Madame Zanzibar à votre écoute…, récita-t-elle.

L'expression de son visage se modifiait à mesure qu'elle écoutait la personne à l'autre bout du fil. Son ton devint plus âpre, comme agacé.

— Non, Silas. Ça s'appelle… oui, tu peux le dire : une *candidose*.

Yun Sun et moi, on se regarda d'un air horrifié, même si pour ma part – c'était plus fort que moi ! – je jubilais. Pas que Madame Z. ait une candidose, non, beurk, quelle horreur ! Mais qu'elle parle de ça avec ce dénommé Silas alors qu'on était en train de l'écouter. *LÀ*, on en avait pour notre argent !

— Dis au pharmacien que c'est la deuxième fois ce mois-ci, râla la médium. Il me faut quelque chose de plus fort. Comment ?… Mais pour les démangeaisons, idiot ! Sauf s'il préfère venir gratter à ma place !

Elle tourna sur son fauteuil pivotant, croisant une de ses jambes rose pétant sur l'autre.

Will leva la tête vers moi en écarquillant ses yeux noisette d'un air affolé.

— Pas question que je la gratte ! blagua-t-il à voix basse.

Je me mis à rire, jugeant que c'était plutôt bon signe que Will fasse l'intéressant devant moi. L'expérience Zanzibar ne s'était pas déroulée comme prévu, mais qui sait ? Peut-être qu'au final on obtiendrait quand même l'effet escompté.

La voyante braqua l'extrémité incandescente de sa cigarette sur moi et je baissai le menton d'un air contrit, genre : « Oups, désolée ! » Pour m'occuper, je reportai mon attention sur le fouillis étrange et varié qui jonchait ses étagères : notamment un livre intitulé *La Magie de l'ordinaire* et un autre *Que faire quand les morts parlent mais qu'on ne veut pas les entendre ?* Je donnai un petit coup de coude à Will en lui indiquant les bouquins et cet idiot fit semblant de s'étrangler en plaquant ses deux mains sur sa gorge, ce qui me fit inévitablement glousser.

Au-dessus des reliures, on pouvait apercevoir une bouteille de mort-aux-rats, un vieux monocle, un bocal de ce qui ressemblait à des rognures d'ongles, une tasse Starbucks tachée de café, et une patte de lapin – griffes comprises. L'étagère supérieure, elle, arborait un… *hum, charmant !*

— C'est un *crâne* à ton avis ? demandai-je à Will.

Mon ami lâcha un sifflement de surprise.

— La vache !

— O.K., intervint Yun Sun en détournant le regard. Crâne ou pas, je ne veux pas le savoir ! On peut partir maintenant ?

Je pris la tête de mon amie entre mes mains pour l'orienter dans la bonne direction :

— Y a un crâne, mais il a encore des cheveux, regarde !

Madame Z. raccrocha en refermant brusquement le clapet de son portable.

— Des abrutis, tous autant qu'ils sont ! maugréa-t-elle.

Sa pâleur s'était dissipée ; manifestement, parler avec Silas avait mis fin à sa transe.

— Ah, je vois que vous avez fait connaissance avec Fernando !

— Fernando, c'est celui à qui appartient ce crâne ? demandai-je, interloquée.

— Mon Dieu ! gémit Yun Sun.

— Un jour de pluie diluvienne, il est remonté à la surface comme un asticot dans le cimetière de Chapel Hill – son cercueil, j'entends, raconta Madame Z. Une camelote en bois qui devait dater des années dix-neuf cent ! Il n'y avait plus personne pour s'en occuper, alors j'ai eu pitié de lui et je l'ai ramené ici.

— Vous avez ouvert le cercueil ? bredouillai-je.

— Un peu que je l'ai ouvert !

À l'entendre, elle semblait fière de son coup ; je l'imaginais bien dans son jogging rose en train de piller la tombe…

— C'est immonde que ce *truc* ait encore des cheveux ! commentai-je, dégoûtée.

— *Il*, me corrigea la voyante. Faites preuve d'un peu de respect !

— J'ignorais que les cadavres avaient des cheveux, c'est tout…

— Qu'ils n'aient plus de peau, oui : la décomposition est quasi immédiate et, croyez-moi, mieux vaut ne pas sentir l'odeur à ce moment-là ! En revanche, les cheveux continuent parfois à pousser plusieurs semaines après que le défunt a fait son signe de croix.

— Ouah…

Je tendis le bras pour ébouriffer les boucles couleur miel de Will.

— T'entends ça, Will ? Les cheveux poussent encore après la mort !

— Incroyable !

— Et ça, c'est quoi ? s'enquit Yun Sun en indiquant un Tupperware transparent à l'intérieur duquel un truc rougeâtre semblable à un organe flottait dans un liquide. Pitié, dites-moi que ça ne vient pas de Fernando !

Madame Z. secoua la tête avec affliction, l'air de dire : « Qu'est-ce qu'il ne faut pas entendre ! »

— Mais non, voyons, c'est mon utérus ! J'ai demandé au toubib de me le donner à la suite de mon hystérectomie.

— Votre *utérus* ?!

Yun Sun allait tourner de l'œil.

— Ils peuvent toujours courir pour que je les laisse le jeter dans l'incinérateur ! s'indigna la dame.

— Et *ça* ?…

Mon doigt était pointé en direction d'un amas de trucs séchés sur l'étagère la plus haute ; ce jeu de devinettes s'avérait bien plus agréable que notre séance de voyance.

La femme suivit mon regard. Elle entrouvrit la bouche, mais la referma aussi sec.

— C'est rien, assura-t-elle avec fermeté, tout en ayant apparemment du mal à détourner les yeux de la chose en question. Bon, c'est fini cet interrogatoire ?

— Allez ! insistai-je en joignant les mains dans un geste de prière. Dites-nous ce que c'est !

— Mieux vaut que vous ne le sachiez pas.

— Mais je *veux* savoir.

— *Pas moi !* me coupa Yun Sun.

— Mais si, elle veut ! Et Will aussi, n'est-ce pas, Will ?

— Ça ne peut pas être pire que l'utérus…

Madame Z. pinça les lèvres, perplexe.

— S'il vous plaît…

Elle marmonna quelque chose dans sa barbe à propos de ces stupides adolescents, comme quoi elle déclinait toute responsabilité quant à la suite des événements. Puis elle se hissa pour fourrager sur l'étagère du haut. Ses seins ne bougèrent pas d'un iota ; au contraire, ils restèrent fermes et raides sous son haut de jogging. Elle récupéra l'objet et le posa devant nous.

— Un bouquet de fleurs séchées ! murmurai-je, haletante.

Un bouquet composé de fragiles boutons de rose aux bords roussis et fins comme du papier, et de brins de gypsophile grisonnants et si desséchés que des houppes de fibre saupoudraient la table. Un ruban rouge défraîchi assemblait le tout.

— Une paysanne française lui a jeté un sort, nous confia Madame Z. d'une voix à peine audible.

C'était comme si elle était contrainte de formuler ces mots contre sa volonté. Ou plutôt non, elle avait envie de parler mais semblait lutter pour s'en empêcher.

— Cette femme voulait prouver que le grand amour est guidé par le destin, et que quiconque tente d'interférer le fait à ses risques et périls.

Elle s'apprêta à ranger le bouquet.

— Attendez ! m'écriai-je. Comment ça marche ? Quel effet ça a ?

— Je n'vous l'dirai pas, rechigna-t-elle avec obstination.

— *Je n'vous l'dirai pas !* l'imitai-je. On dirait une môme de quatre ans !

— Frankie ! me coupa Yun Sun, choquée.

— Vous êtes comme toutes les autres, n'est-ce pas ? me lança soudain Madame Z. d'un ton sec. Prête à tout pour un petit copain ? Pour une idylle palpitante, quel qu'en soit le prix !

Mes joues se mirent à chauffer. Seulement voilà, c'était là, sur la table : petit copain et histoire d'amour à portée de main ! L'espoir bouillonnait dans ma poitrine.

— Dites-lui ce qu'elle veut savoir, soupira Yun Sun, sinon on n'est pas prêts de partir.

— Non ! persista la voyante.

— Elle ne peut rien me dire parce qu'elle a tout inventé !

Madame Z. me foudroya du regard. Je l'avais provoquée, et j'avoue que ce n'était pas loyal. Toutefois, d'instinct, je savais que, quel que soit le fin mot de cette histoire, elle n'avait rien inventé. Et j'avais vraiment envie d'en savoir plus.

Elle déplaça le bouquet au milieu de la table.

— Trois personnes, trois vœux chacun ! déclara Madame Z. d'une voix sinistre. Voilà toute la magie de ce bouquet.

Yun Sun, Will et moi échangeâmes quelques coups d'œil avant d'être pris d'un irrésistible fou rire. C'était vraiment ridicule, et en même temps inouï : d'abord la tempête, ensuite la cinglée, et maintenant cette révélation formulée sur un ton théâtral…

Pourtant, la façon dont Madame Z. nous observa – surtout Will – nous fit peu à peu taire.

Ce dernier essaya de détendre à nouveau l'atmosphère.

— Dans ce cas, pourquoi ne pas vous en servir ? s'enquit-il comme un adolescent se voulant poli et serviable.

— C'est déjà fait, répondit la voyante, dont le rouge à lèvres orange formait une sorte de tache sur son visage.

— Et vos trois vœux ont été exaucés ? demandai-je à mon tour, fascinée.

— L'un après l'autre, me confirma la voyante d'un ton impassible.

Aucun de nous ne savait quoi ajouter.

— Est-ce que quelqu'un d'autre l'a déjà utilisé ? tenta soudain Yun Sun.

— Oui, une autre dame. Je ne sais pas quels étaient les deux premiers, mais son dernier vœu était de *mourir*. C'est ainsi que j'ai hérité du bouquet.

Le sifflet coupé par cet aveu, ni moi ni les autres ne dîmes mot. La situation paraissait irréelle, et pourtant nous étions bien là, face à cette femme et vivant l'instant à cent pour cent.

— Bon sang, c'est glauque ! commenta Will en premier.

— Mais alors… pourquoi le conserver si vous avez déjà utilisé vos trois vœux ? osai-je alors demander à Madame Z.

— Bonne question, me répondit cette dernière après avoir fixé le bouquet pendant quelques pesantes secondes.

C'est alors qu'elle sortit un briquet turquoisc de sa poche et en fit jaillir une flamme. Puis elle s'empara subitement de l'objet avec une détermination farouche, comme si elle exécutait un geste décidé de longue date.

— Non ! hurlai-je en lui arrachant le bouquet des mains. Donnez-le-moi si vous n'en voulez plus !

— Jamais ! Il faut le brûler !

Mes doigts se refermèrent sur les boutons de rose. Au toucher, leur texture ressemblait aux joues flétries de mon grand-père, que je caressais quand j'allais le voir dans sa maison de retraite.

— Vous commettez une grave erreur !

La femme allongea le bras pour agripper le bouquet d'une main de fer. Je perçus chez elle le même conflit intérieur que lorsque je l'avais harcelée pour qu'elle parle du bouquet : à croire qu'il la possédait totalement !

Ridicule, j'en conviens.

— Il n'est pas trop tard pour modifier votre destinée, essaya-t-elle de m'amadouer, en se raidissant dans son fauteuil.

— De quelle destinée parlez-vous ? la raillai-je d'une voix saccadée. Celle où un arbre s'abat dans une forêt mais où, pauvre de moi, j'ai des boules Quies dans les oreilles ?

Madame Z. me toisa derrière ses cils épais. La peau qui entourait ses yeux était aussi fine que du papier crépon, signe qu'elle était bien plus âgée que je ne l'avais présumé au départ.

— Vous êtes une enfant impolie et irrespectueuse. Vous mériteriez une bonne fessée !

Elle se laissa choir contre le dossier de son fauteuil, comme subitement délivrée de l'emprise malsaine du bouquet d'un simple claquement de doigts ! À moins que ce ne soit le bouquet lui-même qui l'ait libérée ?

— Gardez-le, c'est votre décision ! Je décline toute responsabilité quant aux conséquences de vos actes !

— Entendu, mais j'ai besoin du mode d'emploi.

Madame Z. ronchonna de plus belle.

— Allez, quoi ! l'implorai-je.

Je ne voulais pas faire ma sale gosse, seulement tout ça était terriblement excitant.

— Sans votre aide, je risque de tout faire de travers, et peut-être même de détruire la planète !

— Frankie, laisse tomber, me suggéra Will à voix basse.

Je secouai la tête. *Impossible*.

Madame Z. ricana face à ma bêtise. Qu'elle rigole ! Ça ne me faisait ni chaud ni froid.

— Vous devez tenir le bouquet de la main droite et formuler vos vœux à voix haute, m'expliqua-t-elle enfin. Mais je vous le répète : vous n'en tirerez rien de bon !

— Ne soyez pas si pessimiste ! répliquai-je. Je ne suis pas si pas bête…

— Non, vous êtes *bien pire* !

Will intervint aussitôt pour calmer le jeu ; ça aussi, c'était bien son genre. Il détestait les disputes.

— Si je comprends bien, vous ne le réutiliseriez pas si vous en aviez la possibilité ? demanda-t-il à Madame Z.

Cette dernière haussa les sourcils, affligée.

— Est-ce que j'ai l'air de souhaiter quelque chose d'autre ?

Yun Sun, de son côté, soupira bruyamment.

— Pour ma part, j'aurais bien un ou deux souhaits à émettre. Frankie, essaie de m'obtenir les cuisses de Lindsay Lohan, tu veux ?

Mes amis étaient vraiment géniaux ! Je les adorais. Je m'empressai de brandir le bouquet devant moi lorsque Madame Z., tremblante, agrippa mon poignet :

— Pour l'amour du ciel, fillette ! s'écria-t-elle. Faites au moins un vœu sensé !

— Elle n'a pas tort, Frankie, approuva Will. Songe un peu à cette pauvre Lindsay : tu veux vraiment qu'elle se retrouve sans cuisses ?

— Il lui restera toujours ses mollets, soulignai-je.

— Même en espérant qu'ils soient joints à son buste, quel producteur de cinéma voudrait embaucher une femme-tronc ?

Je ris bêtement et Will parut satisfait de lui-même.

— Tous les deux, vous êtes vraiment ignobles ! s'indigna Yun Sun.

Le souffle de Madame Z. était irrégulier. Elle était peut-être parvenue à se désintéresser de mon sort, mais cette frayeur qu'elle avait affichée quand j'avais brandi les boutons de rose fanés… ça, ce n'était pas de la comédie.

Je rangeai le bouquet dans ma sacoche en prenant soin de ne pas l'écraser. Puis, sortant mon portefeuille, je réglai à Madame Z. le double du montant indiqué, sans entrer dans les détails mais en lui tendant simplement les billets. Elle les compta, avant de me jauger d'un air las en pinçant ses lèvres orangées.

« Bien…, semblait traduire sa posture. J'espère que vous n'aurez pas à le regretter. »

Nous prîmes la direction de chez moi en vue de commander une pizza, comme le voulait notre rituel du vendredi soir (et, la plupart du temps, du samedi et du dimanche). Mes parents étaient en congé sabbatique au Botswana pour six mois, par conséquent, *Chez Frankie* était synonyme de fiestas. Sauf que, des fêtes, on n'en faisait pas. On aurait pu, cela dit. Ma maison était située à des kilomètres du centre-ville, le long d'un chemin de terre mal entretenu, sans aucun voisin pour se plaindre. Néanmoins, hormis Jeremy, le petit copain de Yun Sun, qui faisait de rares apparitions, on préférait être entre nous. Jeremy nous trouvait bizarres, Will et moi. Il n'aimait pas les pizzas avec des morceaux d'ananas et ne partageait pas nos goûts cinématographiques.

La pluie martelait le toit du pick-up de Will tandis qu'il remontait les virages sinueux de Restoration Boulevard, en passant devant le café Krispy Kreme, l'épicerie Piggly Wiggly et le château d'eau du comté, qui s'étirait vers le ciel dans une gloire solitaire. Nous étions tous les trois entassés dans la cabine de la camionnette, mais je m'en fichais. J'étais assise au milieu, et la main de Will balayait mon genou chaque fois qu'il changeait de vitesse.

— Tiens, voici le cimetière, dit-il en hochant la tête, apercevant la grille en fer forgé sur sa gauche. Si on observait une minute de silence pour ce pauvre Fernando ?

— Bonne idée, lui répondis-je.

Un éclair illumina les rangées de pierres tombales, et je songeai alors que les cimetières étaient vraiment des lieux à la fois sinistres et troublants. De vieux os, des peaux pourrissantes, et tous ces cercueils... Ces cercueils qui remontaient parfois à la surface.

J'étais contente d'arriver chez moi. Une fois à l'intérieur, je passai de pièce en pièce pour allumer toutes les lampes, pendant que Will commandait la pizza et que Yun Sun brassait les arrivées DVD de la semaine loués sur filmonline.com.

— Un truc drôle, O.K. ? lui criai-je depuis l'entrée.

— X-files, ça vous dit pas ?

Je la rejoignis dans le salon pour passer en revue la pile de films.

— Pourquoi pas *High School Musical* ? Il n'y a rien de flippant dans ce film !

— Dis-moi que tu plaisantes ! intervint Will en refermant son téléphone d'un clic. Voir Sharpay et son frère en tenue de cabaret exécuter leur numéro de danse avec des maracas, ça fout la chair de poule !

J'éclatai bruyamment de rire.

— Ne vous gênez pas pour moi, les filles, abrutissez-vous ! ajouta-t-il. De toute façon, j'ai une course à faire.

— Tu pars ? s'étonna Yun Sun.

— Et la pizza ? bafouillai-je, également surprise.

Il ouvrit son portefeuille et allongea un billet de vingt dollars sur la table basse.

— Je serai de retour dans trente minutes. En attendant, c'est moi qui régale !

Yun Sun secoua la tête, interloquée.

— Alors, tu pars ? répétai-je encore. Tu ne restes même pas dîner ?

— Je dois absolument faire quelque chose.

Mon cœur se serra. Je mourais d'envie de le retenir, ne serait-ce que quelques minutes. Alors, je fonçai dans la cuisine et sortis le bouquet de Madame Z. – rectification, *mon* bouquet – de mon sac.

— Attends au moins que j'aie formulé mon vœu ! suggérai-je à Will en revenant dans le salon.

Il sembla amusé.

— O.K. *Formule* alors !

Et pourtant, je n'arrivais pas à me décider. La pièce était chaleureuse et douillette, la pizza était en route et j'avais les deux meilleurs amis du monde. Qu'est-ce que je désirais vraiment d'autre ?

Ben tiens… La zone cupide de mon cerveau me fournit la réponse : le bal, bien sûr. *Je voulais que Will m'invite au bal.* C'était peut-être égoïste d'avoir autant et d'en vouloir encore plus… Mais, très vite, je chassai ce raisonnement de mes pensées.

Tout simplement parce que rien qu'à le regarder… je salivais. Ces jolis yeux noisette intense, ce sourire espiègle et ces boucles ridiculement angéliques… Will dégageait tant de douceur et de bonté !

Il fredonna le jingle de l'émission *La roue de la fortune* en guise de roulement de tambour. Alors, je brandis une bonne fois pour toutes le bouquet.

— Je souhaite que le garçon que j'aime m'invite au bal de fin d'année ! proférai-je enfin.

— C'est parti, les amis ! s'exclama Will avec enthousiasme, comme un animateur de jeu télévisé.

Il était bien trop survolté.

— Mais quel garçon ne voudrait pas emmener notre *merveilleuse* Frankie au bal ? poursuivit-il sur un ton à la fois moqueur et énigmatique. À présent, il ne nous reste plus qu'à patienter, pour voir si son vœu sera…

Yun Sun le coupa brusquement.

— Frankie ? Tout va bien ?

— Il a bougé, balbutiai-je en reculant devant le bouquet que je venais de balancer par terre.

Ma peau était moite.

— Je le jure sur ma tête : le bouquet a bougé quand j'ai prononcé mon vœu. Et cette odeur, vous sentez ?

— Rien du tout. Quelle odeur ? s'étonna Yun Sun.

— Toi, tu sens quelque chose, Will, pas vrai ?

Ce dernier, ayant encore plus l'air de planer depuis que Madame Z. l'avait mis en garde contre l'altitude, afficha un large sourire hébété. Un coup de tonnerre gronda, et il me donna une tape sur l'épaule.

— Maintenant, tu vas mettre l'orage sur le dos des forces maléfiques, c'est ça ? Non, mieux ! Tu vas aller te coucher, et demain tu vas nous dire que tu as trouvé une créature au sourire difforme recroquevillée sous ton édredon !

— Comme des fleurs en train de pourrir…, pensais-je à voix haute. Tu ne sens vraiment pas cette odeur, Will ? Tu me promets que tu ne me fais pas marcher ?

Il sortit des clés de sa poche.

— Allez, rendez-vous de l'autre côté du miroir, les filles ! Quant à toi, Frankie…

— Oui ?

Un nouveau coup de tonnerre ébranla la maison.

— Ne perds pas espoir, me souffla-t-il. Tout vient à point à qui sait attendre…

Je l'observai par la fenêtre foncer vers sa voiture. Il tombait des trombes. Puis je me retournai vers Yun Sun, le cœur si gonflé qu'il m'écrasait les poumons.

— Tu l'as entendu ? murmurai-je en serrant les mains de mon amie. Mon Dieu, tu crois que ça signifie ce que je crois ?

— Évidemment ! m'affirma Yun Sun. Il va t'inviter au bal, c'est sûr ! Disons que, pour l'instant… il en fait des tonnes !

— À ton avis, comment il va s'y prendre ?

— Aucune idée. Peut-être qu'il va louer un ballon publicitaire ou envoyer des gens chanter devant ta porte !

Surexcitées par ce suspense, on se mit toutes les deux à pousser des cris perçants et à bondir comme des dingues à travers le salon.

— Je dois reconnaître que le coup du vœu était une idée brillante ! ajouta Yun Sun.

Elle claqua des doigts, pour signifier que Will avait reçu le petit coup de pouce dont il avait besoin.

— Sans parler de ton histoire de fleurs pourries : *très* impressionnant !

— Ça, par contre, je l'ai réellement sentie, cette odeur, objectai-je.

— Sans blague !

— Je t'assure, Yun Sun !

Elle me dévisagea en secouant la tête, amusée. Puis elle me contempla de nouveau, avec plus de sérieux.

— Ton imagination t'a sans doute joué un tour, me rassura-t-elle.

— Peut-être…

Je ramassai le bouquet en le tenant avec précaution entre le pouce et l'index, puis je le laissai tomber derrière une rangée de livres sur une étagère de la bibliothèque, ravie qu'il soit hors de vue.

Le lendemain matin, je dévalai les escaliers au pas de course, espérant bêtement trouver… je ne sais pas… des centaines de M&M's épelant mon prénom, peut-être ? Ou bien des ribambelles de cœurs roses suspendus à de stupides ficelles ?

Au lieu de ça, je trouvai un oiseau mort. Son minuscule corps était étendu sur le paillasson de l'entrée, comme s'il s'était défoncé le crâne en s'écrasant contre la porte pendant la tempête.

Je le ramassai à l'aide d'une serviette en papier, en essayant d'ignorer son petit corps tout mou tandis que je le transportais jusqu'à la poubelle du jardin.

— Je suis désolée, joli moineau, murmurai-je. Bon voyage au Paradis…

Le cadavre tomba au fond de la poubelle, et le couvercle se referma en claquant brusquement.

Je retournai à l'intérieur de la maison en entendant le téléphone sonner. Sûrement Yun Sun qui voulait des nouvelles. Elle était partie avec Jeremy vers onze heures la nuit dernière, après m'avoir fait promettre de l'avertir dès que Will serait passé à l'action.

— Salut, ma belle, dis-je en décrochant après avoir identifié le numéro appelant, qui confirmait que j'avais vu juste. Désolée, rien de neuf pour l'instant !

— Frankie…, balbutia Yun Sun.

— Cela dit, j'ai repensé à ce qu'avait raconté Madame Z. et à tout son charabia sur le thème « ne jouez pas avec le destin ».

— Frankie…

— Tu peux me dire en quoi le fait que Will m'invite au bal pourrait avoir des conséquences néfastes ?

Je me dirigeai vers le congélateur pour attraper une boîte de gaufres surgelées.

— Il va me postillonner dessus en me faisant sa demande ? Je vais me faire piquer par une abeille surgie du bouquet de fleurs qu'il va m'apporter ?

— Stop, Frankie ! Écoute-moi. Est-ce que tu as regardé les infos ce matin ?

— Un samedi ? Pas vraiment, non.

Yun Sun semblait avoir une boule dans la gorge.

— Yun', tu *pleures* ?

— La nuit dernière... Will a escaladé le château d'eau, m'annonça-t-elle.

— *Quoi ?!*

Le château d'eau faisait bien dans les quatre-vingt-dix mètres de haut, et un panneau au pied de la tour en interdisait strictement l'accès. Will avait toujours évoqué l'idée de grimper là-haut, mais il était tellement scrupuleux en matière de règlement qu'il ne l'avait bien sûr jamais fait.

— La rambarde devait être mouillée... à moins que ce ne soit la foudre, ils ne savent pas encore...

— Yun Sun, que s'est-il passé ?

— Cet imbécile était en train de taguer la paroi de la tour, quand...

— Will en train de *taguer* ?

— Frankie, tu veux bien m'écouter ! Il est tombé. Will est tombé de la tour.

Je me cramponnai au combiné.

— Mon Dieu ! Est-ce qu'il va bien ?

Yun Sun était incapable de parler tellement elle sanglotait. Bien sûr, je comprenais qu'elle ait de la peine, Will était aussi son ami. Mais j'avais besoin qu'elle se ressaisisse.

— Il est à l'hôpital, Yun Sun ? Est-ce que je peux aller le voir ?

Un petit cri plaintif résonna dans l'émetteur, suivi d'un tumulte indistinct. Mme Yomiko, la mère de Yun Sun, prit le relais.

— Will est mort, Frankie, m'annonça cette dernière. La chute, la façon dont il est tombé… il ne s'en est pas tiré.

— Pardon… *Qu'est-ce que vous dites ?*

— Chen est en route pour venir te chercher. Tu vas venir un peu chez nous, d'accord ? Et tu resteras aussi longtemps que tu le souhaites.

— Non, balbutiai-je, c'est…

Ma main lâcha brusquement la boîte de gaufres.

— *Impossible !* Will ne peut pas être mort.

— Frankie, répéta Mme Yomiko avec une infinie tristesse dans la voix.

— Je vous en prie, dites-moi que ce n'est pas vrai ! N'ayez pas ce ton aussi…

Je ne savais plus quoi, ni comment, penser.

— Je sais que tu l'aimais beaucoup. Nous l'aimions tous.

— Attendez ! la coupai-je. Will n'est pas un tagueur : ce sont les voyous qui font ça, *pas Will !*

— Viens à la maison, on en discutera après.

— Je ne comprends rien ! C'est quoi cette histoire de tag ?

Mme Yomiko ne répondit pas.

— Laissez-moi parler à Yun Sun, la suppliai-je. S'il vous plaît, passez-la-moi !

Nouveau bruit de confusion assourdi. Yun Sun reprit le combiné.

— O.K., je vais te dire pourquoi il était là-haut, mais à mon avis tu vas flipper.

Brusquement, une sensation glaciale m'envahit et l'angoisse me gagna.

— Will était en train de taguer un message qui disait…

Elle hésita avant de poursuivre.

— Ça disait : *Frankie, veux-tu être ma cavalière au bal ?*

Je m'écroulai à terre, à côté d'une boîte de gaufres. Qu'est-ce qu'elle faisait là, cette boîte ?

— Frankie ? murmura Yun Sun d'une voix au timbre métallique et lointain. Frankie, tu es toujours là ?

Cet écho était douloureux. Je raccrochai le combiné pour le faire disparaître.

Will fut enterré au cimetière de Chapel Hill. Jusqu'au bout, j'assistai, hébétée, aux funérailles ; le cercueil était fermé, car le corps de Will était trop disloqué pour être montré. J'aurais voulu lui dire au revoir, mais… que dire à une boîte ? J'observai la mère de Will jeter une poignée de terre dans la fosse où la tombe de son fils avait été creusée. C'était horrible… Toutefois, ce sentiment d'horreur me semblait vague et irréel. Yun Sun me serra la main ; je ne réagis pas.

Ce soir-là, il se mit à pleuvoir. Une légère averse de printemps. J'imaginai le sol, humide et froid autour du cercueil de Will. Je repensai à Fernando, dont Madame Zanzibar eut récupéré le crâne après que son cercueil eut dérivé dans la terre trempée. Je me souvins que l'aile est du cimetière, où Will était enterré, était plus récente, avec des aménagements paysagers bien entretenus. Assurément, de nos jours, il existait des moyens modernes pour creuser les tombes, plus efficaces que des hommes munis de pelles.

Le cercueil de Will ne pourrait pas remonter à la surface. C'était impossible.

Je restai chez Yun Sun pendant presque deux semaines. Mes parents furent prévenus et proposèrent de rentrer du Botswana. Je leur dis de rester là-bas. Qu'est-ce que ça changerait ? Leur présence ne ferait pas revenir Will.

Au lycée, les premiers jours, les élèves parlaient à voix basse en me dévisageant quand je passais. Certains trouvaient le geste de Will très romantique. D'autres le jugeaient stupide. « Une tragédie ! » : prononcée avec mélancolie, c'était la formule qui revenait le plus souvent.

Quant à moi, je hantais les couloirs comme une morte-vivante. J'aurais tout plaqué si je n'avais pas risqué d'être convoquée par la conseillère psychologique de l'établissement, qui m'aurait forcée à parler de mes émotions. Ça, ça n'arriverait pas. Ma douleur, ce squelette qui s'agiterait en moi à jamais, m'appartenait.

Une semaine après la mort de Will, et précisément une semaine avant le bal de fin d'année, les filles du lycée se mirent à discuter davantage de robes, de réservations de tables et de limousines que de Will. Une fille au teint cireux, élève du cours de chimie de Will, finit par piquer une crise et réclamer que le bal soit annulé. Mais les autres refusèrent : le bal devait avoir lieu. C'est ce que Will aurait souhaité.

On vint nous consulter, Yun Sun et moi, étant donné qu'on était les deux meilleures amies de Will (et que moi – même si personne n'en disait rien – j'étais celle pour qui il aurait fait n'importe quoi). Yun Sun en eut les larmes aux yeux, mais, passé un bref instant de malaise, elle répondit qu'on aurait tort de gâcher la soirée de tout le monde, que rester chez soi à pleurer Will ne ferait de bien à personne.

— La vie continue, ajouta-t-elle.

Son petit copain Jeremy acquiesça d'un signe de tête. Il l'enlaça et la serra doucement contre lui.

Lucy, la présidente du comité de bal, posa une main sur son cœur.

— C'est vrai, approuva-t-elle.

Puis elle se tourna vers moi d'un air un peu trop bienveillant.

— Et toi, Frankie ? Est-ce que tu penses pouvoir surmonter ça ?

Je haussai les épaules :

— Peu importe, déclarai-je.

Elle me serra dans ses bras, et je vacillai.

— O.K., les amis, on s'y remet ! lança-t-elle en bondissant à travers la foule. Trixie, tu reprends le boulot sur les fleurs de cerisier ! Jocelyne, dis à la dame de la papeterie qu'on a besoin d'une centaine de serpentins bleus, et qu'elle ne dise pas qu'elle n'en a plus !

L'après-midi du jour J, deux heures avant que Jeremy passe prendre Yun Sun, je fourrai mes affaires dans mon sac et lui annonçai que je rentrais chez moi.

— Comment ? s'exclama mon amie. *Non*, pas question !

Yun Sun reposa un bigoudi brûlant. Son maquillage, paillettes pour le corps Babycakes et brillant à lèvres Dewberry, était étalé devant elle sur son vanity-case. Sa tenue de bal pendait au crochet de sa porte de salle de bains ; elle était couleur lilas, avec une encolure en cœur. Ravissante.

— Merci de m'avoir permis de rester aussi longtemps… Mais maintenant il est temps que je parte, répondis-je à Yun Sun.

Sa bouche s'affaissa. Elle voulait protester, mais elle savait que j'avais raison. Je n'étais pas heureuse ici. En soi, ce n'était pas le problème – je ne serais jamais plus heureuse nulle part –, mais passer mon temps à me morfondre dans la maison des Yomiko me donnait l'impression d'être prise au piège, et à Yun Sun celle d'être impuissante et fautive.

— Mais c'est le bal, ce soir ! protesta Yun Sun. Tu ne vas pas rester toute seule chez toi un soir de fête ?

Elle s'approcha de moi.

— Reste jusqu'à demain. Promis, je ne ferai pas de bruit en rentrant. Et je te promets aussi de ne pas radoter sur, tu sais… les potins de fin de soirée, qui est sorti avec qui et quelle fille est tombée dans les pommes dans les toilettes.

— Pourtant, *tu devrais*, objectai-je. Tu devrais traîner dehors jusqu'à pas d'heure et rentrer quand ça te chante, en faisant autant de boucan que tu veux et en ayant la tête qui tourne et tout !

Subitement, les larmes me montèrent aux yeux.

— Vraiment, Yun Sun, *tu devrais*.

Elle toucha mon bras, mais je me dégageai de façon discrète, du moins l'espérai-je.

— Et tu devrais en faire autant, Frankie.

— Oui… peut-être.

Je hissai mon sac sur l'épaule.

— Tu peux m'appeler à n'importe quelle heure, ajouta Yun Sun. Je laisserai mon téléphone allumé, même pendant le bal.

— D'accord.

— Si jamais tu changes d'avis, si tu décides de rester…

— Merci.

— Ou si tu décides finalement de venir au bal ! On aimerait tous que tu sois là, tu le sais, n'est-ce pas ? Peu importe que tu n'aies pas de cavalier !

Je grimaçai de douleur. Elle ne l'avait pas dit dans ce sens mais, justement, le fait que je n'aie pas de cavalier n'était pas insignifiant, puisque ce cavalier aurait dû être Will. Et, s'il n'était pas avec moi, ce n'est pas parce qu'il était amoureux d'une autre ou qu'il souffrait d'un horrible rhume, c'est parce qu'il était mort. *À cause de moi.*

— Mon Dieu, gémit Yun Sun, excuse-moi, Frankie…

J'esquissai un simple geste de la main pour tout au revoir ; je n'aurais pas supporté un contact physique de plus.

Une bulle de désarroi nous enveloppa.

— Il me manque aussi, tu sais, me souffla-t-elle.

Je hochai la tête et tournai les talons.

En arrivant dans ma maison vide, je découvris que le courant avait sauté. *Génial.* Ça arrivait bien plus souvent que ça n'aurait dû : lorsqu'il pleuvait à torrents toute la journée, des branches d'arbres étaient projetées sur le transformateur, plongeant tout le voisinage dans le noir pendant des heures. Parfois, ça disjonctait aussi sans raison. Peut-être que trop de gens utilisaient leur climatiseur en même temps et que les circuits subissaient une surcharge ? Enfin, ce n'était que ma théorie. Celle de Will, c'était les fantômes. Quel idiot, celui-là !

« Ils sont venus pour que ton lait tourne dans ton frigo ! » chuchotait-il d'une voix lugubre.

Will…

Ma gorge se noua.

J'essayai de penser à autre chose, mais en vain, alors je décidai de laisser son souvenir exister en moi et errer dans mon esprit. Je me préparai un sandwich au beurre de cacahuète auquel je ne touchai même pas. Puis je montai à l'étage et je m'étendis sur mon lit sans rabattre les couvertures. L'obscurité s'intensifia au son d'un ululement de chouette. Je fixai le plafond jusqu'à ne plus pouvoir distinguer les stries des toiles d'araignées.

Dans la pénombre, mes pensées dérivèrent, empruntant un chemin qu'elles n'auraient pas dû prendre… Fernando. Madame Zanzibar. *Vous êtes comme toutes les autres, n'est-ce pas ? Prête à tout pour une idylle palpitante ?*

C'était justement ce côté prête à tout qui m'avait donné l'idée débile d'aller chez Madame Z. et de faire ce vœu encore plus débile. C'est aussi ce qui avait incité Will à me suivre. Mon Dieu, si seulement je n'avais pas pris ce fichu bouquet !

Je me redressai brusquement. Bon sang… *le bouquet !*

J'attrapai mon téléphone et appuyai sur la touche « deux » du clavier, le numéro abrégé de Yun Sun. La touche « un » correspondait au numéro de mes parents et la « trois » à celui de Will : je ne l'avais pas encore effacé, et je n'aurais désormais pas à le faire !

— Yun Sun ! m'écriai-je lorsqu'elle décrocha.

— Frankie ?

Derrière elle, le morceau *S.O.S.* de Rihanna beuglait dans la salle.

— Tout va bien ?

— Oui. Mieux que ça, même ! À part qu'il y a une coupure de courant chez moi et que je suis toute seule dans le noir total, mais ce n'est pas grave, ça ne va pas durer.

Je fus secouée d'un petit rire nerveux tout en avançant à tâtons sur le palier de ma chambre.

— Qu'est-ce que tu dis ? hurla Yun Sun dans le combiné, à cause des bruits et des rires qui couvraient sa voix.

— Le bouquet, Yun Sun ! Il me reste encore deux vœux !

Je descendis l'escalier au petit trot en sifflotant de joie.

— Frankie, qu'est-ce que tu…

— Je peux le ramener, tu comprends ! Tout va rentrer dans l'ordre. On pourra même aller au bal ensemble !

La voix de Yun Sun devint plus cassante.

— Non, Frankie !

— Je suis vraiment idiote de ne pas y avoir pensé plus tôt !

— Attends ! Ne fais pas ça ! Ne…

Sa voix se brisa net.

J'entendis un « oups » suivi d'excuses avinées et d'un « j'adooore ta robe ». Apparemment, tout le monde s'amusait bien là-bas, et bientôt, ce serait aussi mon cas.

Atteignant enfin le salon, je m'approchai de l'étagère où j'avais laissé le bouquet. Je tapotai le haut des livres, puis le vide derrière. Mes doigts rencontrèrent une forme douce, comme des pétales de peau.

— Me revoilà, lança soudain Yun Sun.

Le bruit de fond avait diminué, ce qui laissait supposer qu'elle était sortie de la salle.

— Frankie, je sais parfaitement que tu souffres, mais ce qui est arrivé à Will n'est qu'une *épouvantable* coïncidence.

— Appelle ça comme tu veux. Moi, je vais utiliser mon deuxième vœu !

J'attrapai le bouquet derrière la rangée de livres.

— Frankie, tu ne peux pas faire ça ! s'énerva soudain Yun Sun.

— Ah non ! Et pourquoi ?

— Will a fait une chute de quatre-vingt-dix mètres et, d'après ce qu'on sait, son corps était complètement *mutilé* ! D'où son cercueil fermé, t'as oublié ?

— Et ?

— Et ça fait un mois qu'il pourrit sous terre ! brailla-t-elle.

— Yun Sun ! Cette remarque est vraiment de mauvais goût ! Honnêtement, s'il s'agissait de faire revenir Jeremy, je ne suis pas certaine que tu débattrais !

Je rapprochai les fleurs de mon visage, effleurant les pétales de mes lèvres.

— Écoute, je dois raccrocher, mais garde un peu de punch pour Will et moi ! Surtout pour Will, d'ailleurs, parce que je parie qu'il sera complètement *mort* de soif !

Je refermai mon portable et brandis le bouquet en l'air.

— Je souhaite que Will soit de nouveau en vie ! exultai-je.

L'odeur fétide de la pourriture épaissit l'atmosphère. Le bouquet se recroquevilla, comme si les pétales se ratatinaient sur eux-mêmes. Instinctivement, je le balançai loin de moi, comme pour me débarrasser d'un insecte imaginaire qui serait tombé sur ma main. Désormais, peu importait le bouquet. Seul Will comptait. *Où* était-il, d'ailleurs ?

Je jetai un œil autour de moi, m'attendant bêtement à le voir assis sur le canapé en me regardant d'un air de dire : « Ne me dis pas que t'as peur d'un bouquet de fleurs séchées ! T'es pitoyable ! »

Cependant, le canapé, une forme lugubre et menaçante près du mur, était vide.

Je fonçai vers la fenêtre pour jeter un œil au-dehors, mais rien. Juste le vent, faisant voltiger les feuilles des arbres.

— Will ? balbutiai-je à mi-voix.

Toujours rien. Le cœur brisé par cette insoutenable déception, je m'affalai dans le fauteuil en cuir de mon père.

« Je suis vraiment idiote. Une stupide et pathétique abrutie », songeai-je.

Le temps s'écoula et les cigales se mirent à chanter.

« Stupides cigales ! »

Soudain, un bruit sourd, à peine audible. Puis un autre. Je me redressai, droite comme un I.

Le gravier crissa sur le chemin… à moins que ce ne soit dans l'allée ? Le bruit se rapprocha. C'était un pas laborieux, accompagné d'un étrange tempo de claudication ou de quelque chose qu'on traîne.

Je tendis l'oreille au maximum.

C'était *là*, à trente mètres : un bruit sourd sous le porche. Un bruit qui n'avait clairement rien d'humain.

Ma gorge se serra à mesure que les mots de Yun Sun me revenaient en mémoire. « Mutilé », avait-elle dit, « en train de pourrir ». Je n'y avais pas prêté attention sur le coup. Maintenant, il était trop tard. *Qu'est-ce que j'avais fait ?!*

Je bondis du fauteuil et filai à toute vitesse m'abriter dans l'entrée, au cas où quelqu'un – ou quelque *chose* – aurait l'idée d'épier à travers les grandes baies vitrées du salon. Qu'est-ce que j'avais ramené à la vie exactement ?

On frappa à la porte ; le coup résonna en écho à travers la maison. Je laissai échapper un gémissement, mais plaquai aussitôt une main sur ma bouche.

— Frankie ? appela une voix. Flûte, je ne suis pas très beau à voir !

Un rire où perçait une pointe d'autodérision traversa la paroi.

— Mais bon, l'important c'est que je sois là ! Je suis venu te chercher pour aller au bal !

— On n'a pas besoin d'y aller ! répondis-je en couinant.

C'est *moi* qui avais cette voix aussi stridente ?

— Après tout, on s'en fiche du bal, non ?...

— C'est ça ! Surtout venant d'une fille prête à tuer pour une soirée romantique !

La poignée grinça.

— Tu ne veux pas me laisser entrer, Frankie ?

Mon rythme cardiaque s'accéléra.

Une série de *floc* se fit entendre, comme si on jetait des fraises trop mûres dans la poubelle, suivie d'un : « Mince, encore une tache ! »

— Will ? bredouillai-je, terrorisée.

— C'est vraiment bête ! Dis, tu aurais du détachant ?

« Oh merde ! Qu'est-ce que je fais maintenant ? »

— Tu n'es pas fâchée, au moins ? continua Will.

Il semblait sincèrement inquiet.

— Je suis revenu aussi vite que possible. Mais c'était vraiment superflippant, Frankie, parce que...

Mon esprit se mit à divaguer. Je pensai aux cercueils privés d'air, loin, loin sous terre. « Oh non, pas ça, je vous en supplie ! »

— Enfin, passons ! C'était flippant, point. Bon, tu me laisses entrer, oui ou non ? Je tombe en ruine, moi ! insista Will d'un ton pour le moins sarcastique.

Je m'appuyai de tout mon long contre le mur de l'entrée. Mes jambes allaient lâcher et, question sang-froid, je n'étais pas très douée, mais ma petite voix intérieure me rassura : derrière l'épaisse porte d'entrée, j'étais en sécurité. Quoi qu'il soit devenu, Will était encore en chair et en os, du moins en partie, ce n'était pas un fantôme capable de traverser les murs.

— Will, va-t'en ! lui criai-je, rassemblant mon courage. J'ai commis une erreur, O.K. ?

— Une *erreur* ? Mais de quoi tu parles ?

Sa confusion me brisa le cœur.

— Je me suis… Oh mon Dieu, Will ! bafouillai-je en éclatant en sanglots. On n'est plus faits l'un pour l'autre, tu comprends ?

— Rien du tout ! Tu voulais que je t'invite au bal et c'est ce que j'ai fait ! Et maintenant, sans raison valable… Ah, je crois que j'ai pigé !

— Vraiment… ?

— Tu ne veux pas que je te voie, c'est ça ? Tu angoisses à cause de ta tenue !

— Euh…

Est-ce que je devais le suivre dans cette voie ? Acquiescer juste pour qu'il s'en aille ?

— Frankie, sérieusement, pas de quoi paniquer ! ricana Will. Un, parce que tu es ravissante, et deux, parce que, comparée à moi, tu auras sûrement l'air d'un ange tombé du ciel !

Il sembla soulagé, comme s'il avait été obsédé par une pièce manquante et qu'il n'arrivait pas à mettre le doigt dessus : à présent, tout était clair dans son esprit : Frankie avait des soucis d'amour-propre, c'est tout ! Quelle idiote, cette Frankie !

De nouveau, un bruit de pas traînant se fit entendre. Puis un raclement. Mon corps se raidit : je connaissais ce bruit.

« Oh non ! Le pot de fleurs… » Will s'était souvenu des clés planquées sous le pot de fleurs !

— Je m'autorise à entrer, d'accord, Frankie ? lança Will en revenant d'un pas lourd et saccadé vers la porte d'entrée. Je ne sais pas ce qui m'arrive, mais je *meurs* d'envie de te voir !

Il ricana d'une voix jubilante.

— Dommage, Frankie, ça s'est mal fini ! Disons que c'est le thème de la soirée : tout finit mal, tu m'entends ? *TOUT !*

Je détalai dans le salon et m'accroupis à quatre pattes en tâtonnant le sol comme une cinglée. « *Merde !* Si seulement il ne faisait pas aussi noir ! »

Le verrou se bloqua, et Will fit cliqueter les clés. Son souffle était rauque.

— J'arrive, Frankie !

Clic, clic, clic…

— J'aaaarrive…

Mon cœur atteignit un tel pic de frayeur que je me retrouvai propulsée dans une sorte d'état second. Le souffle coupé, je m'entendais pleurer et je voyais mes bras frapper le sol et s'agiter dans tous les sens comme des tentacules aveugles à mesure que je rampais.

Dans un bruit mat, le verrou coulissa puis s'ouvrit.

— *Yesss*, triompha Will.

En s'ouvrant, la porte fit bruisser le tapis râpé à l'instant précis où mes doigts se refermaient sur le bouquet en putréfaction.

— Frankie ? Pourquoi fait-il aussi sombre ? Où est-ce que tu…

Serrant les paupières de toutes mes forces, je formulai mon dernier vœu en silence.

Il n'y eut plus un bruit, excepté le frémissement du vent dans les feuilles. La porte, poursuivant sa lente trajectoire, buta contre le mur. Je restai immobile, accroupie sur le sol, en larmes. Mon cœur était en train de se briser en mille morceaux. Non, mon cœur *était* brisé.

Au bout d'un long moment, les cigales reprirent en chœur leur vif refrain. Je me relevai doucement, trébuchant à travers la pièce, puis je me redressai enfin, tremblante, face à la porte ouverte. Dehors, un pâle rayon de lune se reflétait sur la route déserte.

Madison Avery et l'Ange des Ténèbres

Kim Harrison

1.

« Un général anglais, une fille en robe médiévale et un pirate sont dans un gymnase… *cherchez l'intrus* », murmurai-je, consternée, en observant les corps déambuler dans ce chaos de désir juvénile refoulé. Ça, si vous souhaitez que votre bal de fin d'année tourne au ridicule, pas de souci : le lycée de Covington s'en charge. Sans parler de mon dix-septième anniversaire. Qu'est-ce que je faisais là ? Un bal, c'était censé être de vraies tenues de soirée et un orchestre, pas des déguisements de location ni de la musique de karaoké et des serpentins ! Quant à mon anniversaire, ça aurait dû être *tout* sauf ça.

— Tu es sûre que tu ne veux pas danser ? brailla encore Josh dans mon oreille, en m'expédiant son souffle chargé en plein visage.

M'efforçant de rester stoïque, je gardai les yeux rivés sur l'horloge à côté du tableau d'affichage du gymnase. Pouvais-je prendre le risque de rentrer dans une heure sans me faire cuisiner par mon père ?

La musique était pénible – une boîte à rythme lourde et assommante. La même chose depuis quarante minutes, avec des basses franchement trop fortes.

— Ouais, certaine, lui répondis-je en m'écartant furtivement et en rythme avec la musique, lorsque sa main essaya de se glisser autour de ma taille.

— Tu veux boire quelque chose ? me demanda-t-il pour changer.

Agacée, je me raidis en croisant les bras sur ma poitrine pour cacher mon décolleté.

La fée des seins ne s'était toujours pas penchée sur mon cas, mais, en attendant, le corset de ma robe faisait tout remonter et donnait l'impression que j'en avais beaucoup plus qu'en vrai – ce qui me mettait vraiment mal à l'aise.

— Non merci, soupirai-je.

Je ne suis pas certaine que Josh ait entendu ma réponse. Pourtant, de toute évidence, le message était passé, vu qu'il détourna la tête pour observer les allées et venues de la foule. De longues robes de bal et des costumes étriqués de serveurs se mêlaient à des tenues de pirates et de matelots complètement grotesques. *Les pirates*, justement : c'était le thème de la soirée. Nom d'un chien ! Dire que j'avais travaillé pendant deux mois au comité de bal de mon ancien lycée pour préparer cette soirée ! Ça s'annonçait phénoménal, avec une péniche au clair de lune animée par un vrai orchestre et tout !

Mais *non*. Maman avait décrété que mon père avait besoin de passer du temps avec moi. Il traversait soi-disant une crise – celle de la cinquantaine – et il fallait qu'il se reconnecte avec un élément du passé qui ne soit pas sujet à conflit. Je crois surtout qu'elle a flippé après m'avoir surprise en train de m'éclipser en pleine nuit pour aller me chercher un cappuccino, et qu'elle a préféré me réexpédier chez mon père, dans un bled paumé du fin fond des États-Unis, sachant que j'étais plus docile avec lui qu'avec elle. D'accord, il était minuit passé et, je l'avoue, j'avais peut-être autre chose en tête qu'une dose de caféine. De plus, j'étais privée de sortie pour être rentrée à pas d'heure le week-end précédent – notez que c'est bien pour ça que j'avais dû faire le mur…

« Ces gens n'ont pas la moindre idée de ce que c'est qu'une vraie fête ! râlai-je à voix basse en promenant mes doigts sur la dentelle rigide de ma robe coloniale. Mais peut-être qu'ils s'en fichent, en fait… »

Josh hochait la tête pour marquer le tempo ; manifestement, il avait l'air d'avoir envie de danser. À proximité du buffet, un type qui s'était glissé derrière nous à l'entrée du bal regardait dans ma direction. Je le dévisageai quelques secondes, intriguée de savoir si c'était moi ou Josh qu'il cherchait. Mais, réalisant que je focalisais sur lui, le garçon détourna la tête.

Du coup, mon regard se posa de nouveau sur Josh. Il s'était presque mis à danser, se rapprochant de la piste en continuant à agiter la tête de haut en bas. À vrai dire, je trouvais qu'avec sa fausse épée et sa paire d'épaulettes, son costume (le traditionnel uniforme rouge et blanc des généraux britanniques) avait tendance à avantager sa grande silhouette maigre et ingrate. Cette tenue était sans doute une idée de son père – une sommité au sein du centre de recherche, qui avait permis aux gens du coin de ne pas perdre leur boulot lorsque la base militaire avait déménagé en Arizona. Et puis, ça allait bien avec le truc extravagant à dentelles et corset que je portais.

— Allez, viens, tout le monde danse ! me lança Josh quand il s'aperçut que je le regardais.

Une fois de plus, je refusai d'un signe de tête, même si j'avais presque pitié de lui. Il me faisait penser aux types de mon ancien club de photo qui s'enfermaient en faisant croire que la porte de la chambre noire s'était bloquée dans l'espoir de mettre un peu d'animation. C'était trop injuste. Trois ans que j'essayais de m'intégrer auprès des nanas cool, et aujourd'hui retour à la case départ : je me retrouvais dans le clan des élèves sympas mais impopulaires au possible, à faucher des petits gâteaux sur le buffet d'un gymnase. Le jour de mon anniversaire, en plus.

— Non, répétai-je d'un ton catégorique. (En clair : *Laisse tomber, j'suis pas intéressée !*)

Même ce balourd de Josh avec ses lunettes cassées percuta ; il interrompit son pseudo-déhanchement et braqua ses yeux bleus sur moi :

— Bon sang, t'es vraiment une emmerdeuse, toi ! Je te signale que je t'ai invitée uniquement parce que mon père me l'a demandé. Alors, si tu changes d'avis et que tu veux danser, je serai là-bas, O.K. ?!

Le souffle coupé, je le dévisageai, aussi estomaquée que s'il venait de me flanquer un coup de poing dans le ventre. Il haussa un sourcil d'un air effronté puis s'éloigna, les mains dans les poches et le menton relevé. Deux filles s'écartèrent pour le laisser passer, avant de se rapprocher l'une de l'autre dans son sillage en déblatérant à voix basse, les yeux rivés sur moi.

MINABLE ! Je suis *minable* ! Clignant des yeux à toute vitesse, je balayai la salle du regard, haletante, luttant pour empêcher ma vue de se troubler. *Et merde !* J'étais non seulement la nouvelle, mais en plus la pire des cavalières ! Tout ça parce que mon père avait fayoté auprès de son patron pour que ce dernier demande à son crétin de fils de m'inviter au bal !

« Bande de guignols », grognai-je à voix basse, en me demandant si tout le monde était en train de me fixer ou si c'était juste mon imagination. Rabattant fièrement une de mes mèches blondes derrière l'oreille, j'allai m'appuyer contre le mur et, les bras croisés, je fis mine d'attendre, comme si Josh était parti nous chercher un soda. Intérieurement, je bouillais. Je venais de me faire jeter. Pire : je venais de me faire jeter par un nul !

« T'es pas au bout de tes peines, Madison », soupirai-je avec aigreur en imaginant déjà les ragots du lundi. J'aperçus Josh au buffet, qui faisait semblant de m'ignorer. Le type de l'entrée, en tenue de matelot, était en train de lui parler. Et, même s'il lui donnait des coups de coude en pointant du doigt des filles qui se trémoussaient dans des robes trop longues, je persistais à croire que ce n'était pas un de ses amis. Pas étonnant que ce garçon ne me dise rien, vu que j'avais passé mon temps à éviter tout le monde, pour la simple et bonne raison que je n'étais pas contente d'être là et que je me fichais pas mal que ça se voie.

Je n'étais ni une sportive ni une ringarde (même si avant, chez ma mère, je faisais partie du club de maths du lycée) et, en dépit de mes efforts, je ne m'entendais définitivement pas avec les filles du genre poupées Barbie. Je n'étais pas non plus une gothique, une surdouée ou une toxico, et je faisais encore moins partie de ceux qui voulaient jouer au petit chimiste au centre de recherche pour imiter maman ou papa. En bref, je n'avais ma place nulle part.

« *Rectification*, songeai-je, tandis que Josh et le marin s'esclaffaient : ma place est parmi les emmerdeuses. »

Le nouvel acolyte de Josh le regarda porter soudain son attention sur un autre groupe de filles en train de glousser près d'eux. Ses cheveux châtains frisottaient sous sa casquette de marin, et sa tenue blanche impeccable le faisait ressembler à tous les autres garçons qui avaient choisi d'incarner un matelot plutôt qu'un pirate. Il était grand, et chacun de ses mouvements dégageait une certaine grâce ; tout ça pour dire qu'il n'avait pas l'air d'un gamin. Il semblait plus âgé que moi, mais pas de beaucoup, ce n'était jamais qu'un bal de *lycéens*...

« Et rien ne m'oblige à être là », réalisai-je soudain, en repoussant le mur des coudes. Tant pis si Josh était censé me raccompagner chez moi, j'appellerais mon père pour qu'il vienne me chercher.

Je commençai à me faufiler à travers la foule en direction de la sortie, mais peu à peu je ralentis le pas, hésitante. Le problème, c'est que mon père me demanderait pourquoi Josh ne m'avait pas ramenée et, au final, tout le monde serait au courant. Supporter ses sermons sur la politesse et l'intégration, passe encore, mais la honte au lycée...

Josh était en train de me regarder lorsque je relevai la tête. Le type à ses côtés essayait d'attirer son attention, mais Josh ne me quittait pas des yeux. Son regard était méchamment moqueur.

Il ne m'en fallut pas plus. Pas question que je prévienne mon père ni que je monte en voiture avec Josh ! Tant pis, je marcherais.

Huit kilomètres à pied, en talons et robe longue dans l'humidité d'un soir d'avril, avec en prime mes seins écrabouillés l'un contre l'autre. Au pire, qu'est-ce qui pourrait arriver ? La pauvre nouvelle se ferait renverser par un chauffard ?! Bon sang, si seulement j'avais encore eu ma voiture !

« T'as de la route à faire, ma fille », marmonnai-je. Puis, rassemblant mon courage et ma robe par la même occasion, je tentai tête baissée de gagner la sortie, me heurtant aux danseurs au passage. Je n'avais vraiment rien à faire ici. Qu'ils jasent, peu importe ! Je n'avais pas besoin d'amis. L'amitié, c'est très surfait.

La musique adopta tout d'un coup un rythme plus rapide, et la foule se dandina maladroitement pour se caler sur le tempo. Soudain, je relevai le nez et m'arrêtai brusquement en m'apercevant que j'étais à deux doigts de foncer dans quelqu'un.

— Désolée ! criai-je dans le brouhaha, avant de me figer net, les yeux écarquillés.

« Nom de Dieu, le capitaine des pirates. Monsieur Sexy en personne ! Où était-il passé ces trois dernières semaines ? Est-ce qu'il y en avait d'autres comme lui, d'où il venait ? »

Je n'avais jamais vu ce garçon auparavant. Pas une seule fois depuis que j'étais coincée dans ce trou. Je m'en serais souvenue sinon ! Peut-être même que je me serais donné un peu plus de mal. Rougissant jusqu'aux oreilles, je laissai retomber le jupon de ma robe pour poser une main sur mon décolleté. J'avais l'impression d'être une putain anglaise avec mes seins remontés comme ça. Le type portait un costume de pirate noir moulant, et un pendentif en pierre grise –

que laissait voir son col entrouvert – oscillait sur son torse. Un foulard genre masque de Zorro, dont les larges pans de soie retombaient dans son dos pour se mêler à ses sublimes cheveux noirs ondulés, dissimulait la partie supérieure de son visage. À en juger par sa silhouette moulée, il faisait environ douze centimètres de plus que moi. *Mais où est-ce qu'il était caché pendant tout ce temps…*

« Sûrement pas dans la salle d'orchestre, ni dans le cours d'histoire de Mme Fairel », en déduisis-je pendant que les stroboscopes s'agitaient au-dessus de lui.

— Mes excuses, me salua-t-il en me prenant la main.

J'étais stupéfaite. Pas parce qu'il m'avait touché, non, mais parce qu'il n'avait pas l'accent du Midwest. Sa façon de parler se caractérisait surtout par un souffle lent et doux, empreint de réserve et de sophistication. J'y percevais presque le tintement du cristal et les petits rires qui l'accompagnaient ; ces sons réconfortants qui m'avaient souvent bercée, enfant, tandis que les vagues, au loin, faisaient reculer la plage.

— Toi, tu n'es pas du coin ! lâchai-je étourdiment en me penchant pour mieux l'entendre.

Un sourire se dessina sur son visage ; son teint basané et ses cheveux d'ébène me parurent familiers, presque apaisants, comparés aux visages pâles et aux crinières blondes qui peuplaient cette prison du Midwest où j'étais enfermée.

— Je suis de passage, m'avoua-t-il. Je participe, en quelque sorte, à un programme d'échange. Comme toi !

Il jeta un œil dédaigneux aux gens qui se déhanchaient autour de nous sans véritable sens du rythme, et encore moins de style.

— Y a un peu trop de ploucs, ici, tu n'trouves pas ?

J'éclatai bruyamment de rire, priant toutefois pour ne pas avoir l'air d'une gourde.

— Tu l'as dit ! lui répondis-je, quasiment en criant, et en l'attirant vers moi pour lui parler dans l'oreille. Par contre, je ne fais pas partie d'un échange : je viens d'arriver de Floride. Avant, j'habitais là-bas, chez ma mère, sur la côte Ouest, mais me voilà coincée ici, chez mon père ! En tout cas, tu as raison, c'est vraiment une ville de nazes. Enfin, toi, au moins, tu vas rentrer chez toi !

Et on peut savoir où c'est, chez vous, monsieur Sexy ?

Une image de marée basse et de canaux dériva jusqu'à moi, émergeant de lui comme un souvenir. Cette vision, qui sans doute n'aurait pas plu à tout le monde, me fit monter les larmes aux yeux. Mon ancien lycée me manquait. Ma voiture me manquait. Et mes amis, aussi. Pourquoi maman avait-elle piqué une *crise* pareille ?

— Chez moi…, reprit-il, évasif, alors que son sourire enivrant laissait apparaître un bout de sa langue caressant ses lèvres.

Soudain, il se redressa.

— On devrait s'écarter de la piste, je crois qu'on gêne ceux qui… « dansent » !

Mon cœur battait la chamade. Je ne voulais pas bouger, au risque de voir mon bel inconnu disparaître, ou pire, quelqu'un venir le réclamer.

— Tu veux danser ? lui proposai-je alors, nerveuse. Ce n'est pas mon style de musique, mais le rythme est plutôt bon !

Son sourire s'agrandit, et le soulagement que je ressentis augmenta mes palpitations. *Mon Dieu, je crois bien que je lui plaisais !* Lâchant ma main, il acquiesça d'un signe de tête et fit un pas en avant, commençant à danser.

L'espace d'un instant, j'oubliai de le suivre et me contentai de le regarder. Lui au moins ne gesticulait pas comme un pantin. Au contraire : la lenteur de ses mouvements avait plus d'effet que s'il avait déblayé la piste en me faisant tournoyer.

Voyant que je l'observais, il me sourit, son regard bleu-gris filtrant à travers son masque, puis me tendit la main pour m'inviter à le rejoindre. Inspirant un bon coup, je fis glisser mes doigts dans sa main chaude et le laissai m'emporter vers la piste.

La musique était un décor qui soulignait ses déhanchements ; un décor dans lequel j'essayai de me fondre. Presque comme dans une valse, nous tournions tous les deux temps. Peu à peu, je finis par me détendre et ne faire que danser – sans penser à rien d'autre, c'était plus facile. Je sentais avec précision mes hanches se balancer et mes épaules tanguer, et un frisson indescriptible commença à m'envahir.

Alors que tout le monde continuait à s'agiter de façon désordonnée, nous, nous évoluions tout en lenteur. L'écart entre nous se réduisait peu à peu, et nos regards se croisaient davantage à mesure que je prenais de l'assurance. Il me guidait au son des vibrations du morceau, et de mes battements de cœur.

— Quasiment tout le monde m'appelle Seth, me dit-il soudain, manquant presque de briser la magie de l'instant.

C'est alors que sa main s'enroula autour de ma taille, et je me blottis contre lui. *Oh oui, contre lui, c'était tellement mieux !*

— Moi, c'est Madison, lui indiquai-je, savourant de plus en plus cette danse au ralenti.

Pourtant la musique était rapide, elle tambourinait même, faisant battre mon cœur encore plus fort. Mais ce contraste rendait notre valse d'autant plus audacieuse.

— Je ne t'ai jamais vu au lycée. Tu es nouveau ?

Les doigts de Seth glissèrent sur la fine toile de coton de ma robe – enfin, je crois. Peut-être qu'il était en train de m'attirer contre lui, en fait ?

— Non, je suis en terminale, me répondit-il en se penchant vers moi pour ne pas avoir à crier.

Les spots colorés tournoyaient au-dessus de nous, et je me sentais légère. Josh pouvait aller se faire voir, je m'en fichais comme de l'an quarante. Je vivais enfin le bal de mes rêves !

— Tout s'explique ! ajoutai-je en penchant la tête pour voir ses yeux et essayer de le resituer. Moi, par contre, je suis en première.

Les lèvres closes, il me sourit, me donnant l'impression d'être toute petite mais protégée ; je lui rendis son sourire. Les gens autour de nous commençaient à se retourner, ralentissant le pas pour nous dévisager. J'espérais que Josh ait une belle vue ! *Dire qu'il m'avait traitée de garce !*

Levant le menton, j'osai enfin tendre le cou vers Seth pour l'inciter à se rapprocher davantage de moi ; nos corps se frôlèrent, puis s'écartèrent. Et mon cœur s'emballa de plus belle. Je n'étais pas du tout sûre de ce que je faisais, en revanche je tenais à ce que Josh soit blessé. Je voulais que les prochains ragots le visent *lui*, qu'il passe pour un idiot de m'avoir laissée en plan. N'importe quoi, pourvu qu'il regrette !

Les mains de Seth se resserrèrent doucement autour de ma taille. Elles ne cherchaient pas à me contrôler ni à m'accaparer, elles me laissaient libre de danser comme je l'entendais. Alors je décidai de me lâcher, donnant à mes déhanchements plus de sensualité que ces péquenauds n'en avaient jamais vu, excepté à la télé. Quand j'aperçus Josh tourné vers moi, livide de colère, lui et cet idiot de marin avec lequel il avait bavardé pendant tout ce temps, je ne pus m'empêcher de le regarder en minaudant.

— Tu veux lui faire comprendre que vous n'êtes plus ensemble ? me demanda Seth avec mélancolie.

Je me retournai brusquement vers mon nouveau cavalier.

— Il t'a blessée, ajouta ce dernier, tu devrais le lui faire payer.

Sa main gantée me fit frissonner lorsqu'elle caressa mon menton.

L'espace de quelques secondes, le temps se suspendit. J'avais beau savoir que l'idée était mesquine, je finis par acquiescer d'un signe de tête.

Seth ralentit le pas, et m'attira contre lui d'un geste calme et maîtrisé. Il allait m'embrasser, c'était évident. Ça se voyait à chacun de ses gestes ! Mon pouls s'accéléra, et j'inclinai la tête pour que mes lèvres rencontrent les siennes ; je sentis mes jambes se figer. Autour de nous, les gens s'interrompirent pour nous regarder, certains amusés, d'autres envieux. Je fermai les yeux, puis recommençai à osciller d'une jambe sur l'autre pour que notre danse se poursuive pendant notre baiser.

Tout était parfait, mieux que dans un rêve. Une vague de chaleur m'inonda quand nos deux corps entrèrent en contact, déferlant en moi et éclatant violemment tandis que notre étreinte se précisait. Jamais on ne m'avait embrassée comme ça. Je n'osais même plus respirer, de peur de tout gâcher. Posés sur sa taille, mes doigts se cramponnèrent à lui lorsqu'il empoigna ma mâchoire de ses deux mains en me tenant fermement comme si je risquais de m'écrouler. Ses lèvres avaient le goût du bois fumé. J'en voulais plus mais… *bon sang, si j'avais su !*

Un bruit sourd s'éleva de la gorge de Seth, semblable à un très lointain grondement de tonnerre. Puis il resserra sa prise, et une pointe d'adrénaline me transperça le cœur. Soudain, notre baiser n'était plus le même.

D'instinct, je reculai brusquement, le souffle coupé, mais les yeux brillants et encore sous le charme. Seth me fixa d'un œil sombre, légèrement amusé par ma réaction.

— Ce n'est qu'un jeu, me souffla-t-il. Il a eu ce qu'il méritait, et toi aussi. Mais ça ne vaut pas la peine que tu souffres pour lui.

Je clignai des yeux tandis que les spots tournoyaient sans relâche au-dessus de nos têtes ; la musique, elle, était toujours aussi forte, comme indifférente à notre baiser. Tout semblait différent, pourtant moi seule avais changé. Je détachai mon regard de Seth, une main toujours posée sur sa taille pour garder l'équilibre. Des taches de couleur parsemaient les joues de Josh ; il avait l'air furieux.

Je lui lançai un regard méprisant, en haussant le sourcil, avant de passer mon bras sous celui de Seth.

— Viens, partons d'ici !

À mon avis, personne n'oserait la ramener en me reprochant d'avoir laissé tomber Josh. Pas après un tel baiser.

Sûre de moi, je traversai la foule avec Seth à mes côtés. Une allée se dégagea sur notre passage, me donnant l'impression d'être une reine. Alors que la musique continuait à brailler dans les haut-parleurs, tout le monde nous regarda cheminer sans entrave jusqu'aux portes battantes – des portes tapissées d'un papier d'emballage brun foncé censé imiter les portes en chêne d'un château.

« Bande de prolos », pensai-je tandis que Josh me faisait passer devant lui pour sortir. Dans le couloir, l'air était frais, plus vif. La porte se referma derrière nous et la musique s'atténua. Je ralentis le pas, traînant mes talons sur le carrelage. Collée contre un mur, se trouvait une table recouverte d'une nappe en papier près de laquelle une femme à l'air fatigué vérifiait les billets d'entrée. Au bout du couloir, trois gamins se tenaient près de la porte principale. Soudain, le souvenir de mon étreinte avec Josh me revint à l'esprit et me rendit terriblement nerveuse. *Qu'est-ce qu'un mec aussi beau faisait avec moi ?*

— Merci, lui marmonnai-je en détournant les yeux.

Oh non ! Il allait penser que je parlais de notre baiser ! Cette pensée me fit légèrement rougir.

— Merci de m'avoir permis de quitter cet endroit la tête haute, ajoutai-je en rougissant davantage.

— Disons que, vu la façon dont ton ami s'est comporté avec toi…

Tout en parlant, Seth nous fit avancer le long du couloir, loin des autres, en direction du parking.

— … c'était ça, ou tu allais finir par lui jeter ton verre de punch en pleine figure. Et…

Il s'interrompit, jusqu'à ce que je lève les yeux vers lui.

— … je suppose que tu préfères une vengeance plus subtile, n'est-ce pas ?

Fatalement, je lui adressai un sourire espiègle.

— Tu crois ça ?!

Il acquiesça d'un signe de tête, d'une manière étrangement posée pour son âge.

— Est-ce que tu as une voiture pour rentrer ? me demanda-t-il soudain.

Sa question me fit un peu sursauter. Il continua cependant à avancer avant de se retourner vers moi ; ses yeux bleu-gris me dévisagèrent d'un air alarmé.

Il semblait faire froid dehors, ce qui expliquait sans doute ce frisson que je venais de ressentir.

— Euh, désolé…, s'excusa-t-il en clignant des yeux, ce n'est pas ce que tu crois. Je vais te tenir compagnie jusqu'à ce que quelqu'un vienne te chercher. Après tout, tu ne me connais ni d'Ève ni d'Adam…

— Non, ce n'est pas ça ! m'empressai-je de lui répondre, embarrassée par ma soudaine méfiance.

Du coin de l'œil, j'aperçus la femme du couloir qui nous épiait, sans doute par simple curiosité.

— Il faut juste que j'appelle mon père pour le prévenir, c'est tout.

— Bien sûr, vas-y, me dit Seth d'une voix douce, avec un sourire qui fit ressortir la blancheur de ses dents.

Tandis que je fouillais dans le sac à main assorti à ma robe, il s'éloigna de quelques mètres. Je composai le numéro de la maison en trépignant. Personne. Le répondeur se mit en marche.

Au même moment, la porte du gymnase s'ouvrit. Seth et moi nous retournâmes, et je ne pus m'empêcher de serrer les dents en voyant Josh apparaître.

Je bafouillai alors un message en quatrième vitesse :

— Salut papa, c'est Madison !

Non, sans blague ?

— Je vais me faire raccompagner par Seth..., ajoutai-je en jetant un œil interrogateur à mon inconnu pour qu'il me donne son nom de famille.

— Adamson, me souffla-t-il lentement, sans quitter Josh du regard.

Bon sang, il avait vraiment de beaux yeux. Et ses longs cils noirs étaient tout simplement ensorcelants !

— Seth Adamson, complétai-je sur le répondeur. Oui, Josh s'est comporté comme un mufle ! Je serai de retour dans pas longtemps, d'accord ?

Sauf qu'étant donné qu'il n'y avait personne à l'autre bout du fil, mon père ne risquait pas de répondre. Je fis semblant d'écouter quelques secondes avant de mettre fin à cette supposée conversation :

— T'inquiète, tout va *très bien* ! Il a été nul, c'est tout. Allez, à tout de suite !

Satisfaite de moi-même, je refermai mon portable et le rangeai dans mon sac. Puis, alors que je reprenais Seth par le bras pour gagner la sortie, j'entendis claquer sur le sol les mocassins de Josh, qui tentait de nous rattraper.

— Madison ! cria-t-il d'une voix sensiblement embêtée.

— Bye, Josh ! lui lançai-je par-dessus mon épaule en jubilant.

Mais, comme il se collait à mon bras libre, je sentis soudain la moutarde me monter au nez.

— J'ai trouvé quelqu'un pour me ramener, *merci*, lui balançai-je sans même lui accorder un regard.

« Merci de *quoi*, on se le demande ? » ajoutai-je en mon for intérieur, de nouveau furax après lui. C'était plutôt mon père que je devais remercier pour ce superplan.

— Madison, attends !

Josh m'attrapa par le coude. Je fis alors volte-face. Surpris, il se figea, puis recula en me lâchant.

— T'es qu'un abruti ! braillai-je en jetant un œil méprisant à son costume.

À présent, je le trouvais complètement ridicule dans cet accoutrement.

— Je ne vais pas passer la soirée à avoir l'air d'une minable à cause de toi ! Va te… Va-t'en ! improvisai-je, histoire que Seth n'ait pas l'impression que je passais mon temps à jurer comme un charretier.

Mais, sans se démonter, Josh agrippa mon poignet et me tira d'un coup sec sur le côté.

— Écoute-moi deux secondes ! me dit-il d'un ton suppliant.

La peur qui se lisait dans ses yeux me poussa à me taire.

— Je n'ai jamais vu ce type. Personne ne sait d'où il sort ! Sois raisonnable, laisse-moi te ramener ! Tu raconteras ce que tu veux à tes amis, je ferai ce que tu me diras.

Je voulus prendre un air estomaqué, mais mon corset trop serré m'en empêcha ; à la place, je levai donc le menton, vexée. Josh savait très bien que je n'avais pas d'amis.

— C'est bon, j'ai appelé mon père, le rembarrai-je avec dédain, tout en voyant le grand dadais en costume de marin se rapprocher de nous.

Mais Josh ne voulait pas me lâcher. Agacée, je contorsionnai mon bras pour me dégager, essayant en même temps d'attraper son poignet pour lui faire une prise d'autodéfense. Soudain, comme s'il avait anticipé mon geste, il me lâcha, les yeux écarquillés, et recula d'un pas.

— Très bien, dans ce cas je vais te suivre jusqu'à chez toi ! persista-t-il, fixant Seth d'un regard noir.

— Fais ce que tu veux, je m'en fiche ! rétorquai-je en rejetant mes cheveux en arrière.

Intérieurement, j'étais ravie ; j'en venais même à penser que Josh était peut-être un type bien en fin de compte…

Seth s'impatientait ; comparée à la banalité de celle de Josh, sa silhouette était gracile et raffinée.

— On y va, Madison ?

J'eus l'impression de déceler une lueur de victoire dans ses yeux tandis qu'il glissait son bras au creux du mien. Rien d'étonnant à ça puisque, manifestement, il n'était pas venu accompagné au bal et que c'était maintenant au tour de Josh de faire cavalier seul.

À mesure que nous remontions le long couloir, je veillais à ce que mes talons claquent avec élégance, comme pour affirmer ma féminité. Je me sentais belle dans cette robe, et Seth avait lui aussi un look incroyable. Josh et son acolyte nous suivaient en silence, tels deux figurants dans un film hollywoodien.

Arrivé à la sortie, Seth me tint la porte ouverte puis la relâcha dans son dos, au nez des deux garçons. Il faisait plutôt frisquet dehors ; si seulement j'avais quémandé cinquante dollars de plus à mon père, j'aurais pu m'acheter le châle qui allait avec cette tenue… Cela dit, mon bel inconnu allait peut-être avoir la délicatesse de me prêter son manteau si je lui faisais comprendre que j'avais froid, non ?

La lune formait une vague traînée derrière les nuages et, tandis que Seth m'escortait sur les escaliers du perron, j'entendis Josh derrière moi chuchoter avec son copain d'un ton moqueur. Serrant les dents, je suivis Seth jusqu'à une belle voiture noire aux lignes épurées, illégalement garée au bord du trottoir. C'était une décapotable, dont le toit béant faisait face au ciel nuageux ; je ne pus réprimer un sourire satisfait. Après tout, Seth pouvait bien m'emmener faire un tour avant de me ramener chez moi… ? Froid ou pas, je songeai que ce serait dément qu'on me voie dans cette voiture, assise à côté de Seth, les cheveux au vent et la musique à fond la caisse !

Justement, ce dernier m'ouvrit la portière pour m'inviter à prendre place.

Me sentant à la fois mal à l'aise et privilégiée, je m'installai confortablement sur le profond siège avant, tandis que ma robe glissait sur le cuir lisse. Seth attendit que j'aie ramené le pan de ma robe à l'intérieur de la voiture avant de refermer la portière, puis il contourna la décapotable par-derrière, et j'attachai ma ceinture. La peinture noire luisait sous la lueur des éclairages de surveillance, et, alors que je caressais la carrosserie satinée d'un air suffisant, je vis soudain Josh courir à sa voiture.

Au même instant, Seth me fit sursauter en se glissant derrière le volant – je n'avais pas entendu la portière s'ouvrir. Il démarra et le grondement continu du moteur me fit frémir avec délectation. L'autoradio s'enclencha sur un morceau agressif ; les paroles n'étaient pas en anglais et ne faisaient qu'ajouter à cette étrange ambiance. Brusquement, les phares de la voiture de Josh s'allumèrent, et mon chauffeur, une main sur le volant, mit les gaz.

Mon pouls s'accéléra comme je le contemplais à travers la brume. L'air froid me fouetta le visage et, à mesure que nous prenions de la vitesse, le vent emmêlait mes cheveux.

— J'habite au sud de la ville, indiquai-je à Seth lorsque nous atteignîmes la route principale.

Il suivit mes indications, tandis que les phares de Josh oscillaient derrière nous. De plus en plus frigorifiée, je m'enfonçai davantage dans le siège, déçue que Seth ne m'ait pas proposé son manteau. Depuis que j'étais montée dans sa voiture, il ne m'avait pas parlé, ni regardée une seule fois. Lui qui faisait preuve d'une telle galanterie quelques minutes plus tôt semblait à présent bien… « rustre » serait le mot. Et, sans pouvoir l'expliquer, j'eus soudain un mauvais pressentiment.

Comme s'il avait lu dans mes pensées, Seth se tourna dans ma direction en continuant à rouler dans l'obscurité, sans regarder la route.

— Trop tard, me chuchota-t-il d'un ton sinistre.

Je me sentis subitement pâlir.

— C'était trop facile ! Je leur avais bien dit que ce serait un jeu d'enfant ! Limite trop simple, aucun plaisir !

D'un coup, ma gorge devint aride.

— Pa… pardon ?

Seth jeta un œil à la route avant de se tourner de nouveau vers moi. La voiture prit davantage de vitesse et j'agrippai la poignée de la portière en m'écartant brusquement de lui.

— Ce n'est pas contre toi, Madison, tu n'es qu'un nom sur une liste, ou plutôt une « âme à cueillir », devrais-je dire. Un nom important, certes, mais au final un simple nom ! Ils disaient que ce serait impossible et pourtant, grâce à toi – toi et ta misérable existence désormais avortée –, je vais enfin prendre du galon !

Euh... c'est une blague ou quoi ?!

— Josh ! hurlai-je en me retournant vers les phares qui s'éloignaient à mesure que Seth accélérait. Josh nous suit et mon père sait très bien où je suis !

Seth sourit et un frisson glacial m'envahit en voyant ses dents blanches refléter la lueur blafarde de la lune. Autour de nous, tout était plongé dans la pénombre voilée de l'astre nocturne et les hurlements du vent.

— Ça ne changera rien, Madison...

Bon sang, je suis dedans jusqu'au cou !

— Arrête la voiture ! hurlai-je d'une voix étranglée.

Une main cramponnée à la portière, je tentais de l'autre de retenir en arrière les mèches de cheveux qui me fouettaient les yeux.

— Tu ne t'en sortiras pas comme ça : tout le monde sait où on est ! *Arrête la voiture !*

— Tu veux que j'arrête la voiture ? répéta-t-il avec un petit sourire narquois. Pas de problème !

Soudain, Seth écrasa le frein en braquant violemment le volant, et je poussai un hurlement en m'agrippant au premier truc qui me tomba sous la main. Le monde se mit à tournoyer. Le souffle coupé, je poussai un cri perçant, tétanisée par le fracas du carambolage aussitôt suivi d'un étrange silence. La voiture avait quitté la route. Les lois de la pesanteur étaient sens dessus dessous. Prise de panique, je réalisai que nous étions en train de faire un tonneau.

Merde, en plus je suis dans une décapotable !

Plongeant la tête en avant, je me mis à prier de toutes mes forces, les mains plaquées sur la nuque. Une secousse, un choc brutal, et tout devint noir autour de moi. Sous la violence du coup, ma respiration se bloqua. J'étais à l'envers, je crois. Puis une autre secousse dans l'autre sens et le ciel s'éclaircit, passant du noir au gris. Je tentai d'inspirer un peu d'air lorsque la voiture vira une nouvelle fois et dégringola le long du remblai.

Le dessus de la carrosserie heurta violemment le sol et, de nouveau ce fut le noir total.

— *Au secours !* hurlai-je, impuissante, avant de pousser un gémissement en sentant la voiture se remettre brusquement à l'endroit.

Projetée en avant contre la ceinture de sécurité qui me retenait, je sentis une douleur atroce me transpercer le dos.

Autour de nous, un silence de mort régnait. J'avais du mal à respirer ; ou plutôt j'avais mal partout, réalisai-je haletante, les yeux rivés sur le pare-brise en mille morceaux. Le verre déchiqueté scintillait faiblement dans la clarté lunaire. Je suivis du regard le contour morcelé de la vitre jusqu'au tableau de bord, puis jusqu'au siège conducteur… *vide.* Seth avait disparu. Mon corps me faisait horriblement mal ; il n'y avait aucune trace de sang, mais je m'étais sans doute cassé quelque chose. *Est-ce que… j'étais vivante ?*

Madison ?! perçus-je au loin, à travers mes halètements de douleur.

Josh ?!… Je m'efforçai de lever les yeux vers les deux halos de lumière qui surplombaient le remblai : l'ombre d'une silhouette descendait en glissant. C'était bien lui.

Reprenant haleine pour tenter de l'appeler, je poussai un cri plaintif quand, au même moment, quelqu'un me fit pivoter la tête.

— Seth ? murmurai-je faiblement.

Apparemment indemne, mon chauffard en costume de pirate se tenait à l'extérieur de ce qui restait de la voiture, devant ma portière. Sous la lueur de la lune, ses yeux et son pendentif étincelaient d'un éclat argenté.

— Tu as survécu ! constata-t-il d'un ton impassible.

Quelques larmes se mirent à couler le long de mes joues. J'étais incapable de bouger, mais, mon corps n'étant plus qu'une gigantesque douleur, je n'étais apparemment pas paralysée. *Bon sang, quel anniversaire pourri ! Papa va me tuer !*

— J'ai mal…, dis-je d'une toute petite voix.

« À mon avis, ça lui fait une belle jambe », pensai-je aussitôt.

— Je n'ai pas de temps à perdre, me répondit Seth, manifestement contrarié.

Clouée sur mon siège, j'écarquillai les yeux en le voyant tirer une petite lame des plis de son costume. Je tentai bien de crier alors qu'il levait le bras, prêt à frapper, mais aucun son ne sortit de ma bouche. Un rayon de lune se refléta sur la lame, maculée du sang d'un autre. *Manquait plus que ça, un psychopathe. J'ai quitté le bal au bras de Jack l'Éventreur ! Pas de doute, j'ai vraiment le chic pour choisir mes cavaliers !*

— *Noooon !* hurlai-je en parvenant à brandir mes mains devant moi.

De part et d'autre de mon corps, la lame ne fut qu'un bruissement glacial… qui ne laissa aucune trace. Je fixai mon ventre, stupéfaite de ne pas y voir d'entaille. Ma robe n'était pas lacérée, et le sang ne coulait pas. Pourtant, j'avais bien senti ce couteau – il nous avait transpercés, moi et le siège !

Interloquée, je levai les yeux vers Seth, qui me contemplait fixement, le bras à présent désarmé.

— *Qu'est-ce que… ?* balbutiai-je, réalisant soudain que je n'avais plus mal nulle part.

Et aussi que je n'avais plus du tout de voix. Mon bourreau, lui, arqua les sourcils en signe de mépris. Vide de toute émotion, je perçus toutefois la première caresse du néant, aussi insolite que familière, comme un souvenir longtemps enfoui dans mon esprit.

Un vide terrifiant s'empara progressivement de mon esprit, faisant taire chacune de mes pensées sur son passage. Légère et trouble, une nappe sombre se dessina autour de mes yeux avant de s'engouffrer en moi, emportant d'abord la lune, puis la nuit, mon corps et la voiture. Les cris de Josh furent engloutis par le bourdonnement d'un silence caverneux, épargnant uniquement le regard argenté de Seth.

Alors, ce dernier tourna les talons et se volatilisa.

— Madison ! perçus-je vaguement.

Puis une caresse très légère sur ma joue, et plus rien…

2.

Le voile de néant se dissipa doucement dans une douloureuse série de picotements, et au son de deux voix en train de se disputer. J'avais mal au cœur, non pas à cause des fourmillements qui me lancinaient dans le dos au point de me couper la respiration, mais à cause de ces paroles sourdes qui me parvenaient. Bizarrement, elles faisaient resurgir en moi un sentiment de crainte désespérée lié au passé. Je pouvais presque sentir l'odeur moisie de mon lapin en peluche, tandis que, recroquevillée en boule et pétrifiée, j'écoutais ces deux individus qui représentaient tout pour moi se déchirer. Ils avaient eu beau me dire que ce n'était pas de ma faute, ça n'avait pas atténué mon chagrin, loin de là. Ce chagrin, j'avais dû le réprimer jusqu'à ce qu'il fasse partie intégrante de moi. Cette peine me collait à la peau. Pleurer dans les bras de ma mère aurait voulu dire que je l'aimais plus que mon père ; sur l'épaule de mon père, que je l'aimais plus, *lui*. C'était nul de grandir comme ça…

Mais là, ce n'étaient pas mes parents qui se disputaient. On aurait dit deux gosses.

Tentant d'inspirer une bouffée d'air, je réalisai que mon souffle était soudain redevenu régulier. Les restes de brume commencèrent à disparaître en même temps que les picotements, et mes poumons se soulevèrent en me comprimant la poitrine, comme si quelqu'un était assis dessus. Doucement, j'ouvris les yeux, et me retrouvai nez à nez… avec le néant. Seule une forte odeur de plastique gluant était perceptible.

— C'est ta faute si elle est montée dans cette voiture à l'âge de seize ans ! s'écria avec virulence une voix jeune mais masculine, étrangement assourdie.

J'avais la nette impression que la dispute durait déjà depuis un bon moment ; pourtant seuls quelques fragments de souvenirs flottaient dans le vide de mon esprit embrumé.

— Tu ne vas quand même pas me remettre ça sur le dos ! répliqua une fille d'une voix tout aussi étouffée mais déterminée. Elle avait dix-sept ans quand il l'a tirée à pile ou face ! C'est toi qui as merdé, pas moi ! Que Dieu te préserve, mais franchement, comment as-tu pu manquer ton coup alors qu'elle était sous ton nez ?!

— Parce qu'elle n'avait pas dix-sept ans, *tiens !* rétorqua le garçon. Elle en avait seize quand il est passé la prendre : je ne pouvais pas savoir que l'autre en avait après elle ! Et pourquoi tu n'étais pas là, *toi* ? Ah, tu t'es foutue dedans, et pas qu'un peu !

La fille soupira, manifestement ulcérée.

Toujours frigorifiée, j'inspirai une nouvelle fois. Un brusque élan de force remonta en moi ; moins de picotements, mais plus de douleurs. L'endroit était étouffant, et mon souffle chaud me revenait dans le visage. En fait, ce n'était pas le noir complet – j'étais enfermée dans quelque chose.

— Espèce de misérable cloporte ! lâcha la fille avec hargne. J'te permets pas de dire que j'ai merdé ! Elle est morte à dix-sept ans, voilà pourquoi je n'étais pas là ! Personne ne m'a avertie !

— Mais je ne m'occupe pas des seize ans, moi ! répondit le garçon d'un ton encore plus mauvais. Je croyais qu'il tirait à pile ou face sur le type, pas sur la fille !

Tout à coup, je m'aperçus que la masse noire indistincte qui me renvoyait mon souffle était une épaisse housse en plastique. Dans un élan de panique, mes mains se soulevèrent, mes ongles s'enfoncèrent dedans, et brusquement je me redressai.

Étais-je assise sur une table ? Vu comme c'était dur, il y avait de grandes chances. Comme une forcenée, je repoussai alors le plastique pour me dégager. C'est alors que je découvris deux gamins, debout aux côtés de grandes portes battantes d'un blanc crasseux, qui se retournèrent promptement, stupéfaits. Le visage pâle de la fille se mit à rougir et le garçon eut un mouvement de recul, comme s'il était gêné d'avoir été surpris en pleine dispute.

— Tiens, tu es réveillée ! s'exclama la fille en rejetant sa longue tresse brune dans son dos. Eh bien... salut ! Moi, c'est Lucy, et voici Barnabé !

Le garçon baissa les yeux et me fit signe de la main, penaud.

— Salut..., marmonna-t-il. Comment va ?

— Tu... tu étais avec Josh, toi, je te reconnais ! balbutiai-je en le pointant du doigt d'une main tremblante.

Il acquiesça d'un signe de tête, toujours sans me regarder. Il avait un drôle de look dans son costume, comparé au short et au pull-over sans manches de la fille. En revanche, tous deux portaient un pendentif en pierre noire autour du cou ; le bijou était quelconque et insignifiant, mais mon regard s'y arrêta car c'était la seule chose qu'ils avaient en commun – outre leur colère réciproque et leur stupeur face à moi.

— Où suis-je ? leur demandai-je enfin.

Ma question fit grimacer Barnabé, qui balaya le sol du pied d'un air embarrassé.

— Dites-moi où est Josh, au moins...

Toutefois, quasi instantanément, je réalisai que j'étais dans un hôpital. Sauf que... *Attendez une minute ?! Qu'est-ce que c'est que cette foutue housse mortuaire ?*

— Je... je suis à la *morgue* ? lâchai-je en bafouillant. Mais qu'est-ce que je fais ici ?!

M'agitant dans tous les sens, je dégageai mes jambes de la housse en plastique et me laissai glisser sur le carrelage ; le claquement de mes talons résonna dans un drôle de synchronisme tandis que je me réceptionnais sur mes deux pieds. Une étiquette collée à un élastique entourait mon poignet ; je l'arrachai d'un coup sec, emportant quelques poils avec. Ma robe de bal, elle, était entaillée d'une large déchirure et, par ailleurs, toute tachée. Couverte de crasse et d'herbe, j'empestais la boue et l'antiseptique. Ça, c'est sûr, je n'étais pas prête de récupérer ma caution.

— Quelqu'un a commis une erreur, lançai-je aux deux gamins en balançant l'étiquette par terre.

— C'est Barnabé, me répondit Lucy en grognant.

Ce dernier se raidit.

— Ce n'est pas ma faute ! protesta-t-il en s'en prenant à elle. Elle avait seize ans quand elle est montée dans cette voiture, et tu sais très bien que ce n'est pas mon créneau ! Comment j'aurais pu savoir que c'était son anniversaire ?

— Oui ben, en attendant, elle est morte à dix-sept ans. Donc maintenant, c'est *ton* problème !

Morte, moi ? Ça va pas bien, la tête ! Ohéééé, je suis là !

— Bon, vous savez quoi, tous les deux…, les coupai-je, en me sentant plus solide sur mes jambes à force d'être debout, continuez à vous chamailler jusqu'à la saint-glinglin, moi je dois retrouver quelqu'un et prévenir ma famille que je vais bien.

Résolue, je pris la direction des portes battantes encrassées.

— Madison, attends ! me héla le garçon. Tu ne peux pas partir !

— C'est ce qu'on va voir ! répliquai-je, sûre de moi. Mon père ne va *vraiment* pas être content, c'est moi qui vous le dis !

Je passai devant eux à grands pas quand, à peine six mètres plus loin, j'eus soudain l'impression de littéralement me *désintégrer*. Prise de vertige, je posai une main sur une table vide tandis que cette étrange sensation grondait de plus belle en moi. Ma main se cramponna à la table, mais, au contact du métal froid, je l'écartai brusquement, comme si mes os s'étaient brûlés… Je me sentis soudain flasque et maigre comme un clou. Le léger ronflement de la ventilation devint plus sourd. Même mes battements de cœur me semblaient lointains. Je me retournai vers Lucy et Barnabé, une main plaquée sur la poitrine pour essayer de faire revenir mon rythme cardiaque à la normale.

— Qu'est-ce qui m'arrive… ?

À l'autre bout de la pièce, le garçon haussa ses frêles épaules.

— Navré, Madison, mais tu es morte. Tu t'éloignes trop de nos amulettes, et ton corps commence à se désagréger.

Il désigna un lit à roulettes pour attirer mon attention.

Tournant les yeux dans la direction indiquée, je me mis brusquement à suffoquer. Les jambes coupées, je m'écroulai contre la table vide. Là-bas… sur le lit… c'était *moi* ! J'étais toujours étendue sur le brancard, et enveloppée d'une housse mortuaire entrouverte. D'apparence, j'étais bien trop petite et trop livide, pourtant c'était bien moi ! Et ma robe raffinée était bizarrement retroussée dans un étalage de grâce abandonnée et intemporelle.

Alors… je suis morte !? Pourtant, c'est bien mon cœur que j'entends battre, non ?

Mes membres faiblirent davantage, et mon corps commença à se décomposer.

— Super, maintenant elle va s'évanouir ! commenta sèchement Lucy.

Barnabé bondit pour me rattraper. Ses bras s'enroulèrent autour de moi et je sentis ma tête se renverser en arrière. À son contact, tous mes sens furent à nouveau bousculés : bruits, odeurs… je percevais tout - même mon pouls. Mes paupières se mirent à papillonner. À quelques centimètres des miennes se trouvaient les lèvres de Barnabé, étroitement serrées. Il était si près ! Il avait même une drôle d'odeur de tournesol.

— Tu vas la fermer, oui ! chuchota-t-il à Lucy tout en me relâchant délicatement par terre. Sois un peu indulgente – je te rappelle que c'est ton boulot !

La fraîcheur du carrelage me pénétra les os et sembla clarifier ma vue obscurcie. *Comment pouvais-je être morte… et en même temps capable de tomber dans les pommes ?!*

— Je ne suis pas morte, prononçai-je d'une voix mal assurée tandis que Barnabé m'aidait à m'asseoir sur le sol et calait mon dos contre le pied de la table.

— Si, Madison…

Il s'accroupit à côté de moi et me contempla de ses grands yeux noisette d'un air sincèrement préoccupé.

— Je suis vraiment désolé, je pensais que ce serait Josh qui serait tiré au sort. Surtout qu'en principe ils ne laissent aucune preuve derrière eux, encore moins une voiture. Ton cas doit leur poser un sacré problème !

En un éclair, je me remémorai l'accident et posai instinctivement une main sur mon estomac, où le couteau de Seth s'était planté. Je me souvins aussi que Josh était sur les lieux.

— Josh doit croire que je suis morte !

De l'autre côté de la pièce, la réponse mordante de Lucy ne se fit pas attendre :

— Tu *es* morte !

Incrédule, je tournai les yeux vers le brancard, mais Barnabé se mit devant moi pour me boucher la vue.

— Qui êtes-vous ? bafouillai-je, tandis que mes vertiges se dissipaient doucement.

Barnabé se releva.

— Nous travaillons comme… euh, « Messagers Œuvrant pour le Rapatriement des Terriens », me répondit-il, confus.

Ces mots résonnèrent en écho dans ma tête. Qu'est-ce que c'était que ce charabia ? Messagers... Œuvrant... Rapatriement... En abrégé, ça donnait M.O.R.T.

C'est pas vrai, dites-moi que je rêve ! Une puissante montée d'adrénaline me traversa de la tête aux pieds. Je me relevai tant bien que mal, les yeux rivés sur le brancard. C'était peut-être moi, là-bas, allongée sur le lit, mais j'étais aussi là, debout et bien *vivante* !

— Vous travaillez pour la Mort ! m'écriai-je horrifiée, en contournant la table pour m'écarter de Barnabé.

Mes orteils commencèrent à s'engourdir. Je m'arrêtai, nerveuse, en jetant un coup d'œil furtif à l'amulette qui pendait au cou du garçon.

— Mon Dieu, alors je suis vraiment *morte* ! chuchotai-je, perdue. Mais ce n'est pas possible, je ne suis pas prête... Je n'ai que dix-sept ans !

— Ce n'est pas ce que tu crois : nous n'avons *rien* à voir avec cette satanée Mort !

Debout, les bras croisés, Lucy semblait sur la défensive, comme si j'avais mis le doigt sur un sujet délicat.

— Nous, nous ne sommes que des *messagers* de l'au-delà : notre fonction est d'essayer de sauver les êtres que les envoyés de la Mort exterminent avant que leur heure ne soit arrivée. Ces traîtres perfides et vantards périront avant que le soleil ne soit redevenu poussière !

Manifestement embarrassé, Barnabé balayait le sol de ses pieds.

— Ces traîtres dont parle Lucy sont d'anciens messagers qui ont été amenés, par la ruse, à travailler pour *l'autre camp*. Ils tentent de gagner les rangs de la Mort et de grimper les échelons en rabattant un maximum de victimes, notamment en embarquant quelques âmes plus tôt que prévu. Et ils ne lésinent jamais sur les moyens : faut toujours qu'ils en fassent des tonnes ! Ce ne sont que des pillards, sans aucune classe !

Ces derniers mots avaient été prononcés d'une voix amère. Ces rivalités me laissèrent perplexe et, tandis que je reculais de quelques pas, de nouveau, mon corps se mit à ramollir. Fixant leurs amulettes des yeux, je me penchai en avant jusqu'à ce que cette sensation désagréable disparaisse.

— Donc, vous tuez des gens ! C'est bien ce que Seth disait quand il parlait d'« âme à cueillir » !

— Non, la plupart du temps, nous, nous ne tuons personne, se défendit Barnabé en se frottant la nuque d'une main.

Il jeta un œil à Lucy avant de poursuivre.

— Seth appartient bien au clan de la Mort, mais nous, nous intervenons quand ils visent quelqu'un dont ce n'est pas l'heure ou bien quand il y a erreur.

— Comment ça « erreur » ? répétai-je en hochant la tête dans un sursaut d'espoir. Est-ce que ça veut dire qu'on peut me renvoyer... *chez les vivants* ?

Lucy s'approcha.

— Écoute, Madison, tu n'étais pas censée mourir. Tu as été tirée au sort un peu trop tôt dans le planning. Notre boulot, c'est de contrer les autres, mais parfois, il arrive qu'on échoue. Comme le veut le protocole, nous sommes ici pour te présenter des excuses et t'accompagner dans l'au-delà.

Fronçant les sourcils, elle se tourna vers Barnabé.

— Et si monsieur voulait bien admettre que tout ça est de sa faute, je pourrais m'en aller !

Je me raidis, refusant de regarder ce double de moi sur le brancard.

— Je n'irai nulle part ! protestai-je. Vous avez commis une erreur, soit ! Mais maintenant, ramenez-moi chez moi !

J'avançai de quelques pas, terrifiée.

— Vous *pouvez* faire ça, dites ?

Barnabé grimaça à cette question.

— C'est un peu trop tard, en fait. Tout le monde sait que t'es morte.

— Mais je m'en fiche, moi !!

Soudain, une pensée me glaça le sang.

— Papa… ! murmurai-je, affolée.

Inspirant un bon coup, je fis volte-face et détalai sur-le-champ vers la sortie la plus proche.

— Madison, attends ! cria Barnabé.

Les portes blanches n'oscillèrent que de quelques centimètres, mais j'eus cependant l'impression de me cogner violemment dedans. Trébuchant, j'atteignis toutefois la pièce suivante. J'étais pour ainsi dire passée à travers les portes, comme un fantôme.

Là, un type grassouillet était assis à un bureau. Il leva les yeux en entendant le minuscule grincement des portes, et, quand il m'aperçut, ses petits yeux de cochon s'écarquillèrent. Il se mit à suffoquer, la bouche grande ouverte et le doigt pointé sur moi.

— Il y a eu erreur ! m'écriai-je en approchant du passage voûté à peine éclairé que l'homme semblait garder. Je ne suis pas morte !

Mais, de nouveau, je me sentis toute bizarre. L'impression d'être floue et vaporeuse, et un peu élastique aussi. Plus rien n'avait de sens, non plus, et, comme si j'avais des œillères, l'obscurité se mit à border ma vue.

Derrière moi, Barnabé apparut dans l'embrasure des portes. Instantanément, les choses revinrent à la normal. C'était son amulette qui me permettait de rester en un seul morceau : il fallait coûte que coûte que je m'en procure une !

— *Si*, elle est morte ! lança le garçon au type en fonçant sur moi pour m'attraper par le poignet. Ce n'est qu'une hallucination : elle n'est pas vraiment là, moi non plus d'ailleurs !

— D'où venez-vous... ? balbutia l'homme derrière son bureau, le regard fixe. Comment êtes-vous arrivée ici ? !

Lucy fit irruption à son tour, rabattant avec force les portes contre le mur pour nous faire sursauter, moi et le type à son bureau.

— Bon, Madison, cesse de jouer les martyres ! me lâcha-t-elle. Tu dois partir !

Dépassé par les événements, le type décrocha son téléphone.

De mon côté, je tortillais mon bras sous la poigne de Barnabé, mais rien à faire, il ne voulait pas me lâcher.

— Il *faut* que je parle à mon père ! trépignai-je, implorante.

Il tira sur mon poignet d'un coup sec et me fit perdre l'équilibre.

— Arrête de discuter, on s'en va ! me répondit-il inflexible, le regard soudain menaçant.

Désespérée, je lui écrasai le pied. Barnabé poussa un grognement, et sa silhouette dégingandée se dédoubla au moment où il lâcha enfin mon poignet. Lucy se moqua de lui, et j'en profitai pour foncer vers le passage voûté. « Essayez donc de m'arrêter ! » pensai-je, avant de foncer droit dans une énorme masse chaude et soyeuse. Dans un sursaut, je reculai d'un pas et reconnus, paniquée, le visage de l'homme qui m'avait tuée. Tuée d'un coup de poignard indolore après un accident raté. *Seth.* Seth travaillait pour « l'autre camp », autrement dit, il incarnait *ma mort.*

— Pourquoi êtes-vous deux ? demanda-t-il aussitôt à Lucy et à Barnabé.

Son accent m'était familier, mais le timbre de sa voix me fit mal aux oreilles ; et cet effluve marin qu'il dégageait le soir du bal sentait désormais la pourriture.

— Ah, j'y suis… ! s'exclama-t-il en se retournant vers moi.

Son regard perçant me fit frissonner.

— … Comme tu es morte le jour de ton anniversaire, ils ont envoyé deux émissaires de l'au-delà ! Ça, par exemple, Madison, quelle mise en scène ! Enfin… je suis ravi te voir debout ! Allez, maintenant, en route !

La tête rentrée dans les épaules, je reculai, tétanisée.

— Ne t'approche pas de moi !

— Cours, Madison ! me hurla Barnabé.

Mais à part à la morgue, je n'avais nulle part où aller. Lucy s'interposa devant moi, les mains grandes ouvertes comme si elle pouvait stopper Seth grâce à sa seule volonté.

— Qu'est-ce que tu fiches ici, Seth ? lui lança-t-elle d'une voix tremblante. Elle est déjà morte, tu ne peux pas décider de son sort une deuxième fois !

D'un pas lent et assuré, Seth s'approcha.

— J'ai décidé de son sort, donc si je la veux, *elle est à moi* !

Barnabé devint blême.

— D'habitude, tu ne reviens pas…

Son regard se tourna vers la pierre qui pendait au cou de Seth.

— Alors, tu… tu ne travailles plus pour la Faucheuse ?

Seth afficha un large sourire, comme s'il s'agissait là d'une énorme blague.

— Mieux que ça ! Je m'occupe du *sort* des morts ! Quoi qu'il en soit, laisse tomber, Barnabé : tu ne seras pas à la hauteur. Tu ferais mieux de partir si tu ne veux pas souffrir !

Je fixai Barnabé du regard, impuissante ; ses grands yeux noisette croisèrent les miens et décelèrent mon effroi. Alors je le vis rassembler son courage.

— Barnabé, *nooon !* hurla Lucy de toutes ses forces, terrifiée.

Mais en dépit de ce cri déchirant, Barnabé se jeta sur la sombre silhouette vêtue de soie noire. Dans un mouvement d'une effrayante désinvolture, Seth se tourna pour gifler le garçon du revers de la main. Totalement déséquilibré, Barnabé fit un vol plané en arrière, puis se heurta contre le mur avant de s'effondrer sur le sol, K.O.

— Cours ! me cria Lucy en me poussant vers la morgue. Reste à la lumière du jour et ne laisse pas les ailes noires te toucher. On va demander de l'aide et quelqu'un viendra te chercher. Enfuis-toi, vite !

— Comment veux-tu que je fasse ? Seth bloque la sortie !

Ce dernier s'approcha et, cette fois, frappa Lucy. Elle s'écroula, me laissant seule avec lui – seule, puisque le type derrière son bureau, lui, était soit tombé dans les pommes, soit planqué en dessous. Tremblante, je me redressai de tout mon haut (autant dire, pas de beaucoup) et tirai d'un coup sec sur ma robe. *Dans la série « j'suis morte de trouille »... enfin, morte, façon de parler.*

— Ce que Lucy te suggérait, me souffla Seth d'une voix à la fois familière et étrange, c'est de passer à travers les murs... car tu aurais eu plus de chances de t'en sortir contre les ailes noires en restant au soleil que contre moi sous terre !

— Mais... c'est impossible ! bredouillai-je en jetant un œil aux portes battantes.

Pourtant, il avait raison : j'étais passée au travers de ces portes et c'est à peine si elles avaient bougé. Alors quoi ? J'étais devenue... un *fantôme* ?!

Le sourire de Seth me donna des sueurs froides.

— Ravi de te revoir, Madison, maintenant que je peux vraiment te *voir* !

Il ôta son masque et le laissa tomber à terre. Son visage était sublime, comme une pierre ciselée rendue lisse par le temps.

Passant ma langue sur mes lèvres, je sentis mon sang se glacer au souvenir de notre baiser. Je fis marche arrière, un bras serré contre ma poitrine, essayant de me détacher de l'emprise de Barnabé et de Lucy pour pouvoir traverser les murs d'un coup. Après tout, si Monsieur Psychopathe m'en pensait capable, c'était peut-être vrai.

Seth suivit chacun de mes mouvements, sans me lâcher d'une semelle.

— Tu dois venir avec moi, Madison ! Personne ne croira que je t'ai éliminée tant que je ne t'aurai pas jetée à leurs pieds…

Je continuai à reculer ; Barnabé et Lucy étaient toujours à terre.

— Merci, mais je préfère rester là ! rétorquai-je à Seth avec fermeté.

Mon cœur battait la chamade, et mon dos heurta le mur. Un petit cri de surprise s'échappa de mes lèvres. J'étais suffisamment éloignée des deux gamins pour que mon corps se décompose, mais non. Aucun signe de défaillance. Je fixai Seth du regard, puis la pierre noire qui pendait à son cou… Bon sang, c'était la même !

— Tu n'as pas le choix, Madison. Je t'ai tuée, tu m'appartiens !

Il tendit le bras pour agripper mon poignet, et une nouvelle pointe d'adrénaline me poussa à me débattre.

— Tu rêves, mon vieux ! m'écriai-je soudain en lui décochant un coup de pied dans le tibia.

Manifestement, vu comme il se tordit de douleur, il l'avait senti passer. Pour autant, ce démon ne me lâcha pas ; en revanche, son visage était à ma portée. Aussitôt, attrapant Seth par les cheveux, je rabattis violemment son nez contre mon genou replié. Le ventre noué, j'entendis le cartilage se briser net.

Jurant d'un ton barbare dans un obscur langage, il lâcha enfin prise et bascula en arrière, s'écroulant sur le sol.

Il fallait que je sorte d'ici ! Et sans me décomposer, sinon je n'allais jamais y arriver. Totalement paniquée, je réussis tout de même à m'emparer de la pierre qu'il avait au cou en lui arrachant son collier. Elle me picota la main comme si elle avait été brûlante, et je resserrai mes doigts sur le pendentif, déterminée à souffrir s'il fallait en passer par là.

Seth leva les yeux vers moi, ébahi, le visage ensanglanté. Il semblait aussi effaré que s'il s'était pris une vitre en pleine figure.

— Madison…, murmura Barnabé d'une voix rauque.

Je me retournai vers ce dernier ; il me fixait d'un regard vague et empreint de souffrance.

— Cours ! me dit-il, haletant.

L'amulette de Seth en main, je pivotai vers le couloir voûté… et pris mes jambes à mon cou.

3.

— Papa !

Debout face à la porte d'entrée, le cœur battant, je perçus le calme qu'inspiraient l'ordre et la propreté dans lesquels mon père entretenait la maison. Derrière moi, une tondeuse à gazon ronronnait sous les premiers rayons du soleil. Leur lumière dorée se répandait à l'intérieur, faisant briller le parquet et la rampe d'escalier qui menait à l'étage. Tout du long, j'avais couru en talons et dans cette horrible robe. Les gens m'avaient dévisagée, mais moi, ce qui m'avait inquiétée, c'était de ne pas avoir flanché une seule fois. Si mon corps entier palpitait de frayeur, je ne ressentais pas le moindre signe d'épuisement.

— Papa ?…

Je pénétrai dans la maison, les yeux rougis par l'émotion, lorsqu'à l'étage supérieur la voix incrédule et tremblotante de mon père se fit entendre :

— Madison… ?

Je grimpai les escaliers quatre à quatre, trébuchant sur le pan de ma robe tout en me hissant jusqu'à la dernière marche. La gorge serrée, je m'arrêtai net, dans un bruissement, à la porte de ma chambre. Mon père était assis par terre au milieu de mes cartons. Des cartons ouverts, mais jamais déballés. Il semblait vieux, et son visage fin était décharné par le chagrin ; cette vision me paralysa. Je ne savais quoi faire.

Les yeux grands ouverts, il regardait dans le vide comme si je n'étais pas là.

— Tu n'as jamais déballé tes affaires…, murmura-t-il tout bas.

Surgie de nulle part, une larme brûlante coula le long de ma joue. En le voyant comme ça, je compris à quel point il avait besoin de moi pour surmonter cette déprime dont maman m'avait parlé. Or, jusque-là, personne n'avait jamais eu besoin de moi.

— Je… je suis désolée, papa, bredouillai-je, impuissante.

Le souffle coupé, il sortit subitement de sa torpeur et l'émotion illumina son visage. D'un bond, il se leva et franchit les trois pas qui nous séparaient pour me serrer dans ses bras.

— Madison ! Ils ont dit que tu étais morte mais tu… tu es *vivante* !

— Oui, papa, ne t'en fais pas, je vais bien, sanglotai-je au creux de son épaule.

Le soulagement était si intense qu'il en était presque douloureux. Mon père avait la même odeur que le labo dans lequel il travaillait : une odeur d'huile et d'encre. Rien n'avait jamais senti aussi bon, et je ne pouvais plus m'arrêter de pleurer. J'étais morte – du moins je le croyais – et, j'avais beau avoir cette amulette, rien ne garantissait que je puisse rester. Cette crainte ne faisait que nourrir ma tristesse.

— Je vais bien, répétai-je à mon père en hoquetant entre deux sanglots. Mais il y a eu une erreur…

Riant à moitié, il m'éloigna de lui pour mieux me contempler. Des larmes brillaient dans ses yeux, et un sourire se dessina sur son visage comme s'il ne l'avait jamais perdu.

— Je t'ai vue à l'hôpital…

La douleur de ce souvenir se lut dans son regard. Il caressa mes cheveux d'une main tremblante pour s'assurer que j'étais réelle.

— … pourtant tu es là, vivante ! J'ai essayé de joindre ta mère – elle va croire que je suis fou, encore plus que d'habitude ! Je ne pouvais pas lui laisser un message pour lui dire que tu avais eu un accident, tu comprends, alors j'ai raccroché. Mais… tu es sûre que tu te sens bien ?

La gorge nouée, je reniflai bruyamment. *Jamais plus je ne quitterai cette amulette. Jamais !*

— Je suis tellement désolée, papa, m'écriai-je, toujours en larmes.

— Ne t'en fais pas, tout va bien à présent, m'apaisa-t-il, une main posée sur ma joue.

Sauf que j'étais bel et bien morte, et qu'il ne le savait pas.

Reprenant son souffle, mon père s'interrompit soudain, perplexe. Doucement, ses bras m'écartèrent de lui de nouveau, et un frisson glacial me parcourut lorsqu'il me contempla de la tête aux pieds, transformant mes larmes en un léger reniflement.

— En effet, tu m'as l'air indemne, dit-il tout étonné. Tu n'as pas la moindre égratignure !

Je souris, nerveuse, tandis qu'il laissait retomber ses bras le long de son corps.

— Papa, il faut que je te dise quelque chose...

Un léger bourdonnement se fit entendre sur le pas de la porte. Mon père jeta un coup d'œil rapide par-dessus ma tête et je me retournai aussitôt. Barnabé se tenait là, maladroit, au côté d'un petit homme vêtu d'une espèce de kimono de karaté trop grand pour lui ; sa tenue faisait plein de plis – pas pratique du tout. En dépit de sa taille, sa physionomie lui conférait une certaine autorité. Mince, les traits fins et la peau très foncée, il avait des yeux bruns profondément ridés. Ses cheveux eux aussi trahissaient son âge, à en croire les épaisses boucles grises qui ornaient ses tempes.

— Je suis navré, leur lança soudain mon père en m'entourant les épaules d'un geste protecteur. C'est vous qui m'avez ramené ma fille ? Merci du fond du cœur !

L'expression de Barnabé à ces mots me troubla, et je dus faire un effort surhumain pour ne pas me planquer derrière mon père; il me tenait toujours dans ses bras et je ne voulais surtout pas en bouger.

Quelle poisse! Voilà que Barnabé avait ramené son patron. Sauf que moi je voulais rester! Je ne voulais pas être morte!

L'homme à la peau mate prit un air contrit.

— Non, trancha-t-il avec une surprenante précision dans la voix. Dieu sait comment, votre fille s'est débrouillée comme une grande pour revenir.

J'essuyai mes larmes, effrayée.

— Ils ne m'ont pas ramenée, intervins-je en remuant nerveusement. Je ne connais pas ces types! Enfin, le garçon si… mais pas le vieux.

Sans un mot, mon père courit d'un air neutre, tentant de rassembler les morceaux.

— Vous travaillez à l'hôpital? leur demanda-t-il soudain, son visage commençant à se durcir. Qui était chargé de me dire que ma fille était morte, hum? Je vous préviens : quelqu'un va devoir payer!

Barnabé eut un mouvement de recul, mais son patron, lui, acquiesça en reniflant.

— Jamais parole n'a été aussi vraie, monsieur.

L'homme balaya ma chambre du regard, s'arrêtant brièvement sur les murs roses, les meubles blancs et les cartons à moitié déballés. Au final, ses yeux se posèrent sur moi, et je me demandai à quelle conclusion il était arrivé. Ma vie s'était achevée de manière si abrupte qu'en quelque sorte j'étais comme ma chambre : tout était là, mais rien n'avait eu le temps de s'épanouir. À présent, tout serait remballé et rangé dans un placard ; tous les bons souvenirs ne reverraient jamais le jour. *Sauf que moi je n'en avais pas fini avec la vie ! Pas encore.*

Je me raidis en voyant l'homme faire un pas dans ma chambre, une main gracile levée vers moi d'un geste apaisant.

— Toi et moi, nous devons discuter, mon enfant, prononça-t-il d'un ton saisissant.

Oh non ! Il veut m'emmener avec lui !

Je me cramponnai à l'amulette, et mon père resserra son étreinte. Découvrant mon regard terrorisé, il finit par comprendre que quelque chose clochait et s'interposa face aux deux hommes.

— Madison, appelle la police !

Je m'empressai de sauter sur le téléphone posé sur ma table de nuit (au moins une chose que j'avais déballée).

— Bon, il nous faut une pause ! tonna soudain le vieil homme.

Je relevai la tête, alarmée, et le vis brandir la main tel un mauvais acteur de science-fiction. Le grésillement du combiné cessa net, et à l'extérieur le moteur de la tondeuse se tut. Sous le choc, je fixai successivement le téléphone, puis mon père, toujours debout entre moi et les deux intrus… mais parfaitement *immobile*.

Mes genoux faiblirent. Je reposai le combiné sur son socle sans quitter mon père des yeux. Il avait l'air d'aller bien – excepté qu'il ne bougeait plus.

Le vieil homme soupira, attirant mon attention sur lui. « Espèce de guignol, marmonnai-je intérieurement, à la fois bouillante et transie. Si tu crois que tu me fais peur… »

— Laissez-le tranquille, lançai-je d'une voix tremblante, sinon je…

Barnabé esquissa une moue bizarre et l'homme haussa les sourcils d'un air las. Une lueur bleu-gris se refléta dans son regard – pourtant j'aurais juré que ses yeux étaient bruns.

— Sinon quoi ? me défia-t-il en s'avançant d'un pas plus ferme sur le tapis de ma chambre, les bras croisés sur la poitrine.

Je jetai un œil à mon père, pétrifiée.

— Sinon, je hurle ! le menaçai-je.

— Vas-y, ne te gêne pas, mais personne ne t'entendra. Tes cris ne seront qu'un faible chuchotis dans le néant !

J'inspirai un grand coup pour tenter ma chance, pendant que l'homme secouait la tête. Prête à hurler, je reculai soudain en le voyant subitement vaciller dans ma direction à travers la chambre. Toutefois, ce n'était pas après moi qu'il en avait. Écartant d'un geste sec ma chaise blanche devant la coiffeuse, il assit son petit corps de biais et, un coude posé sur le meuble, il berça son front d'une main, comme s'il était épuisé. Lui, assis entre ma boîte à musique et mes affaires de filles : le tableau était assez étrange.

— Pourquoi rien ne peut jamais être simple? marmonna-t-il en tripotant mes zèbres en céramique.

Puis il braqua les yeux vers le plafond, l'air tourmenté :

— C'est une plaisanterie, c'est ça?! fulmina-t-il soudain. Ah, vous devez bien rigoler là-haut!

Je risquai un regard vers la porte, mais Barnabé secoua la tête pour me dissuader de toute tentative de fuite. Très bien. Il me restait encore la fenêtre – même si, avec cette robe, je risquais de me tuer si jamais je tombais. *Ah, mais non, quelle idiote! Je suis déjà morte!*

— Est-ce que mon père va bien? demandai-je en osant toucher son épaule inerte.

Barnabé acquiesça d'un hochement de tête, tandis que le vieil homme se retournait vers moi. Grimaçant comme s'il était en train de prendre une décision, il me tendit la main; je la fixai sans la prendre.

— Ravi d'avoir fait ta connaissance... *Madison*, c'est bien ça? me dit-il avec énergie. Moi, tout le monde m'appelle Ron.

Comme je continuais à le fixer sans un mot, il finit par rabaisser lentement son bras; ses yeux étaient redevenus bruns.

— Barnabé m'a raconté ce que tu as fait, ajouta-t-il. Tu peux me la montrer?...

Confuse, je me mis à gesticuler en faisant glisser mes doigts nerveusement sur le bras de mon père. Cette situation était si absurde : j'avais l'impression d'être une morte-vivante au milieu d'un monde en suspens ; et, comparé à mon cas, le fait que mon père soit figé n'avait rien de dramatique.

— Vous montrer quoi ?…

— La pierre ! me répondit Ron.

L'infime note d'angoisse que je perçus dans sa voix me frappa.

Il la voulait. Il voulait cette amulette, alors que c'était la seule chose qui me maintenait en vie ! Ou, du moins, qui m'empêchait d'être tout à fait morte.

— Sûrement pas ! répliquai-je, désormais convaincue de sa valeur.

Le vieil homme prit peur en voyant ma main glisser doucement sur la pierre froide.

— Madison, tenta-t-il de m'apaiser en se relevant. Tout ce que je veux, c'est la voir.

— Non, vous voulez me la prendre ! m'écriai-je, le cœur battant. C'est la seule chose qui m'empêche de mourir complètement, et moi je ne veux pas mourir ! *Vous* êtes responsables de cette pagaille, mais *moi* je ne suis pas censée être morte !

— C'est vrai, on a commis une erreur, mais le fait est que tu es morte, Madison, persista Ron.

Le souffle me manqua quand je le vis tendre la main vers la pierre autour de mon cou.

— Laisse-moi simplement la regarder…

— Je ne vous donnerai pas cette amulette, *jamais !*

Le regard de Ron s'illumina soudain de frayeur.

— Madison, non ! Ne dis pas ça ! cria-t-il à son tour en s'approchant davantage.

Alors que je cherchais refuge auprès de mon père – si tant est qu'il pouvait encore me protéger –, je trébuchai en arrière.

— Elle est à moi ! hurlai-je de toutes mes forces en m'effondrant contre le mur de ma chambre.

Ron se figea ; son visage marqué afficha un intense désarroi et ses bras s'effondrèrent le long de son corps.

Le temps parut se suspendre.

— Mon Dieu, Madison, tu n'aurais pas dû !

Interloquée par son attitude, je fixai le vieil homme, hagarde, avant de me raidir, brusquement saisie par un frisson. Une sensation glaciale et paralysante prit naissance dans celle de mes paumes qui renfermait l'amulette, et me traversa de part en part comme une décharge électrique. J'entendis mes battements de cœur résonner en moi – un bruit sourd et lourd martelant les parois de mon corps, qui finit par emplir la pièce et me donner l'impression d'être quasiment… *vide*. L'instant d'après, telle une conséquence logique, une sensation de chaleur m'envahit.

Parvenant à peine à respirer, je me relevai, glacée d'horreur et le dos collé au mur, continuant à dévisager Ron. Silencieux et abattu, il semblait mal en point dans son habit de judoka ; quant à moi, je n'osais plus faire le moindre geste. En revanche, l'amulette que je tenais toujours dans la main semblait différente. Au toucher, on sentait encore de petites étincelles. Incapable de résister, je desserrai les doigts pour jeter un œil au creux de ma main, et ce que je découvris me laissa bouche bée.

— Regardez, m'écriai-je bêtement, la pierre a changé !

Le dos voûté, Ron s'affala sur sa chaise en marmonnant dans sa barbe. Stupéfaite, je laissai pendre le collier au bout de mes doigts. Lorsque je l'avais arraché du cou de Seth, le pendentif ressemblait à un simple caillou gris usé par les eaux, alors qu'à présent il était d'un noir intense, comme une tache de néant suspendue à une corde. Le fil métallique noir qui l'entourait luisait d'un éclat argenté, capturant la lumière et la réfléchissant dans toute la pièce. *Zut. J'espère que je n'ai pas cassé l'amulette, au moins ?* Elle était si belle avant !

— Elle ne ressemblait pas à ça quand je l'ai prise, murmurai-je, intriguée.

Ron afficha un air désolé qui me fit froid dans le dos ; derrière lui, le visage blême et les yeux écarquillés, Barnabé semblait presque terrifié.

— Ça, tu peux le dire, me répondit Ron avec amertume. Nous avions encore une chance de régler les choses comme il se doit si tu n'avais pas revendiqué cette pierre. Mais, désormais, *elle est à toi.*

Empreint de dégoût et d'ironie, son regard croisa le mien.

— Félicitations, conclut-il.

Lentement, ma main se détendit et je me mis à trembler. L'amulette était à moi. C'étaient ses mots.

— Sauf que cette amulette appartenait à la Mort, me rappela Barnabé.

La peur dans sa voix me fit tressaillir.

— Seth n'était pas un des leurs, mais il possédait leur précieuse pierre ! Madison est désormais dans leur camp !

— Oh, du calme ! protestai-je, confuse.

— Désormais, c'est une envoyée de la Mort ! hurla Barnabé en agitant sa chemise pour en sortir une petite faux semblable à la lame de Seth.

D'un bond, il s'interposa entre Ron et moi.

— Barnabé, vociféra son patron en l'envoyant s'écrouler contre la porte d'une simple gifle. Madison est une humaine qui vient de mourir, espèce d'idiot ! Alors range-moi cet outil avant que je le fasse vieillir jusqu'à la rouille !

— Mais cette amulette..., balbutia Barnabé en se recroquevillant légèrement. Je l'ai vue la prendre à la Mort !

— À qui la faute si elle a compris l'importance de cette pierre, hein, Barnie ? le railla Ron.

Le jeune garçon resta en arrière, la tête rentrée dans les épaules et manifestement désolé.

Immobile dans un coin de la chambre, je tenais le pendentif avec une telle force que j'en avais presque mal aux doigts.

Ron nous jeta un regard méprisant.

— L'objet que détient Madison est plus puissant qu'une simple amulette, poursuivit-il en levant la main pour dissuader Barnabé de l'interrompre. Et crois-moi, ils vont revenir la chercher !

Grande nouvelle. Non, vraiment, c'est génial.

Barnabé eut l'air de se replier sur lui-même, à la fois inquiet et apeuré.

— Seth a dit qu'il n'était pas un des leurs, sous-entendant qu'il était plus puissant, mais moi je pense qu'il essayait juste de nous intimider. Qu'est-ce qu'il pourrait être d'autre, sinon ?

— Je n'en sais rien pour l'instant. Mais je commence à avoir une petite idée…

Le fait que Ron admette son ignorance était pire que tout, et ne fit qu'accroître mes craintes. Comme je frémissais, le vieillard poussa un soupir.

— J'aurais dû être plus vigilant, murmura-t-il.

Puis, regardant les cieux, il se mit à brailler :

— Vous auriez pu m'envoyer un mémo !

Sa voix retentit, accentuant le bruit sourd du néant qui étreignait le monde. Réalisant soudain que ces deux personnes n'étaient pas vraiment réelles, je me retournai vers mon père, aussi figé et inerte qu'un mannequin de cire. Ils n'allaient quand même pas lui faire du mal pour réparer l'erreur commise avec moi ?

— De la poussière aux étoiles…, chuchota soudain Ron avec douceur. Nous allons devoir nous adapter au mieux.

Le vieil homme se leva en poussant un nouveau soupir. Aussitôt, je bondis du coin où j'étais tapie pour m'interposer entre mon père et lui. Ron contempla ma main levée, comme si j'étais un chaton tentant de faire fuir un bouledogue apathique.

— Je ne partirai pas d'ici ! lui lançai-je en me dressant devant mon père pour le protéger (comme si j'avais une chance). Et je vous interdis de toucher à mon père ! J'ai une pierre puissante et je suis bien vivante, croyez-moi !

Ron me scruta dans le blanc des yeux.

— Tu as une pierre dont tu ne sais pas te servir, et tu n'es pas vivante. Arrête de te faire des illusions, Madison ! Cela dit, étant donné que tu détiens leur pierre et eux ton corps…

Mon regard se tourna brusquement vers Barnabé et, à son air mal à l'aise, je compris que Ron disait vrai.

— Seth détient mon corps… ? répétai-je, de nouveau paniquée. Mais *pourquoi* ?

Ron tendit le bras, et je sursautai en sentant sa main sur mon épaule. Elle était chaleureuse et bienveillante, je le sentais ; même si, à mon avis, il ne pouvait pas faire grand-chose pour moi.

— Pour t'empêcher de passer de l'Autre Côté et, de ce fait, de pouvoir nous donner définitivement la pierre, supposa-t-il d'un regard sombre et empli de détresse. Tant qu'ils détiendront ton corps, tu seras coincée ici. Cette pierre que tu leur as subtilisée est manifestement très importante. Elle s'est modifiée pour s'adapter à tes facultés humaines, or peu de pierres ont ce pouvoir. D'ordinaire, lorsqu'un être s'empare de l'une d'elles, elle le pulvérise d'une simple décharge de courant.

Les bras m'en tombèrent, mais Ron opina de la tête avec gravité.

— Faire appel au divin quand on n'est pas un ange est un moyen infaillible de détruire son âme.

Serrant les lèvres, je réprimai un frisson. Je n'y comprenais rien.

— Si cette pierre tombe entre nos mains, continua Ron, la Mort et ses serviteurs sont temporairement désavantagés. Pour l'instant, ton sort est dans les limbes, Madison : comme une pièce oscillant sur sa tranche.

Il écarta sa main de mon épaule, et je me sentis alors d'autant plus seule et plus petite (moi qui étais plus grande que lui !).

— Tant que tu garderas ta forme humaine, ils auront une chance de te trouver, ajouta-t-il en s'approchant de la fenêtre pour contempler un monde quasi figé.

— Mais Seth sait où je me trouve, répondis-je, déconcertée.

Ron pivota lentement sur lui-même.

— Physiquement, oui, mais il est parti d'ici de manière assez abrupte. Il est repassé de l'Autre Côté sans pierre lui permettant de mémoriser avec précision l'endroit où tu te situes dans l'espace-temps. Il aura donc du mal à te retrouver, surtout si tu ne te fais pas remarquer.

L'anonymat, ça me connaît ! Pas de problème.

Ma tête bourdonnait. Un bras cramponné à l'autre, je tentais de comprendre tout ce que Ron me racontait.

— Il finirait tôt ou tard par te mettre la main dessus, Madison. Et, le jour venu, il vous emportera, toi et la pierre. Ensuite, je ne sais pas...

Ron secoua la tête d'un mouvement d'impuissance et regarda de nouveau par la fenêtre ; la lumière du jour illuminait de reflets dorés les contours de sa silhouette.

— Ils font des choses effroyables sans réfléchir, uniquement pour servir leurs intérêts.

Seth détenait mon corps. À cette pensée, je me sentis défaillir, mais Barnabé s'en aperçut et s'éclaircit la voix pour attirer l'attention de Ron. Le regard du vieil homme se posa sur moi et il cligna des yeux, comme prenant conscience de ce qu'il venait de dire.

— Cela dit, il m'arrive de me tromper, s'empressa-t-il d'ajouter... en vain.

Mon cœur s'emballa. Avant l'accident, Seth avait dit que, grâce à moi, il allait enfin prendre du galon. Il ne visait pas simplement ma mort, il me voulait, moi. Pas la pierre que je lui avais volée, mais *moi*. J'entrouvris les lèvres pour me confier à Ron, mais, prise d'affolement, je me rétractai. Barnabé vit à mon changement d'expression que je cachais quelque chose, mais déjà Ron traversait la chambre d'un pas décidé en le chassant de la pièce. Le garçon se retira silencieusement dans le couloir, sans dire un mot et manifestement perdu dans ses pensées, sans doute inquiet à l'idée que mes cachotteries lui attirent encore plus d'ennuis. L'inquiétude me gagna à mon tour : *ils n'étaient quand même pas en train de partir ?*

— Tout ce qu'on peut faire, c'est te protéger, le temps de trouver un moyen de rompre l'emprise que la pierre a sur toi, sans détruire ton âme, me dit Ron.

— Mais vous venez de me dire que je ne pouvais pas mourir grâce à elle !

Où est-ce qu'il croyait aller, le vieux ? Seth allait revenir !

Ron s'arrêta sur le pas de la porte ; Barnabé, lui, resta en retrait, comme un enfant accablé par un souci trop lourd pour ses jeunes épaules.

— Tu ne peux pas mourir car tu es déjà morte, Madison. Mais il existe des choses bien plus terribles que la mort.

De mieux en mieux.

Mon slow avec Seth, le baiser qu'il m'avait volé, mais aussi le choc de son nez contre mon genou et le regard haineux qu'il m'avait lancé – tous ces souvenirs me firent bouillonner. *T'es pas au bout de tes peines, Madison, c'est le cas de le dire.* Non seulement j'avais bousillé ma réputation dans un nouveau lycée, mais en plus j'avais réussi à insulter cet espèce d'ange de la Mort – et, qui plus est, à me positionner en tête de liste parmi ses pires ennemis.

— Barnabé ? dit soudain Ron.

Le garçon sursauta.

— Oui, m'sieur ?

— Félicitations, tu viens d'être promu au statut d'ange gardien.

Barnabé se figea, consterné.

— Vous parlez d'une promotion ! C'est plutôt une punition, oui !

— Tu l'as un peu cherché, le sermonna Ron d'une voix dure, comparée au sourire qu'il m'adressa en douce. C'est même entièrement de ta faute !

Le visage du vieil homme se crispa.

— Accepte-le, que ça te plaise ou non. Et ne t'en prends pas à elle !

— Mais c'est Lucy la responsable ! protesta Barnabé en pleurnichant comme un bébé.

— Madison a dix-sept ans, répliqua Ron d'un ton qui ne souffrait aucune contestation, et c'est *ton* créneau. Ça devrait être du gâteau !

Il nous tourna le dos, les mains sur les hanches.

— Outre ton rôle face aux anges de la Mort, tu seras désormais l'ange gardien de Madison, ajouta-t-il, le regard lointain. D'une manière ou d'une autre, on devrait en venir à bout d'ici un an.

— Mais m'sieur ! s'exclama Barnabé, qui se cogna contre le mur du couloir quand Ron passa devant lui en le poussant.

Je les suivis dans les escaliers, toujours aussi perplexe. *Alors quoi, maintenant, j'avais un ange gardien ?*

— Monsieur, c'est impossible ! insista le garçon, me donnant l'impression d'être un véritable fardeau. Je ne peux pas accomplir mon devoir *ET* la surveiller ! Si je m'éloigne trop, ils la captureront !

— Dans ce cas, emmène-la avec toi quand tu es en mission.

Ron descendit plusieurs marches.

— Il faut qu'elle apprenne à utiliser cette pierre ! ronchonna-t-il. Profite de tes *innombrables* moments de temps libre pour lui donner quelques conseils. Sans compter que ce n'est pas comme si tu devais la maintenir en vie. Contente-toi de laisser son sort en suspens et, cette fois, de faire du bon boulot !

Barnabé piétina en haut des escaliers, tandis que Ron me lançait un sourire anxieux par-dessus son épaule.

— Ne te sépare pas du pendentif, Madison, me dit-il en guise d'adieu, il te protégera toujours un peu ! Si tu l'enlèves, les ailes noires peuvent te trouver, et les hommes de la Faucheuse ne sont jamais loin.

Les ailes noires. *Voilà qu'elles reviennent, celles-là !* Rien que le nom m'évoquait une ignoble vision.

— Les ailes noires ? répétai-je, horrifiée par la consonance de ces mots dans ma bouche.

Ron s'arrêta sur la première marche.

— D'ignobles vautours réchappés de la Création. Leur odorat leur permet de détecter les morts injustes avant qu'elles n'aient lieu, et ils essaient alors de chiper quelques fragments d'âmes perdues. Ne les laisse surtout pas te toucher. Étant donné que tu es morte, ils peuvent te repérer, mais, grâce à l'amulette, ils te prendront pour une damnée et te laisseront tranquille.

J'opinai sans un mot. *Gare aux ailes noires. Compris.*

— Cronos ! implora Barnabé, tandis que Ron descendait la dernière marche. Je vous en prie, ne me faites pas ça !

— Tâche de tirer profit de ce changement d'air, marmonna Ron en se dirigeant vers la porte. Ce n'est que pour un an !

Le vieil homme franchit le seuil de la maison sous les rayons du soleil et, frappé par le jour, il s'évanouit dans les airs. Pas d'un seul coup, non, doucement, en ondulant dans la lumière. Le soleil pénétra à flots dans la maison et, au loin, le vrombissement d'une tondeuse se fit entendre à nouveau.

Je repris mon souffle lentement, à mesure que le monde recommençait à tourner au son des oiseaux, du vent et des grésillements d'une radio. Abasourdie, je me tournai vers Barnabé.

— Qu'est-ce qu'il entendait par « un an » ? lui chuchotai-je. C'est tout ce qu'on m'accorde : un an de survie ?

Barnabé me contempla de la tête aux pieds, l'air franchement en rogne.

— Qu'est-ce que j'en sais, moi !

Soudain, une voix très surprise résonna depuis ma chambre.

— Madison, c'est toi ?

— Papa ! m'exclamai-je en me heurtant à mon père qui sortait de la pièce.

Aussitôt, il me prit dans ses bras, transformant notre collision en une chaleureuse étreinte, et se mit à sourire quand il aperçut Barnabé.

— Vous devez être le jeune homme qui a raccompagné Madison hier soir ! *Seth*, c'est bien ça... ?

Hein ?! Alors là, c'est le pompon.

Je n'y comprenais absolument plus rien : pourquoi mon père ne reconnaissait pas Barnabé alors qu'il l'avait déjà vu ? Et comment était-il passé aussi vite de l'état de père protecteur et en colère à celui de type sympa ? Et l'accident, alors ? L'hôpital ? Le fait que je sois *morte* ?!...

L'air embarrassé, Barnabé se dandina d'un pied sur l'autre, et me jeta un coup d'œil assassin pour me signifier de la fermer.

— Non, m'sieur, je m'appelle Barnabé et je suis un ami de Madison. Ravi de vous rencontrer. Moi aussi, j'étais avec votre fille hier soir, après le départ de Josh, et je suis juste passé lui dire bonjour, pour voir si, euh… elle avait envie de faire un tour.

Mon père sembla fier que j'aie réussi à me faire un ami sans son intervention, mais moi j'étais dans le brouillard le plus total. S'éclaircissant la voix comme pour décider de la manière d'accueillir un premier petit ami qu'il aurait l'occasion de rencontrer, il serra la main que lui tendit Barnabé. Je les regardai se saluer, totalement abasourdie, puis Barnabé me serra légèrement dans ses bras et je me détendis peu à peu. C'était comme si tout avait été effacé dans l'esprit de mon père, et remplacé par le souvenir bidon d'une soirée sans incidents – une technique de rêve pour couvrir ses arrières quand on est ado ! Restait à savoir comment Ron avait fait ça. Juste pour info, on n'sait jamais.

— Dites, vous auriez quelque chose à manger ? demanda soudain Barnabé en se frottant la nuque. J'ai l'impression que ça fait une éternité que je n'ai rien avalé !

Comme par magie, mon père passa en mode « papa cool », discutant gaufres tout en descendant les marches d'un pas lourd. Barnabé lui emboîta le pas, mais je le retins en lui agrippant l'épaule.

— Alors, c'est quoi l'histoire ? Seth m'a raccompagnée et j'ai fini la soirée devant la télé, c'est ça ?

Il fallait que je sache à quoi m'en tenir, et quelle marge de manœuvre j'avais pour limiter les dégâts !

— Je n'ai donc jamais eu cet accident de voiture ? ajoutai-je en le voyant acquiescer. Mais alors, personne ne va se rappeler cette nuit-là ?

— Personne de vivant, me confirma-t-il. Vu à quel point Ron prend le temps de bien faire les choses, il doit particulièrement t'apprécier.

Son regard tomba sur l'amulette autour de mon cou.

— À moins qu'il n'apprécie plutôt ta jolie petite pierre…

De nouveau assaillie par l'angoisse, je lâchai sa chemise, et Barnabé s'élança à la suite de mon père – lequel était à présent en train de nous appeler en criant depuis la cuisine pour savoir si mon nouvel ami restait pour le petit déjeuner. J'ajustai ma robe et passai la main dans mes cheveux en bataille, avant de descendre d'un pas prudent derrière lui.

Je me sentais vraiment bizarre. *Un an…* Il me restait au moins un an sur Terre. Je n'étais peut-être plus tout à fait en vie mais, bon Dieu, je n'avais pas l'intention de me laisser réellement mourir. Je trouverais un moyen de faire marcher cette fichue pierre et de rester ici. Car ma place était là, chez moi, avec mon père.

Vous allez voir.

4.

Ne trouvant pas le sommeil, je m'installai sur le toit dans l'obscurité, à balancer des cailloux dans la nuit tout en essayant de rassembler mes idées. Je n'étais pas en vie, mais pas tout à fait morte non plus. Comme je m'en doutais, après avoir soigneusement questionné mon père tout au long de la journée, j'eus confirmation qu'il avait complètement oublié l'histoire de l'accident. Pour lui, j'avais jeté Josh par dépit, parce qu'il me considérait comme une cavalière minable, et j'avais ensuite été raccompagné par Seth et Barnabé, avant de passer la nuit devant la télé en faisant la tête dans ma robe de bal.

En outre, il n'était pas très content que j'aie abîmé mon costume de location. Et, à mon grand dam, il avait décidé de déduire les frais de mon argent de poche. Mais bon, je n'allais pas me plaindre. J'étais là, plus ou moins en vie, et c'était tout ce qui comptait. Mon père avait paru surpris que j'accepte docilement la punition, et m'avait même gratifiée d'une certaine « maturité ». Mon Dieu, si seulement il avait su !

Toute la journée, je l'avais observé de près en déballant mes affaires pour les ranger dans des tiroirs ou sur des étagères. Même s'il n'arrivait pas à mettre le doigt dessus, mon père savait qu'il y avait quelque chose d'anormal, c'était évident. Il m'avait beaucoup observée, montant régulièrement dans ma chambre pour m'apporter un casse-croûte ou un soda, au point de me rendre presque folle. Plus d'une fois, je l'avais surpris en train de me fixer d'un air effrayé, dissimulant ses craintes dès qu'il remarquait qu'à mon tour je le regardais. Le dîner avait consisté en un dialogue forcé au-dessus des côtelettes de porc, et, après avoir picoré dans mon assiette pendant une bonne vingtaine de minutes, j'avais quitté la table en m'excusant, prétextant que j'étais fatiguée à cause du bal de la veille.

Vous parlez d'un prétexte ! J'aurais *dû* être fatiguée, mais pas du tout. Au lieu de ça, il était deux heures du matin et j'étais assise sur le toit en train de jeter des cailloux dans le vide pendant que le monde tournait dans la pénombre. Peut-être que je n'avais plus besoin de dormir, en fait.

Les épaules rentrées, j'attrapai un autre tesson de tuile et l'envoyai d'une chiquenaude sur la cheminée.

Dans un tintement, il heurta le chapeau métallique du conduit et ricocha dans l'obscurité. Alors, dépitée, je me redressai sur la mince ossature du toit, m'apprêtant à ramener mes fesses où elles devaient être, à savoir dans mon lit.

Cependant, une vague sensation de malaise me gagna peu à peu, et les légers picotements que je sentais sur le bout des doigts s'insinuèrent lentement en moi, comme une pointe de plus en plus acérée. Soudain, la nette impression d'être épiée m'explosa à la figure, et je fis volte-face lorsque Barnabé tomba de l'arbre qui penchait au-dessus de moi.

— Hé ! Tu pourrais prévenir ! m'écriai-je au moment où il retomba sur ses pattes comme un chat.

Il se redressa dans la pénombre, les mains posées sur les hanches. Un faible miroitement de lune se reflétait sur son visage, tout comme une certaine marque de mépris.

— Si j'avais été un ange de la Mort, tu serais morte.

— Oui, bon. De toute façon, je suis déjà morte, non ? rétorquai-je, agacée, en lui jetant un caillou.

Il demeura immobile tandis que le projectile passait en courbe au-dessus de son épaule.

— Qu'est-ce que tu veux ? lui demandai-je d'un ton maussade.

Avant de me répondre, Barnabé haussa ses épaules fluettes puis tourna le regard vers l'est.

— Je veux savoir ce que tu as caché à Ron.

— Pardon ?

Inébranlable, Barnabé croisa les bras sur sa poitrine en me scrutant fixement.

— Au seul moment où je t'ai perdue de vue, expliqua-t-il, Seth t'a dit quelque chose dans la voiture. Et je veux savoir ce que c'était, parce que ça peut faire toute la différence.

Il s'agita soudain avant de poursuivre :

— Je n'ai pas l'intention d'échouer encore une fois, et encore moins à cause de toi ! Tu étais importante pour Seth avant même de lui avoir dérobé cette pierre. C'est pour ça qu'il t'a amenée à la morgue, et je *veux* savoir pourquoi !

Jetant un œil à l'amulette qui étincelait au clair de lune, je baissai les yeux vers mes pieds. L'inclinaison inconfortable du toit me faisait mal aux chevilles.

— Seth a dit que je n'étais qu'un nom parmi tant d'autres, et qu'il allait détruire mon âme.

Barnabé vint s'asseoir près de moi, en laissant un certain écart entre nous.

— Ça, c'est déjà fait. Tu n'es plus une menace pour lui maintenant que tu es morte. Mais pourquoi est-il revenu ?

Rassurée par sa posture plus détendue, je levai la tête vers lui ; ses yeux semblaient argentés sous la pâle clarté des étoiles.

— Tu ne diras rien à personne ? le suppliai-je, ayant soudain envie de lui faire confiance.

J'avais vraiment besoin de parler à quelqu'un. Or ce n'était pas comme si je pouvais appeler mes anciens copains et leur balancer que j'étais morte, si amusant que ça aurait pu être.

Barnabé hésita.

— Non, promis. Par contre, j'essaierai peut-être de te persuader de l'avouer à Ron.

Ça, je pourrai gérer ; alors, je pris une profonde inspiration et révélai ce que je savais à mon ange gardien :

— Il a dit que le fait de mettre un terme à ma misérable existence lui permettrait de prendre du galon. Il est revenu pour prouver qu'il m'avait bel et bien *éliminée*.

J'attendais une quelconque réaction de la part de Barnabé, mais rien ne vint. Finalement, n'y tenant plus, je levai la tête pour croiser son regard. Le garçon me contemplait comme s'il essayait de déchiffrer le sens de mes paroles. Manifestement, il n'avait pas vraiment de réponse.

— Je pense que tu devrais garder ça pour toi pour l'instant, finit-il par me répondre à voix basse. Ce qu'a dit Seth ne signifiait sans doute rien. Oublie ça, et concentre-toi plutôt sur ton adaptation.

— C'est ça ! répondis-je d'une voix sarcastique. C'est vrai que c'est tellement sympa d'intégrer une nouvelle école !

— Je parlais de ton adaptation au monde des vivants.

— Ah !

D'accord. J'allais devoir apprendre à m'intégrer, non pas dans un nouveau lycée mais parmi les vivants. *Super*.

Puis, songeant au désastreux dîner avec mon père, je me mordis la lèvre.

— Euh, dis-moi, Barnabé, est-ce que je suis censée manger ?

— Bien sûr, si tu en as envie. Moi, ça ne m'arrive jamais, du moins pas souvent, me confia-t-il d'une voix presque nostalgique. Si tu es comme moi, tu n'auras jamais faim.

Attentive, je repoussai une courte mèche de cheveux derrière mon oreille.

— Et pour ce qui est de dormir ?

Cette question-là le fit sourire.

— Tu peux toujours essayer. Personnellement, je n'y arrive pas, à moins de vraiment m'ennuyer ferme !

Je ramassai un nouveau morceau de tuile et le projetai contre la cheminée.

— Comment se fait-il que je n'aie pas besoin de manger ?

Barnabé se tourna vers moi.

— Cette pierre que tu possèdes dégage une énergie que tu absorbes. Profites-en, et évite les médiums : ils te prendraient pour une possédée.

— Hum, formidable…

J'aurais bien essayé de soutirer des informations à Barnabé sur les mystères de la Vie, mais, étant donné que lui et Ron n'étaient déjà pas d'accord au sujet de la Mort, j'en déduisis que leur savoir était sans doute limité.

Poussant un soupir, je restai silencieuse, assise dans le noir sur mon toit au côté d'un ange de la Mort récemment devenu mon ange gardien. *Bien joué, Madison, t'as gagné le gros lot.* Était-il possible de foutre davantage mon existence – ou plutôt ma mort – en l'air ? Effleurant la pierre qui me maintenait plus ou moins en vie, je réfléchis. Qu'est-ce que j'étais censée faire à présent ? Aller au lycée et faire mes devoirs ? Rester auprès de mon père et essayer de donner un sens à ce que j'étais et à ce que j'aurais dû faire ? Rien n'avait véritablement changé, excepté le fait que je n'avais plus besoin de manger ni de dormir. Et que, en plus de la Mort, j'avais un ange gardien à mes basques. Manifestement, la vie continue, même si vous vous absentez.

Barnabé me fit sursauter en se relevant d'un mouvement brusque. Je me penchai en arrière pour contempler sa longue silhouette se découpant sur le fond étoilé de la nuit.

— Allons-y, me dit-il en me tendant la main. Je n'ai rien à faire ce soir et je m'ennuie. Tu n'es pas peureuse, au moins ?

Comment ça, peureuse ? Et puis d'abord, on va où ?

— Impossible, je suis privée de sortie, prétextai-je, hésitante. À part pour aller au lycée, j'ai interdiction de mettre un pied dehors jusqu'à ce que j'aie remboursé le costume.

Mais, dans un sourire, je finis par attraper la main de Barnabé, qui m'aida doucement à me relever. Si Ron était capable de rendre mon père amnésique à propos de ma mort, j'étais prête à parier que Barnabé pouvait me couvrir pour avoir fait le mur quelques heures.

— Bon, je ne peux rien contre ta punition. En revanche, je te promets que, là où je t'emmène, tu n'auras pas à poser le pied *dehors*.

Je me raidis en le sentant se faufiler dans mon dos ; la pente du toit lui donnait une stature imposante.

— Eh ! bafouillai-je, troublée, sentant qu'il glissait une main autour de ma taille.

Mais mes protestations s'évanouirent d'un coup face à l'ombre duveteuse qui nous enveloppa subitement. Elle avait le même parfum délicieux que le cou de ma mère. Le cœur palpitant, je sentis Barnabé resserrer son étreinte, et mes pieds quitter le toit dans un mouvement d'apesanteur.

— Nom de Dieu ! Tu as des ailes ?! m'écriai-je, tandis que le monde s'étirait sous nos yeux, sous l'éclat noir et argent du firmament.

Barnabé se mit à rire et, alors qu'une vague de picotements déferlait au creux de mon ventre, nous nous envolâmes encore plus haut dans le ciel scintillant.

Finalement, l'avenir ne serait peut-être pas si sombre…

Baisers Divins

Michele Jaffe

1.

— Alors, ma mignonne, on joue moins les héroïnes maintenant, *hein !*

Les mains serrées autour de sa gorge, l'homme ricana en soutenant le regard de celle qu'il étranglait.

— Dis, si tu as l'intention de me tuer, accélère ! C'est assez gênant…

— Qu'est-ce qui te gêne le plus ? Mes mains ou… la sensation d'être une ratée *une fois de plus* ?

— Je ne suis PAS une ratée ! hurla la fille en crachant au visage de l'homme.

— Quelle audace… jusqu'au bout ! Admirable ! Toi et moi, on aurait pu bien s'entendre, tu sais… Malheureusement, le temps presse !

La prisonnière se débattit une dernière fois contre son bourreau, essayant d'agripper ses mains, ses avant-bras… Mais en vain, il ne broncha pas. Finalement, ses petits poings retombèrent mollement le long de son corps.

L'individu se pencha si près de son visage qu'elle sentit le souffle de sa respiration.

— Un dernier mot, petite ?

— Deux, pour être précise : spray buccal. Ça n'vous ferait vraiment pas de mal !

L'homme rit, puis resserra son étreinte autour du cou jusqu'à ce que ses mains se chevauchent.

— Bye-bye !

L'espace d'une seconde, son regard se grava dans celui de sa victime. Puis un craquement sec se fit entendre, et la fille sentit le sol se dérober sous ses pieds comme elle plongeait dans un grand trou noir.

2.

Huit heures plus tôt…

« Les filles sexy savent que le silence est d'or… mais pas plus de cinq secondes, autrement, bonjour l'ambiance ! » lut Miranda à voix haute en fixant son livre, les sourcils froncés.

« Si vous sentez que le compte à rebours a commencé, faites une proposition ! Un simple “Est-ce que tu veux des cacahuètes ?” demandé avec le sourire peut rompre la paralysie du silence en un claquement de doigts ! N'oubliez jamais : c'est ÇA être sexy ! »

Miranda commençait à douter sérieusement de l'intérêt de cette méthode : *Comment sortir avec le garçon de vos rêves et l'embrasser* ! Des clous, oui !

Appuyée contre la portière de la berline noire garée dans la zone des arrivées de l'aéroport municipal de Santa Barbara en cette soirée de juin, elle se rappela combien elle était aux anges lorsqu'elle était tombée sur ce bouquin à la librairie. Une véritable aubaine, le livre rêvé ! Après tout, qui ne voudrait pas connaître « les cinq moues du visage qui font toute la différence » ou « les secrets du french kiss révélés par les pros » ? Sauf que, après avoir effectué tous les exercices à la lettre, Miranda n'était toujours pas certaine que le « sourire aguicheur » ou le fait de passer une demi-heure par jour à sucer du raisin pour s'entraîner à embrasser avec la langue soient vraiment des techniques efficaces. Ce n'était pas la première fois que ce genre de guide d'épanouissement personnel la décevait. *Stop aux incertitudes !* et *Devenez votre propre alliée* avaient tous deux été un véritable désastre. Pour autant, elle était encore déçue, car elle y croyait réellement cette fois. Surtout que, d'après Kenzi, sa meilleure amie, si une fille de terminale en était encore à bafouiller comme Miranda à la vue du mec de ses rêves, c'est qu'elle avait vraiment besoin d'aide.

À mi-voix, elle se mit à lire un nouveau passage :

« Retournez-lui une de ses questions en la reformulant et en fronçant le sourcil pour ajouter une pointe d'insinuation. Sinon, ouvrez la discussion en improvisant !

Exemple :

VOUS : *Est-ce qu'on est dans le rayon porcelaine ?*

LUI : *Non, pourquoi ?*

VOUS : *Parce que tu es très raffiné !*

Autrement, si la porcelaine n'est pas votre truc, poursuivit Miranda, celle-ci ne loupe jamais :

VOUS : *Est-ce qu'il t'arrive de mettre des pantalons de cosmonaute ?*

LUI : *Non, pourquoi ?*

VOUS : *Parce que tu as des fesses…* »

— Bonjour, miss Kiss ! l'interrompit soudain une voix.

Miranda leva les yeux, et se retrouva nez à nez avec le menton creusé et le visage bronzé du shérif adjoint Caleb Reynolds.

Elle devait être vraiment distraite pour ne pas avoir perçu les battements de cœur de l'homme à son approche. Ils se caractérisaient par un petit écho à la fin, un peu comme le rythme du cha-cha-cha (elle avait lu des trucs sur cette danse dans *Et maintenant, dansez !*, une autre expérience d'autocoaching totalement catastrophique). Reynolds aurait sûrement quelques soucis cardiaques en vieillissant, mais, à vingt-deux ans, ça ne l'empêchait pas d'aller faire du sport, du moins à en voir ses pectoraux, biceps, épaules, avant-bras, poignets…

Arrête de mater !

Étant donné que la langue pendue qui sommeillait en elle refaisait surface dès qu'elle essayait d'adresser la parole à un type mignon (surtout au jeune shérif adjoint de Santa Barbara, qui avait à peine quatre ans de plus qu'elle, qui pratiquait le surf tous les matins avant d'aller travailler et qui était suffisamment cool pour se permettre de porter des lunettes de soleil alors qu'il était presque huit heures du soir), elle essaya de faire simple :

— Ah, bonjour, shérif ! Vous venez souvent dans le coin ?

Évidemment, la question ne manqua pas de surprendre le shérif.

— Euh, non.

— Je comprends, quel intérêt ? Moi non plus d'ailleurs. Enfin, pas très souvent. Une fois par semaine, peut-être, mais pas assez pour savoir où sont les toilettes !

Là, Miranda se dit que l'existence devrait être fournie avec issue de secours. Une petite trappe par laquelle on pourrait s'éclipser chaque fois qu'on se ridiculise lamentablement ou qu'on a une subite poussée d'acné.

— Il est bien ce livre ?

L'homme lui prit l'ouvrage des mains pour lire le sous-titre :

— « Petit guide pour jeunes filles rangées souhaitant (parfois) s'encanailler », déchiffra-t-il à voix haute.

Oui mais voilà : dans la vraie vie, il n'y avait pas d'issue de secours.

— C'est pour une étude ! Un devoir sur, euh… les rituels d'accouplement !

— Tiens, j'te croyais plutôt branchée criminalité ?

Il esquissa un sourire (trop cool pour sourire *vraiment*).

— Alors, dis-moi, Miranda, tu comptes déjouer d'autres braquages d'épiceries dans les jours qui viennent ?

« Ça, c'était une erreur », songea la jeune fille. Non pas d'avoir arrêté les types qui avaient attaqué la supérette de Ron ouverte vingt-quatre heures sur vingt-quatre, mais d'être restée trop longtemps dans les parages et d'avoir été repérée par la police. Bizarrement, les enquêteurs avaient eu du mal à croire qu'elle était tranquillement appuyée contre le réverbère quand celui-ci était tombé en travers de la route, pile devant la voiture des malfrats qui traversait l'intersection à toute vitesse. Dommage que les gens soient si méfiants, en particulier les responsables du maintien de l'ordre. Et ceux de l'administration scolaire, aussi. Néanmoins, Miranda avait retenu la leçon.

— J'essaie de m'en tenir à un hold-up par mois ! répondit-elle d'une voix *sexy*, espérant faire un peu d'humour. Aujourd'hui, c'est juste mon job fixe : accueil de V.I.P. à l'aéroport.

Elle entendit le cha-cha-cha cardiaque de Reynolds s'accélérer légèrement ; il trouvait peut-être que c'était excitant de bosser avec des stars ?

— Au fait, poursuivit ce dernier, ce pensionnat auquel tu vas, l'Académie de Chatsworth : ils vous laissent sortir de l'établissement quand vous voulez ou seulement certains jours ?

— Uniquement le mercredi et le samedi après-midi, quand on est en terminale. On n'a pas cours ces jours-là, expliqua Miranda en entendant les battements de cœur du type prendre davantage de vitesse.

— Donc… deux après-midi par semaine… Et tu fais quoi de ton temps libre ?

Le shérif était-il sur le point de lui filer rencard ? Non. Impossible !

« Drague-le ! s'ordonna Miranda à elle-même. Allez, hop ! Sourire aguicheur ! Dis quelque chose, n'importe quoi ! Sois *sexy* ! »

— Et *vous*, vous faites quoi de votre temps libre ? lui retourna-t-elle, en haussant un sourcil pour la fameuse touche de sous-entendu.

Bien que légèrement interloqué, Reynolds répondit d'un ton impassible :

— Je travaille, miss Kiss.

Accueillons ensemble la miss Grosse Tourte de l'année !

— Oui, bien sûr ! rebondit-elle en bafouillant. Moi aussi je travaille, d'ailleurs ! Enfin, soit je conduis les clients, soit je suis à l'entraînement. Je suis une des Abeilles de Tony Bosun, vous savez, l'équipe locale de roller derby. C'est pour ça que je fais ce job !

Elle voulut indiquer la berline du doigt mais, au lieu de ça, elle se cogna la main contre la carrosserie.

— Si on veut faire partie de l'équipe de Tony, il faut être chauffeur pour sa compagnie : 5P Transport de Luxe. En général, les compétitions de roller se déroulent le week-end mais l'entraînement, par contre, c'est le mercredi, parfois d'autres jours…

Bingo : mademoiselle Langue pendue avait débarqué !

— J'ai déjà vu des matchs de votre équipe. De vrais pros ! Mais comment se fait-il qu'ils laissent une lycéenne participer ?

Miranda ravala sa salive, embarrassée, tandis que Reynolds la dévisageait par-dessus la monture de ses lunettes de soleil.

— Bon, j'avoue, j'ai dû mentir pour intégrer l'équipe. Tony croit que j'ai vingt ans. Mais vous ne lui direz rien, promis ?

— Et il t'a crue ?

— Oui, de toute façon il avait besoin d'une nouvelle attaquante.

Le shérif gloussa.

— Alors, c'est toi la meneuse de l'équipe ? Joli travail ! Remarque, je peux comprendre pourquoi Tony a fait une exception…, insinua-t-il en la lorgnant de la tête aux pieds.

— En fait, si on porte ces perruques et ces masques dorés sur nos yeux pendant les matchs, c'est pour être toutes pareilles !

« Ouais, l'anonymat… » se répéta Miranda pour elle-même. C'était une des raisons pour lesquelles elle aimait le roller derby. Dans cette tenue de patineuse, personne ne sait qui vous êtes, ni quelles sont vos capacités. Ça donne l'impression d'être invulnérable, en sécurité, car le public ne peut absolument pas distinguer une fille d'une autre.

Cette fois, Reynolds ôta complètement ses lunettes de soleil.

— Alors, comme ça, tu portes une de ces tenues rouge, blanc et bleu en satin ? Avec la minijupe et la jolie cape ?… Faudra que je voie ça un jour !

Le shérif sourit, les yeux plantés dans ceux de Miranda. Elle sentit ses genoux flageoler, et son esprit commença à élaborer un scénario dans lequel il serait torse nu avec une cruche de sirop d'érable dans les mains et une grosse…

— Tiens, voilà ma p'tite femme ! s'exclama soudain Reynolds. À une prochaine, Miranda !

« … pile de pancakes *à la noix* ! » bougonna cette dernière en regardant le shérif adjoint s'éloigner.

La fille qu'il rejoignit avait une vingtaine d'années, une épaisse chevelure blonde et une silhouette mince mais musclée ; Reynolds l'enlaça par la taille en l'embrassant dans le cou. Ce n'était pas le genre à porter un soutien-gorge Hello Kitty, si vous voyez ce que je veux dire. Elle, c'était plutôt le gabarit au-dessus. *Bien* au-dessus. De loin, Miranda entendit Reynolds, tout excité, lui chuchoter des mots doux d'une voix rauque et le cœur battant.

— Attends qu'on soit rentrés, murmurait-il, j'ai des nouveaux jouets épatants, spécialement pour toi…

Comme il passait devant Miranda, le shérif adjoint leva le menton dans sa direction.

— Évite les ennuis, petite !

— Oui, vous aussi ! répliqua Langue pendue.

Miranda se serait bien tapé la tête contre la portière de la voiture, tellement elle se trouvait stupide. Elle tenta le coup du « petit rire blasé » (expression n° 4 du manuel) mais, au lieu de ça, elle s'étouffa à moitié.

Quand ils furent arrivés au milieu du parking, elle entendit la fille questionner le shérif adjoint à son sujet.

— Elle ? Oh, c'est le chauffeur de berlines de la ville, lui répondit-il.

— Le *chauffeur* ? s'étonna la blonde. On dirait plutôt une de ces hôtesses de ligne d'Air Hawaï avec lesquelles tu sortais. Mais en plus jeune, et en plus mignonne aussi. Or je te connais quand il s'agit de jolies filles ! Tu es certain de n'avoir rien d'autre à me dire ?

Miranda entendit Reynolds ricaner d'un air manifestement très amusé.

— Bébé, voyons ! C'est juste une lycéenne qui a le béguin pour moi ! Je t'assure, tu n'as pas de raison de t'inquiéter.

« Issue de secours… maintenant… pitié ! » gémit-elle à voix basse.

Franchement, parfois, avoir une superouïe, c'était supernaze.

3.

Miranda adorait l'aéroport de Santa Barbara. Avec ses façades en pisé, son carrelage en terre cuite, son toit loufoque couvert de tuiles bleu et or, son bougainvillier grimpant le long des murs, il ressemblait davantage à une cantine mexicaine qu'à un bâtiment officiel. L'endroit étant assez petit, les avions se garaient là où ils atterrissaient et on apportait la passerelle jusqu'à eux. Un simple grillage séparait les gens qui attendaient quelqu'un de ceux qui descendaient de l'avion.

Sortant la pancarte d'accueil de la berline, Miranda vérifia le nom inscrit dessus : CUMES. Puis elle la brandit en direction des passagers qui débarquaient. Tandis qu'elle patientait, elle écouta une femme au volant du break doré situé quatre voitures derrière elle parler au téléphone :

— T'inquiète pas, si elle descend de l'avion, je la reconnaîtrai. Dis-lui qu'il ferait mieux de préparer son carnet de chèques...

Puis, distraite, Miranda pencha la tête pour se concentrer sur le faible sifflement d'un serpent glissant vers un talus de lierre sur la dalle encore chaude.

Elle se souvenait encore du moment précis où elle s'était rendu compte que tout le monde n'entendait pas ce qu'elle-même entendait, et donc qu'elle n'était pas normale. Déjà, pendant son année de quatrième au collège Saint-Bartolomeo, après avoir vu le documentaire *Quand le corps change : devenir femme*, elle avait passé six mois complètement perplexe face à tous les changements qui n'étaient pas évoqués dans le film. Comme, par exemple, le fait de pouvoir accélérer subitement son allure et de façon incontrôlée, de pulvériser au hasard des objets qu'elle tentait simplement d'attraper, de se cogner la tête contre le plafond du gymnase alors qu'elle était en train de faire du trampoline, ou encore d'être soudain capable de percevoir des particules de poussière sur les vêtements des gens. Cependant, étant donné que sœur Anna répondait toujours à ses questions par un « cessez vos bêtises, mon enfant », Miranda en avait déduit que ces phénomènes étaient tellement évidents que le film n'avait pas besoin d'en parler.

Jusqu'au jour où elle avait essayé de gagner le cœur de Johnnie Voight en lui conseillant de ne pas copier une fois de plus sur Cynthia Riley. Au bruit que faisait son crayon cinq sièges plus loin, cette fille cochait invariablement les mauvaises réponses. Là, Miranda avait compris à quel point elle avait des « capacités différentes ». Au lieu de tomber à genoux devant elle et d'en faire sa déesse en brassière et jupe écossaise, Johnnie l'avait traitée de tordue et de sale fouineuse, et avait même tenté de la tabasser.

C'était la première chose qu'elle avait apprise : les pouvoirs sont dangereux et peuvent faire de vous un véritable paria. Sans compter qu'elle avait plus de force que les garçons de son âge, et que ces derniers ne trouvaient ça ni cool ni super. L'administration de l'école non plus, d'ailleurs.

Depuis lors, elle était devenue experte dans l'art de jouer à la fille normale. Une experte de la prudence, maîtresse de ses pouvoirs. Du moins, c'est ce qu'elle avait cru jusqu'à il y a sept mois…

Miranda mit ses souvenirs de côté et se concentra à nouveau sur la foule de l'aéroport et sur son boulot. Elle observa une petite fille blonde avec des anglaises, perchée sur les épaules de son père près du grillage, agitant la main en direction d'une femme qui descendait de l'avion.

— Maman, maman ! Tu m'as manqué ! criait la fillette.

Elle regarda l'heureuse famille se serrer dans les bras, et son ventre se noua comme si on venait de lui flanquer un coup de poing. Miranda se disait souvent que, un des avantages du pensionnat, c'était qu'on n'était jamais invité chez les gens et qu'on n'avait pas à les regarder jouer à la famille idéale, où tout le monde prend son petit déjeuner ensemble (bizarrement, quand elle se représentait l'image d'une famille heureuse, il fallait toujours que ses membres soient en train de petit-déjeuner).

D'ailleurs, quand on a une famille normale, on ne va pas à l'Académie de Chatsworth. « Le premier pensionnat du sud de la Californie », disait le slogan ; plutôt un entrepôt à enfants, d'après Miranda. Un endroit où les parents (dans son cas, ses tuteurs) stockaient leur progéniture jusqu'à ce qu'ils aient besoin d'elle.

Kenzi, sa camarade de chambre, était sans doute une exception. Elles avaient vécu ensemble pendant trois ans, depuis leur première année de lycée. Auparavant, Miranda n'avait quasiment jamais vécu avec quelqu'un. Kenzi était issue d'une parfaite petite famille, où tout le monde petit-déjeune ensemble. Elle avait une peau parfaite, des notes parfaites, absolument tout *parfait*. Miranda aurait bien été obligée de la haïr si elle n'avait été, en outre, une personne entièrement loyale et gentille.

Et un chouïa folle aussi.

Un peu plus tôt dans l'après-midi, Miranda était entrée dans leur chambre et avait trouvée Kenzi plantée la tête en bas sur son lit, en petite culotte et le corps recouvert de boue verte encore humide.

— Dire que je vais devoir faire une thérapie toute ma vie pour m'ôter cette vision de la tête ! s'était alors écriée Miranda, consternée.

— Tu devras *de toute façon* faire une thérapie pour gérer ta famille de dingues ! Je ne fais que te donner une anecdote C&C à raconter !

Kenzi en savait plus que quiconque à Chatsworth sur l'histoire familiale de Miranda ; une histoire presque fabriquée de toutes pièces d'ailleurs. Sauf pour le côté dingue. Ça, c'était vrai.

Par ailleurs, Kenzi aimait beaucoup les abréviations et passait son temps à en inventer. Tout en posant son sac et en s'écroulant sur son lit, Miranda lui avait demandé la signification des initiales C&C.

— « Chic & Choc », avait précisé Kenzi avant de changer de sujet. Je n'arrive pas à croire que tu ne viennes pas au bal de fin d'année ! Moi qui pensais qu'on irait toutes les deux…

— Je ne suis pas certaine que Beth apprécierait de tenir la chandelle…

Beth, c'était la petite amie de Kenzi.

— Ne me parle même pas de ce monstre, avait soudain vitupéré sa colocataire en simulant un frisson. Le spectacle de Beth et Kenzi est officiellement annulé !

— Et depuis quand ? avait soupiré Miranda, sans surprise.

— Quelle heure est-il ?

— Quinze heures trente-cinq.

— Hé bien, depuis deux heures et six minutes !

— Oh ! Alors, ça aura repris d'ici le bal.

— *Évidemment !*

Les « annulations » de Kenzi survenaient environ une fois par semaine et ne duraient jamais plus de quatre heures. D'après elle, le drame des ruptures et l'émotion des réconciliations permettaient à la relation de rester intacte, comme au premier jour. Et, curieusement, ça avait l'air de marcher car Beth et elle formaient le couple le plus heureux que Miranda connaisse. Le couple idéal, même.

— Quoi qu'il en soit, arrête de changer de sujet ! Je pense que tu commets une grave erreur en n'allant pas au bal.

— Sûr, je ne m'en remettrai jamais !

— Je suis sérieuse, Miranda.

— Pourquoi ? Qu'est-ce que ça peut faire ? Ce n'est qu'une soirée dansante sur un thème débile. Tu sais parfaitement que je suis danselexique et un vrai danger public pour les autres sur une piste de danse !

— Rendre un hommage vibrant aux couleurs de l'équipe de roller n'a rien de débile, c'est patriotique ! Quant aux autres, ne t'en fais pas pour eux.

— Ce n'est pas ce que dirait Libby Geer si elle pouvait encore ouvrir la bouche…

— Écoute, ce bal n'est pas une simple soirée dansante. C'est un rite de passage, un moment où l'on passe de l'adolescence au vaste monde des adultes que nous serons bientôt, en se débarrassant du poids des tracas juvéniles…

— … et en se soûlant jusqu'à plus soif, histoire de peut-être *conclure*, c'est ça ?!

— Tu vas le regretter si tu ne viens pas. Malheureuse et aigrie, c'est vraiment ce que tu veux devenir ?

— Parfaitement ! De toute façon, je dois travailler.

— Bah voyons ! Comme toujours, tu te réfugies derrière ton boulot. Rien ne t'empêche de prendre congé, pour une fois. Ton job n'est qu'un prétexte, admets-le !

Feignant de ne pas comprendre, Miranda avait regardé Kenzi d'un « air innocent » (expression n° 2 du manuel).

— Inutile de me regarder avec ton air de Bisounours ! Je vais te dire ce qui t'empêche de venir au bal, ça se résume en trois syllabes : LÂ-CHE-TÉ !

— Mieux ! Une seule syllabe : NON ! Et pendant que j'y suis…

Mais Kenzi avait poursuivi en faisant semblant de ne pas l'entendre. C'était une pro pour ça.

— C'est vrai, Will devra peut-être se faire vacciner ou subir des tests de dépistage après être sorti avec Ariel, mais quand même : tu ne devrais pas jeter l'éponge si vite.

Will Javelin, c'était le garçon qui occupait quatre-vingt-dix-huit pour cent des rêves de Miranda. Sauf que ce dernier avait décidé d'aller au bal avec cette peste d'Ariel West : « J'ai donné le nom des manoirs de la famille à mes nouveaux seins ! Et toi, Miranda, est-ce que ta famille possède un manoir ? Mais non, suis-je bête : tu as été adoptée ! » Ariel West, donc. De la famille « le sucre West, c'est le meilleur » ! Miranda avait alors essayé de couper court à ses fantasmes sur Will, mais en vain. Impossible de se le sortir du crâne.

— Je n'ai rien contre Ariel, avait affirmé Miranda pour éloigner les mauvaises vibrations.

— Non, bien sûr ! Rien qui ne puisse se soigner par une séance d'exorcisme…

Redescendant de son poirier, Kenzi avait ancré ses pieds sur la terre ferme et tendu la main pour attraper une serviette.

— Promets-moi au moins de venir en deuxième partie de soirée, à la fête organisée chez les parents de Sean, près de la plage ? Tu viendras, hein ? On sera tous là pour regarder le soleil se lever ! Ce sera l'occasion de parler à Will en dehors du lycée. Et d'abord, quand vas-tu m'expliquer ce qui s'est passé entre vous l'autre soir ? Pourquoi es-tu si MBC à ce sujet ?

Celle-là, Miranda la connaissait.

— Ce n'est pas une question de « Motus et Bouche Cousue », avait-elle riposté en attrapant une pile de papiers sur l'étagère pour les ranger.

— Et c'est reparti ! Tu recommences à jouer à la fée du logis pour éviter toute discussion !

— Peut-être…

Miranda s'était plongée dans la lecture des papiers qu'elle tenait en main. Des photocopies d'articles de journaux datant des six derniers mois :

« UN VOLEUR DE SACS À MAIN ARRÊTÉ PAR UN MYSTÉRIEUX BON SAMARITAIN ET RETROUVÉ FICELÉ À UN GRILLAGE À L'AIDE D'UN YO-YO », titrait le premier, le plus récent.

Un autre, plus ancien, commençait ainsi : « NOUVEAU BRAQUAGE DÉJOUÉ : LE VOLEUR PERD LE CONTRÔLE DE SON REVOLVER ! D'après un témoin, l'agresseur aurait lâché son arme après avoir été frappé de plein fouet à la main par un distributeur de poche de bonbons, vraisemblablement sorti de nulle part. Cette mésaventure incitera certainement le malfrat à se reprendre "*en main*" ! »

Un troisième, enfin, datait d'il y a sept mois presque jour pour jour : « LES AUTEURS DU CASSE D'UNE ÉPICERIE STOPPÉS AU BEAU MILIEU DE LEUR FUITE PAR LA CHUTE D'UN RÉVERBÈRE ; DEUX INDIVIDUS ARRÊTÉS. »

Un sentiment d'angoisse noua peu à peu l'estomac de Miranda.

« Au moins, ce n'était que trois incidents sur une douzaine du même genre ! » se rassura-t-elle, sans pour autant se sentir mieux. Personne ne devait faire le lien entre ces événements. *Jamais.*

Tout avait commencé avec cette histoire d'épicerie. C'était à la tombée de la nuit, un voile de brouillard s'élevait de l'océan et les réverbères formaient des halos de brume. Miranda était en train de remonter une petite rue de Santa Barbara en voiture pour aller à son entraînement de roller quand elle avait entendu des menaces provenant de la supérette de

Ron. Presque aussitôt, elle avait agi. Un peu comme dans un rêve, en fait, car son esprit ne contrôlait pas du tout ses gestes. Par contre, son corps savait exactement quoi faire. Il savait quelle direction les voleurs prendraient et comment les arrêter. C'était un réflexe, comme lorsqu'on récite par cœur les paroles d'une chanson qu'on adore alors qu'on ne l'a pas écoutée depuis des années. Seulement, Miranda n'avait pas la moindre idée *d'où* lui venait ce réflexe.

Suite à l'incident de la supérette, elle avait passé trois jours à frissonner, recroquevillée en boule dans son lit, en faisant croire à Kenzi qu'elle avait la grippe. La vérité, c'est qu'elle avait la trouille, oui ! La trouille face à cette énergie qu'elle ne pouvait soudain plus maîtriser !

D'autant qu'elle se sentait si bien quand elle se servait de ses pouvoirs. Si forte... L'impression d'être pleinement vivante.

La trouille aussi parce qu'elle savait ce qui se passerait si les gens découvraient qui elle était vraiment. Ce qu'on lui ferait, à elle et à...

Chassant ses idées noires, Miranda avait agité les pages avec autorité à l'attention de Kenzi :

— Bon, on en fait quoi de ces articles ?

— Ho là ! Le caporal-chef Kiss est de retour ! avait blagué son amie en la saluant d'un geste militaire. Mais, sauf vot' respect, m'dame : DPT, comme on dit à l'armée ! Tu ne pourras pas changer de sujet en te contentant de prendre ta grosse voix !

DPT signifiait « Dommage Pour Toi », et Miranda eut du mal à ne pas rire.

— En parlant d'armée, avait-elle repris, et pour changer justement de sujet, je te ferais remarquer que le truc sur ton corps dégouline partout sur le tapis que le décorateur de ta mère a traqué à travers trois continents parce qu'il aurait appartenu à Xéna la Guerrière ! À part ça, dis-moi franchement : pourquoi tu t'intéresses à la criminalité de Santa Barbara ?

Kenzi s'était avancé de quelques pas sur le parquet.

— Pas à la criminalité en général, mais à tous ces hold-up ratés. C'est pour mon dossier de fin d'année en journalisme. Le bruit court qu'une force mystique est à l'œuvre.

— À moins que ce ne soit qu'une coïncidence. Les voyous commettent souvent des impairs, non ?

— Les gens n'aiment *pas* les coïncidences ! D'ailleurs, ce n'est pas un hasard si tu essaies de me faire parler de ça au lieu de répondre à mes questions concernant Will. Explique-moi comment il se fait que vous étiez tous les deux littéralement, et si je peux me permettre *enfin*, scotchés l'un à l'autre et que, deux minutes plus tard, tu sois revenue en furie dans notre chambre ?! Moyennant quoi, si je peux encore me permettre, tu m'as gâché une soirée superromantique !

— Je t'ai *tout* dit, Kenzi ! avait grommelé Miranda. Il ne s'est rien passé. Rien !

« Et le terme est faible », pensa la jeune fille, à présent avachie contre la berline tandis que les dernières lueurs du jour s'évanouissaient. Cette soirée avec Will avait été pire que rien. Cet air qu'il avait pris quand Miranda avait enfin eu le courage de… Un air à mi-chemin entre « t'as un truc vert coincé entre les dents » et « bonjour la barjo ». Un mélange d'épouvante et… d'épouvante, en somme.

Brusquement, une autre pensée tira Miranda de sa torpeur et la fit percuter. Les articles sur le bureau de Kenzi étaient tous parus un jeudi ! Or, ils relataient des faits dont elle était l'auteur et qui s'étaient tous produits un mercredi. Ça, ce n'était pas une coïncidence !

« Libre le mercredi et le samedi après-midi, donc » : elle revoyait Caleb répéter ses propres mots.

C'était mauvais signe. *Très mauvais* signe. Miranda allait devoir faire profil bas si elle ne voulait pas se faire démasquer.

Le break doré garé derrière elle s'éloigna du trottoir et, malgré le bruit que faisait le climatiseur du véhicule, Miranda entendit le couple à l'intérieur se disputer.

— Arrête de mentir ! Je sais que tu étais avec elle ! hurla pour finir la femme qui tenait le volant à son mari, avant de démarrer en trombe…

… au moment même où la famille avec la petite fille blonde s'engageait sur le passage piéton…

Après, personne ne sut vraiment ce qui s'était passé. La voiture avait foncé droit sur la famille dans les clous quand soudain, après un bref mouvement de confusion, le père, la mère et leur gamine s'étaient retrouvés tous les trois sur le trottoir, abasourdis mais sains et saufs.

Tandis qu'elle observait le break doré qui s'éloignait à toute vitesse, Miranda ressentit ce frisson d'adrénaline qu'elle avait toujours après avoir agi sans réfléchir, après avoir sauvé quelqu'un. Elle devenait accro, comme à une drogue.

« Et, comme une drogue, ça devient dangereux », réalisa-t-elle.

Achète-toi un dictionnaire, ma vieille : « faire profil bas », c'est pas ça !

Oh, la ferme, toi ! C'était juste un salto et trois coups de coude. Rien à voir avec une grande manœuvre tactique !

Tu n'aurais pas dû. C'était trop risqué. Tu n'es pas invisible, tu sais.

Mais personne ne m'a vue. C'était sans risques.

Pour cette fois !

Miranda se demanda si tout le monde avait dans la tête une petite voix constamment branchée sur la fréquence « T Nulle ».

D'abord, qu'est-ce que tu crois ? Que tu peux sauver tout le monde alors que tu n'as même pas été capable de…

LA FERME !

— Pardon ? demanda une voix de fille à Miranda, qui constata avec stupeur qu'elle venait de penser à voix haute.

La fille en question mesurait à peu près sa taille mais elle était plus jeune, dans les quatorze ans peut-être, et fagotée comme dans les premiers clips de Madonna. Sûr qu'au cas où on relancerait la mode des tops transparents en Lurex, des mitaines, des cheveux crêpés, du trait d'eye-liner noir bien épais, des bracelets en caoutchouc, des combi-jupes avec bas résille et des bottines roses, cette fille serait parée !

— Désolée, s'excusa Miranda, je parlais toute seule.

Pour une conductrice « adulte et responsable », ce n'était pas l'attitude idéale.

La fille lui tendit alors la pancarte avec le nom CUMES.

— Tenez, c'est sûrement à vous. Et *ça* aussi, dit-elle en lui mettant une petite boîte carrée dans la main.

Miranda prit la pancarte mais secoua la tête en voyant la boîte.

— Non, ça, ce n'est pas à moi…

— Il faut croire que si ! Quant à moi, je m'appelle Sibby Cumes, la salua-t-elle en pointant la pancarte du doigt.

Fourrant la boîte dans sa poche pour ouvrir la portière arrière à sa passagère, Miranda se demanda quel genre de parents pouvaient laisser une gamine de quatorze ans se faire accueillir par un inconnu à huit heures du soir.

— Je peux monter devant ? demanda aussitôt l'adolescente.

— Les clients préfèrent se mettre à l'arrière, lui répondit Miranda d'une voix très professionnelle.

— Parce que ça vous arrange, mais moi je préfère être devant ! Et les clients sont rois, non ?!

5P Transport de Luxe tirait son nom d'une série de principes que Tony Bosun avait instaurés : être *Ponctuel, Poli, Plaisant, Prudent, et* toujours *Payé*. Même si Miranda soupçonnait son patron d'avoir eu cette idée au beau milieu de la nuit, complètement soûl, elle essayait toujours d'appliquer scrupuleusement ces règles. Et, dans la situation présente, elle était quasi certaine que c'était le principe n° 3 (être plaisant) qui entrait en jeu. Elle s'approcha donc de la portière avant pour l'ouvrir.

La fille secoua la tête.

— Laissez tomber. Je monte derrière.

Miranda esquissa un sourire forcé. Quelle journée géniale ! Sa cliente V.I.P. était un petit démon, le garçon de ses rêves allait au bal de fin d'année avec une autre fille, et non seulement le shérif adjoint savait qu'elle craquait pour lui mais en plus il se moquait d'elle avec sa petite amie. Super !

« Au moins, se rassura-t-elle, il y a peu de chances pour que ça empire. »

Tu t'es fait avoir…

Toi, garde tes commentaires !

4.

Dès qu'elles furent sorties de l'aéroport, Sibby Cumes se mit à enchaîner les questions.

— Il y a longtemps que tu fais le chauffeur ? demanda-t-elle à Miranda avec le plus grand naturel.

— Un an.

— Tu as grandi ici ?

— Non.

— Tu as un frère ?

— Non.

— Une sœur ?

— Euh… non.

— Alors, comme ça, tu aimes conduire ?

— Oui.

— Et tu es obligée de porter ce tailleur déprimant ?

— Oui.

— Quel âge tu as ?

— Vingt ans.

— Ça, ça m'étonnerait !

— D'accord. Dix-huit.

— Tu as déjà couché avec un garçon ?

Miranda avala nerveusement sa salive avant de répondre.

— Cette question me paraît peu appropriée.

À l'entendre, on aurait dit le professeur Trope, le principal adjoint du lycée, lorsqu'il prenait sa grosse voix pour lui dire qu'il ne tolérerait pas d'autre excuse justifiant son énième retour tardif au pensionnat. Parce que, voyez-vous, si un règlement existait, c'était pour une bonne raison, et sûrement pas celle de se moquer des enseignants pour son bon plaisir. D'ailleurs, à propos de « tardif », est-ce que mademoiselle Kiss comptait décider un jour de ce qu'elle ferait l'année prochaine ? Ou bien se contenterait-elle bêtement de perdre sa place dans les nombreuses universités top niveau où elle avait été acceptée, et de ternir par la même occasion l'image de l'école, et la sienne encore plus ? Franchement, il ne comprenait vraiment pas quelle mouche l'avait piquée dernièrement ! Où était passée la Miranda Kiss qui voulait devenir médecin pour sauver le monde et qui faisait honneur à cet établissement comme à elle-même ? La Miranda de ces derniers temps était sur le point de se faire renvoyer : « Est-ce vraiment ce que vous voulez, *jeune fille* ? » Bref, une voix qu'elle connaissait bien en somme, puisqu'elle l'avait entendue au moins une fois par semaine depuis début novembre.

— Alors, tu es vierge ! s'exclama Sibby, comme pour confirmer une triste réalité soupçonnée de longue date.

— Ce n'est pas…

— Est-ce qu'au moins tu as un copain ?

— Pas en ce…

— Une copine, alors ?

— Non.

— Et des amis, tu en as ? Parce que, question conversation, c'est zéro !

Miranda commençait à comprendre pourquoi les parents de cette fille n'étaient pas venus la chercher à l'aéroport.

— J'ai plein d'amis.

— Oui, oui, bien sûr… Et sinon, c'est quoi ton passe-temps favori ?

— Répondre aux questions.

— Ah, ah, très drôle ! À l'avenir, évite de faire dc l'humour.

Sibby se pencha en avant.

— Dis, tu n'as jamais pensé à mettre de l'eye-liner noir ? Tu devrais essayer, ce serait déjà mieux.

Être Poli !

— Merci du tuyau.

— Tu peux t'arrêter ?

— Oui, le feu est rouge…

— Avance encore un tout petit peu… voilà, parfait !

Jetant un œil dans le rétroviseur extérieur, Miranda découvrit que Sibby avait baissé sa vitre pour se pencher au dehors et dire deux mots aux passagers d'une Jeep qui roulait à côté d'elles.

— Où est-ce que vous allez, les garçons ?

— À une petite séance de surf au clair de lune ! Tu te joins à nous, déesse ?

— Je ne suis pas une déesse, moi ! Vous trouvez que j'en ai l'air ?

— Je ne sais pas. Enlève ton haut, je te dirai…

— Si tu m'embrasses, peut-être…

Miranda appuya brusquement sur la commande de sa portière pour remonter la vitre arrière.

— Qu'est-ce que tu fabriques ? s'écria l'adolescente. Tu as failli me casser le poignet !

— Attachez votre ceinture, s'il vous plaît, mademoiselle !

— *Attachez votre ceinture, s'il vous plaît, mademoiselle !* l'imita Sibby en retombant violemment en arrière dans son siège. Grands dieux ! j'essayais juste d'être sympa.

— Tant qu'on ne sera pas arrivées, fini de *sympathiser* !

— Oh ! Mais tu t'écoutes parler, parfois ? On dirait une grand-mère !

Sibby jeta un regard mauvais à Miranda dans le rétroviseur.

— Je croyais que ton boulot c'était de me ramener, pas de me surveiller !

— Mon boulot, c'est de vous conduire à bon port, indemne et à l'heure. D'ailleurs, vous trouverez dans le vide-poche arrière une plaquette où tout ceci est écrit noir sur blanc.

— Et pourquoi n'arriverais-je pas indemne si j'embrassais un garçon, hein ?

— Pour des millions de raisons. Il pourrait, par exemple, avoir un herpès labial invisible ou vous faire le Baiser de la Mort…

— N'importe quoi. Ça n'existe pas, ça…

— Ah non ?

— Tu es juste jalouse parce que je sais m'amuser et pas toi, la vierge !

Miranda leva les yeux au ciel, exaspérée, mais garda son calme, écoutant les conversations des téléphones portables provenant des voitures derrière elles. Une femme prévenait quelqu'un que le livreur de pizza était en route ; un type prédisait d'une voix d'illuminé qu'il voyait « un mystérieux étranger venant vous chercher, mais je ne peux pas dire s'il s'agit d'un homme ou d'une femme » ; et un autre encore racontait à quelqu'un qu'il avait bien l'intention de virer cette chienne du testament et peu importe si c'était le toutou préféré de sa mère…

Miranda fut soudain interrompue par les hurlements de sa turbulente passagère :

— Un Burger drive-in ! Il faut absolument qu'on s'arrête !

Être Plaisant !

Miranda accepta de laisser Sibby commander elle-même dans l'interphone. Elle le regretta aussitôt :

— Vous me faites une réduction si je vous laisse m'embrasser ? l'entendit-elle demander au serveur qui prenait la commande.

— Sérieusement, mais d'où tu sors, *toi* ? C'est quoi cette manie de vouloir embrasser tous ces garçons que tu ne connais même pas ?! explosa Miranda.

— Il n'y a pas beaucoup de garçons là d'où je viens. Et puis, quel est le rapport ? Je n'ai pas besoin de les connaître : c'est génial de s'embrasser ! Je l'ai fait avec quatre garçons à bord de l'avion. J'espère arriver à vingt-cinq avant la fin de la journée !

En réceptionnant sa commande, Sibby ajouta à son tableau de chasse les deux garçons qui s'engageaient dans la file du drive-in.

— Est-ce que tous les hamburgers sont aussi délicieux ? demanda-t-elle d'une voix candide quand elles eurent repris la route.

Miranda lui jeta un coup d'œil dans le rétroviseur.

— À croire que tu n'en as jamais mangé ! D'où est-ce que tu viens… ?

— Des montagnes, s'empressa de répondre Sibby, évasive.

Miranda détecta une légère accélération de son rythme cardiaque, qui semblait indiquer, un, qu'elle mentait, deux, qu'elle n'en avait pas l'habitude. Cette seconde hypothèse était totalement improbable pour une fille atteinte de graves pulsions de « chasse au mâle » comme elle. Ses parents ne pouvaient décemment pas la laisser aller çà et là…

« Ce ne sont pas tes oignons », se ravisa Miranda en silence.

Sur le trajet, Sibby tenta de solliciter des baisers auprès de quatre autres garçons ; un peu moins de deux kilomètres les séparaient à présent du point d'arrivée. Miranda songeait qu'il était vraiment temps que cette course se termine quand, subitement, Sibby se mit encore à hurler :

— Grands dieux ! Une boutique de beignets ! Ça aussi, j'ai toujours rêvé d'en manger ! On peut s'arrêter ? Dis oui, *s'il te plaît* !

Elles avaient déjà presque une heure de retard, mais impossible pour Miranda de refuser un beignet à quiconque. Même à quelqu'un qui disait « grands dieux ». Toutefois, en s'arrêtant, elle aperçut un groupe de garçons attablés à l'intérieur et jugea qu'il serait risqué de laisser Sibby s'approcher d'eux si elle ne voulait pas y être encore dans trois heures.

— J'y vais. Toi, tu restes ici !

Sibby avait, elle aussi, repéré les garçons.

— Pas question, je viens !

— Toi, la serial kisseuse, soit tu laisses tes fesses dans cette voiture, soit les beignets restent dans la boutique !

— Ce n'est pas une manière de parler aux clients !

— Si tu veux utiliser mon téléphone pour porter plainte pendant que je suis à l'intérieur, ne te gêne surtout pas ! Alors… marché conclu ?

— Pfff, d'accord. Mais est-ce qu'au moins tu peux laisser ma vitre ouverte ?

Miranda hésita.

— Écoute, mamie, je te promets que mes fesses ne sortiront pas de la voiture. Simplement, je n'ai pas envie d'étouffer !

Lorsque Miranda revint, elle trouva Sibby calée dans l'encadrement de la vitre arrière, le corps et les jambes hors de la voiture – mais le postérieur à l'intérieur – et totalement accaparée par un blondinet.

— Humm, excusez-moi ! les interrompit Miranda en tapotant l'épaule du garçon.

Ce dernier fit volte-face, l'air un peu hagard, et la dévisagea de la tête aux pieds.

— Salut, fille de rêve ! Toi aussi, tu veux que je t'embrasse ? Avec des lèvres comme les tiennes, je pourrais te faire un truc spécial. Et tu n'aurais même pas besoin de me donner un dollar !

— Merci, mais non merci, le rembarra Miranda.

Puis, le regard à présent braqué sur Sibby :

— Je croyais qu'on s'était mises d'accord…

— Mes fesses sont toujours dans la voiture. Vérifie par toi-même !

Miranda détourna le visage pour que Sibby ne la voie pas craquer.

Puis elle lui tendit les beignets et se glissa à la place du conducteur. Une fois que Sibby eut fini de se tortiller pour se réinstaller à l'intérieur de la voiture, Miranda attira son attention dans le rétroviseur.

— Tu as payé ce garçon pour qu'il t'embrasse ?

— Et alors ? répliqua Sibby en lui lançant un regard furieux. Tout le monde n'a pas la chance de se faire embrasser gratuitement !

Son regard se fit encore plus dur.

— En plus, tu n'as quasiment pas de seins, alors que moi j'en ai. Ce n'est pas juste !

Sibby se tut, sans même toucher à son beignet, puis poussa quelques soupirs d'un air dépité.

De son côté, Miranda commençait à se sentir un peu désolée. Peut-être s'était-elle bel et bien comportée comme une mamie ? Elle jeta un œil sur le siège passager, où se trouvait sa pseudo-méthode pour sortir avec le garçon de ses rêves.

Tu es peut-être jalouse, Miranda. Cette fille a quatre ans de moins que toi, mais elle a embrassé plus de garçons en un jour que tu n'en rencontreras jamais dans toute ton existence ! Même si tu te fais refaire les seins et si tu vis encore deux mille milliards d'années !

Toi, la fréquence T Nulle, boucle-la.

Miranda décida alors de se montrer plus sympa avec Sibby.

— Alors ? Combien de baisers au total, maintenant ?

Sibby ne décolla pas les yeux de ses genoux.

— Dix… Mais je n'en ai payé que six, dont un à qui j'ai donné seulement vingt centimes ! se justifia l'adolescente en levant finalement les yeux.

— Bien joué !

Miranda vit Sibby la dévisager comme si elle avait l'impression qu'elle se moquait d'elle. Puis, déduisant que ce n'était pas le cas, la jeune passagère se mit à picorer son beignet.

— Je peux te poser une question ? demanda cette dernière au bout d'un moment.

— Parce qu'il te faut ma permission à présent ?

— Arrête d'essayer d'être drôle, c'est lourd.

— Merci, je saurai me souvenir de ce précieux conseil ! Bon alors, elle vient cette question… ?

— Pourquoi tu n'as pas voulu embrasser ce type, à la boutique de beignets ? Lui il était partant, non ?

— Disons que ce n'était pas mon genre.

— Et… c'est quoi ton *genre* ?

Miranda pensa au shérif adjoint Reynolds : yeux bleus, menton à fossette, cheveux blonds en broussaille, se levant tous les matins pour aller surfer. Le genre de type qui porte en permanence des lunettes de soleil ou qui vous regarde toujours les yeux mi-clos, et qui est bien trop cool pour se fendre d'un sourire. Puis elle visualisa Will avec sa peau brune couleur miel, ses cheveux courts et bouclés, son gigantesque sourire de gamin. Et aussi ses abdos qui ondulent quand il parle torse nu avec ses coéquipiers après son entraînement de cross, le corps luisant au soleil, et ce rire sonore qui la fait chavirer comme à la vue de noisettes de beurre fondant sur des gaufres belges dorées et croustillantes...

Elle n'allait pas jusqu'à grimper systématiquement sur le toit du labo de biologie pour le mater quand personne ne regardait, non – juste une fois par semaine.

— Je ne sais pas... C'est plus une question de feeling que de genre, finit par répondre Miranda.

— Combien de garçons as-tu déjà embrassés ? Cent ?

— Mais non !

— Deux cents alors... ?

Miranda se sentit rougir et espéra que Sibby ne verrait rien.

— Je te laisse deviner...

Elle arrêta la voiture devant l'adresse qu'on lui avait donnée, une heure et quinze minutes plus tard que prévu ; c'était la première fois qu'elle déposait un client avec autant de retard.

Puis elle alla ouvrir la portière à Sibby.

— Pourquoi c'est différent d'embrasser un garçon qui est son genre ? insista l'adolescente.

— Disons que c'est plus compliqué...

En réalité, Miranda n'en savait strictement rien, et jamais elle n'aurait pensé être aussi soulagée de ne pas avoir à développer davantage le sujet.

Tout en accompagnant Sibby jusqu'à la porte d'entrée, Miranda remarqua que l'endroit ressemblait plus à un bunker qu'à une maison. Comme pour illustrer le terme « indéfinissable », le bâtiment était pris en sandwich entre une cabane de *Blanche-Neige et les sept nains*, et une maison ornée d'un portique de balançoires rose et orange de l'autre. Le seul élément précis concernant cette maison, c'étaient les épais rideaux qui pendaient aux fenêtres de devant et empêchaient de voir à l'intérieur. En outre, une solide clôture en bois de deux mètres de haut barrait l'arrière-cour et en bloquait l'accès.

À l'extérieur, différents bruits emplissaient la rue ; successivement, Miranda entendit le grésillement de quelques barbecues, des bribes de conversation, et quelqu'un qui regardait *La Belle et la Bête* en espagnol. Mais, à l'intérieur de la bâtisse, un silence total régnait, comme si on l'avait insonorisée.

Elle discerna un faible ronronnement provenant du bas-côté. Comme celui d'un climatiseur, mais pas exactement. Levant les yeux, elle remarqua qu'aucune des lignes à haute tension n'était reliée à la maison ; aucune des lignes téléphoniques non plus, d'ailleurs. Rien, sauf un générateur. Les gens qui habitaient là, quels qu'ils soient, vivaient reclus, en dehors de tout réseau électrique. L'un dans l'autre, vu d'ensemble, l'endroit semblait assez cosy. Si tant est que cosy puisse signifier flippant et maléfique !

Sans parler de la femme qui avait ouvert la porte. « Exactement l'image qu'on se ferait d'une personne flippante et maléfique ! » constata Miranda. Les cheveux grisonnants tirés en arrière dans un chignon négligé, elle était vêtue d'une jupe longue et d'une sorte de tricot informe. Elle aurait pu avoir n'importe quel âge entre trente et soixante ans, c'était impossible à deviner : ses énormes lunettes à double foyer et à monture carrée, peu flatteuses, lui grossissaient les yeux et lui mangeaient la moitié du visage. Elle semblait totalement inoffensive, comme une institutrice qui aurait consacré sa vie à prendre soin d'un vieux parent et dont le seul luxe aurait été d'être secrètement amoureuse de M. Rochester, le personnage de *Jane Eyre*.

Du moins, c'était l'image qu'elle cherchait à donner. Sauf que quelque chose clochait. Un minuscule détail ne collait pas, un truc qui n'avait rien à faire là.

C'est pas ton problème, pigé ?

Miranda dit au revoir à Sibby, empocha son maigre pourboire d'un dollar (« Désolée, mon amie, mais on est très en retard ! ») et s'éloigna au volant de la berline.

Soudain, alors qu'elle était à peine deux rues plus loin, elle freina à mort et fit demi-tour en fonçant vers la maison.

5.

« Qu'est-ce que tu fabriques ? » songea Miranda à voix haute. Toutefois, elle n'attendait aucune réponse à sa question. Elle était déjà perchée en haut de l'arbre jouxtant la maison des sept nains, inspectant du regard la cour de la maison où elle avait laissé Sibby.

J'ai hâte de t'entendre raconter ça aux flics : « Oui, m'sieur l'agent, je sais que c'est une propriété privée, mais cette femme ne m'inspirait vraiment pas confiance à cause de ses faux cils ! »

Sans compter que ça n'allait pas du tout avec sa panoplie de bonne sœur, qu'elle avait un trou de piercing au nez et une french manucure, par-dessus le marché !

Peut-être que ses pores sont simplement très dilatés et qu'elle adore les manucures ringardes !

Non, cette femme essayait surtout de se faire passer pour ce qu'elle n'était pas.

Dis-moi, l'idée, c'est de venir en aide à quelqu'un ? Ou d'avoir une excuse pour ne pas te pointer au bal et voir Will blotti contre Ariel, le visage enfoui dans ses énormes…

La ferme, T Nulle.

Je parlais de ses cheveux.

T'es vraiment pas drôle.

Et toi, t'es vraiment lâche.

Deux types étaient assis dans l'arrière-cour, accoudés l'un en face de l'autre à une table de pique-nique où était posé un livre. Tous deux en tee-shirt, treillis et sandales de randonnée, l'un se distinguait par de grosses lunettes à monture noire et l'autre par une barbe en bataille. Ils ressemblaient à deux étudiants débiles jouant à Donjons et Dragons ; d'ailleurs, à les écouter, ça en avait tout l'air…

— Ce n'est pas comme ça que ça marche ! expliquait celui à lunettes. D'après le *Livre des règles*, elle ne peut rien prédire pour elle-même, elle peut le faire uniquement pour les autres. Tu sais, un peu comme les génies qui peuvent exaucer des vœux mais jamais les leurs ?

Ils avaient l'air débile, à ceci près qu'ils avaient chacun une énorme mitraillette automatique posée à côté d'eux ; Miranda distingua même des cibles de tir accrochées à la clôture.

Bon, et alors ? Ce sont des débiles armés ! Peut-être qu'ils assurent la protection de Sibby. Allez, rentre chez toi, Sibby n'a pas besoin de tes services. Elle va bien.

Si elle allait si bien, pourquoi n'était-elle pas dehors en train d'essayer d'embrasser ces deux types ?

Miranda tendit l'oreille pour capter un son à l'intérieur de la maison, mais rien. Aucun doute, c'était insonorisé. Soudain, un couple sortit par une porte coulissante dans le patio, à quelques mètres des deux débiles : une femme en short fumant une cigarette sur laquelle elle tirait nerveusement et un homme. Miranda faillit dégringoler de son arbre lorsqu'elle la reconnut. C'était la maléfique bonne sœur de l'entrée ! La même, mais désormais sans lunettes, ni jupe, ni tricot, et les cheveux lâchés.

Et alors ? Qu'est-ce que ça change ?!

— Encore faut-il que la gamine nous indique le lieu, Byron, chuchota la femme.

— T'inquiète, elle va parler.

— Y a intérêt.

— Je te l'ai déjà dit : si jamais je n'y arrive pas, le Jardinier s'en chargera. Il est doué pour faire parler les gens.

— Ça ne me plaît pas qu'il ait ramené un associé, rétorqua son interlocutrice. Ce n'était pas au programme. Si jamais elle est blessée…

Le dénommé Byron lui coupa la parole.

— N'y pense plus et tais-toi, on n'est pas seuls !

Il désigna les deux débiles qui accouraient vers eux.

La femme écrasa sa cigarette sous sa semelle et la repoussa du pied.

— Comment va-t-Elle ? s'enquit Débile-à-barbe d'une voix haletante.

Il avait eu une drôle de façon d'insister sur le « elle ».

— Bien, lui certifia l'homme. Elle se repose après cette épreuve.

Allons bon, une *épreuve* ? Ils ne parlaient sûrement pas de Sibby !

— Qu'est-ce qu'Elle a dit ? demanda Débile-à-lunettes.

— Juste qu'Elle était enchantée d'être ici.

Miranda faillit s'étrangler de rire.

— On pourra La voir ? supplia presque Débile-à-barbe.

— Lorsque la Transition aura eu lieu.

Les deux hommes armés s'éloignèrent, l'air béat, et Miranda jugea que c'était la scène la plus étrange qu'elle ait jamais vue.

Cependant, ça prouvait que Sibby n'était pas en danger. Manifestement, ces gens lui vouaient un culte. Il était donc temps de...

— Au fait, pourquoi on l'appelle le Jardinier ? s'étonna madame Je-mets-des-faux-cils.

— Parce qu'il est très compétent quand il s'agit d'*arracher* des choses, lui répondit son compagnon.

— Quoi, par exemple ?

— Dents, ongles, articulations : c'est sa méthode pour faire parler les gens.

... trouver Sibby !

Miranda redescendit à la hâte de son arbre, dans la cour voisine... et se trouva nez à nez avec le canon d'une mitraillette automatique.

6.

— Tes mains ! cria Débile-à-lunettes. En l'air !

Miranda s'exécuta, parce que les mains du type tremblaient tellement qu'elle avait peur qu'il ne tire sans le faire exprès.

— Qui es-tu ? Qu'est-ce que tu fais ici ? ordonna-t-il d'une voix qui tremblait presque autant que ses mains.

— Je voulais juste L'entrevoir, geignit-elle en espérant que son mensonge ait l'air plausible.

L'homme plissa les yeux, méfiant.

— Comment as-tu su qu'Elle était là ?

— Par le Jardinier. Mais, comme je ne savais pas exactement dans quelle pièce Elle se trouvait, j'ai escaladé cet arbre pour jeter un œil.

— À quelle branche es-tu affiliée ?

Je savais bien que ça finirait mal. Alors, grosse maligne, on fait quoi maintenant ?

— *Et vous*, à quelle branche êtes-vous affilié ? répliqua Miranda, le sourcil levé.

Puis, pour faire bonne mesure, elle en rajouta une couche :

— Parce que, si j'avais déjà croisé un homme comme vous, je m'en souviendrais !

Et, à sa grande surprise, son bluff fonctionna. La gorge de son interlocuteur se serra, faisant brusquement tressauter sa pomme d'Adam. Dorénavant, elle se fierait toujours aux conseils de son bouquin !

— Moi aussi, je… je m'souviendrais de vous, bafouilla le type à lunettes.

Miranda lui administra une bonne dose de « sourire aguicheur » et la pomme d'Adam de Débile-à-lunettes s'agita davantage.

— Si je tends le bras vers vous pour qu'on se serre la main, vous tirez ? minauda-t-elle.

Le type se mit à glousser, puis posa son arme à terre avant de tendre à son tour la main.

— Bien sûr que non ! Enchanté, mademoiselle, je m'appelle Craig.

— Ravie, Craig, moi c'est Miranda ! répondit-elle en agrippant son poignet.

Aussitôt, elle le fit basculer sur le dos et l'assomma d'un simple amorti du bras !

Surprise, elle contempla sa propre main un instant. Une prise pareille, elle n'avait encore jamais fait ça ! C'était cool !

Puisque tu continues à faire l'imbécile et à prendre des risques à tout bout de champ, autant aller jusqu'au bout au lieu de contempler bêtement l'homme que tu viens de mettre K.O. !

Miranda se pencha au-dessus du type en question.

— Avec toutes mes excuses pour le futur mal de crâne. Prenez trois aspirines au réveil et ça passera, lui chuchota-t-elle dans le creux de l'oreille.

Puis elle s'éloigna pour contourner l'angle de la résidence surveillée ; une fenêtre devait forcément être ouverte car elle percevait des voix à proximité. D'abord, ce fut celle de l'homme qui était sorti dans le patio quelques minutes plus tôt.

— Tu es confortablement installée ? demanda ce dernier.

Une autre voix répondit :

— Non, je n'aime pas ce canapé. Et ne me dites pas que c'est la pièce la plus agréable de la maison, on dirait une chambre de grand-mère !

Sibby !

Avançant au son de cette voix, Miranda se retrouva face à l'une des baies vitrées donnant sur la rue. Elle se mit alors à épier à l'intérieur de la maison, à travers une fente entre les tentures bleu foncé. Elle aperçut un salon meublé d'un canapé en piteux état, d'une chaise et d'une table basse. Sibby était assise de profil, une assiette de biscuits Oreos devant elle. Elle semblait indemne.

Perché sur le dossier du canapé, l'homme souriait à l'adolescente.

— Alors, où est-ce qu'on est censés te déposer ?

Sibby ouvrit un Oreos en deux et entreprit de le déguster.

— Je vous dirai ça plus tard.

— Non, j'ai besoin de le savoir maintenant pour prévoir l'itinéraire, insista son interlocuteur, sans perdre le sourire. On n'est jamais trop prudent !

— Ça va, on ne part que dans quatre heures ! Pour l'instant, j'aimerais bien regarder un peu la télé.

Miranda entendit le cœur du type faire un bond et vit sa main se raidir ; toutefois, il garda un ton léger.

— Pas de problème, répondit-il à Sibby, tu regarderas la télé dès que tu m'auras dit où on doit t'emmener.

L'adolescente le dévisagea en fronçant les sourcils.

— Vous êtes sourd ou quoi ?! J'ai dit que je vous le dirais plus tard !

— Tu ferais mieux de me parler tout de suite, petite, sinon j'ai bien peur d'être obligé de faire venir quelqu'un de légèrement plus... *convaincant* !

— Eh bien, qu'il vienne ! Mais, en attendant, laissez-moi regarder la télé. Dites, j'espère que vous avez le câble, au moins ? Sinon, bonjour l'ennui !

L'homme se leva, avec la tête de quelqu'un qui se retient de tout casser, puis il se tourna brusquement vers la porte. Miranda perçut des pas en provenance de l'entrée, des pas accompagnés d'un battement de cœur au cha-cha-cha familier. Deux secondes plus tard, le shérif adjoint Caleb Reynolds faisait irruption dans la pièce.

Tu vois ? Sibby n'a rien à craindre, la police est là. Allez, file !

— Qu'est-ce que vous fichez ? dit Reynolds à l'homme.

— Elle ne veut rien dire.

— Je vais la faire changer d'avis, moi !

Son cœur reprit un rythme normal.

Sibby lui jeta un coup d'œil de biais.

— Vous êtes qui, vous ?

— Le Jardinier, lui souffla Caleb, d'un ton intimidant.

« Ça, ça ne présage rien de bon », pressentit Miranda.

— On ne peut pas dire que la pelouse en impose, vous savez ! commenta Sibby avec effronterie.

— Je ne suis pas un jardinier ordinaire ! C'est juste un surnom…

— Pour être honnête, ça m'est complètement égal. Je ne sais pas ce que vous mijotez, le Planteur…

— *Le Jardinier* ! rectifia Reynolds agacé, le visage légèrement rougi.

— … mais, si vous avez besoin de savoir à quel endroit je suis censée retrouver le Contremaître, vous êtes obligé de me garder en vie. Vrai ou faux ? Bon, alors arrêtez vos menaces de mort.

— Je ne vous menace pas de mort, mais de souffrances !

Il se tourna vers le dénommé Byron.

— Va me chercher mes outils.

Tandis que l'homme quittait la pièce, Sibby continua à protester sans se démonter.

— Je ne vous dirai rien !

Le shérif adjoint tourna autour de l'adolescente et se pencha au-dessus d'elle, dos à la fenêtre.

— Écoute-moi bien, ma mignonne, grogna-t-il, tandis que son rythme cardiaque ralentissait.

Poussée par son instinct, Miranda effectua aussitôt un salto avant et défonça la baie vitrée à pieds joints. Puis, d'un coup de pied latéral dans la nuque, elle envoya Reynolds au tapis avant même qu'il n'ait eu le temps de se retourner. Encore sous le choc de cette rencontre, elle se pencha pour lui murmurer « désolée » à l'oreille, mais décida, pour la peine, de ne rien lui dire au sujet des trois aspirines. Elle attrapa Sibby, fonça à la voiture et appuya sur le champignon.

7.

— Quelle intervention ! s'exclama Sibby, impressionnée. Ce type ne saura jamais d'où le coup est venu !

— C'était justement l'idée, soupira Miranda avec soulagement.

Elle s'était garée à proximité d'un dépôt ferroviaire désaffecté, sur un ancien tronçon de voies complètement isolé de la rue. Depuis sept mois, c'était là que Miranda venait se défouler – elle et son énergie excessive. Là aussi qu'elle s'essayait à quelques trucs impraticables ailleurs ; le roller derby, c'était parfait pour la vitesse, l'équilibre, la gymnastique et les bousculades, mais on n'était pas censé avoir recours à des prises de judoka ceinture noire, et encore moins à des armes.

Les marques de son dernier entraînement d'arbalète étaient encore visibles sur le mur du bâtiment, et le morceau de rail qu'elle avait plié en deux après que Will l'eut rembarrée était toujours par terre. Miranda n'avait jamais croisé personne à cet endroit. Aussi, elle était certaine que Sibby et elle seraient introuvables, tant que la voiture resterait en stationnement.

— Où as-tu appris à assommer les gens comme ça ? lui demanda Sibby, complètement affalée sur la banquette arrière. Tu peux m'apprendre ?

— Non.

— Pourquoi pas ? Allez, rien qu'une prise !

— Pas question.

— Pourquoi t'as dit que t'étais désolée après l'avoir frappé ?

Miranda se tourna vers elle.

— À mon tour de poser des questions : qui cherche à te tuer et pourquoi ?

— Grands dieux, je n'en sais rien ! Des milliers de gens, peut-être ! Ce n'est pas aussi simple…

— Alors, c'est quoi ?

— Très compliqué ! Mais, si on peut traîner jusqu'à quatre heures du matin, je connais un endroit où aller.

— C'est dans six heures !

— Exact ! Le temps pour moi d'embrasser au moins dix garçons de plus !

— Évidemment : quoi de mieux à faire que de sortir et rouler des pelles à un maximum d'inconnus pendant que quelqu'un essaie de vous tuer ?! ironisa Miranda.

— Ils ne cherchaient pas à me tuer, mais à m'enlever. *Nuance !* Allez, j'ai envie de m'amuser un peu... et de préférence avec des garçons !

— T'as pas mieux comme idée ?

Écoute, c'est pas parce que t'as fondé le mouvement « À bas la fiesta » que tout le monde a envie d'adhérer à ton club !

— Mais je n'ai rien contre l'idée de faire la fête ! J'aime bien m'amuser mais...

— ... tu préfères jouer les rabat-joie !

— Disons plutôt que, dans un sens, l'idée d'errer dans la rue pendant que des milliers de gens essaient de te kidnapper ne m'amuse pas des masses. En revanche, c'est un bon moyen d'entrer dans le *Guinness des records* à la page « Soirée, *virgule*, les plans les plus foireux du monde » ! Sans compter que d'innocents badauds pourraient être pris dans la mêlée quand ces milliers de gens te tomberont dessus.

— *Si*, pas « quand ». Les badauds ne risquent rien, il n'y a que moi qui les intéresse !

Miranda leva les yeux au ciel et se remit face au volant.

— Les « dommages collatéraux », ça te dit quelque chose ? Tu sais, quand une personne se trouve au mauvais endroit, au mauvais moment, et qu'elle est accidentellement blessée ?

— Dans ce cas, tu ferais mieux de t'éloigner de moi. Sans blague, j'adorerais rester cloîtrée dans l'habitacle d'une voiture pendant six heures avec toi pour seule compagnie, mais ce serait moins risqué pour nous deux si je tentais ma chance ailleurs. Chez le glacier devant lequel on est passées en venant ici, par exemple ! Est-ce que tu as vu les lèvres du type derrière le comptoir ? Phénoménales ! Dépose-moi là-bas et c'est réglé !

— Compte là-dessus !

— Ah oui ? Eh bien, pourtant, tu vois, là, je suis en train de tendre le bras vers la poignée de la portière et…

— *Dommage pour toi…* parce que moi, là, je suis en train d'enclencher la sécurité enfants !

Dans la glace du rétroviseur, Miranda entrevit le regard incendiaire de Sibby.

— Tu es vraiment méchante ! pesta cette dernière. Il a dû t'arriver un truc affreux pour que tu sois devenue aussi mauvaise !

— Je ne suis pas méchante, j'essaie juste de te protéger.

— De me protéger, *moi* ? T'aurais pas plutôt un truc sur la conscience ?!

Miranda alluma la radio.

— Éteins ça ! J'étais en train de parler et, en tant que cliente, c'est moi qui commande !

— Plus maintenant !

Sibby poursuivit en braillant.

— Qu'est-ce qui est arrivé à ta sœur ?!

— Je n'ai pas de sœur ! répliqua Miranda en hurlant à son tour.

— Tu mens !

Miranda ne répondit rien.

— Quand je t'ai demandé si tu avais une sœur tout à l'heure, pourquoi t'as eu l'air aussi émue ? lui cria Sibby dans l'oreille. Pourquoi tu ne veux rien me dire ?

Miranda éteignit la radio.

— Donne-moi une bonne raison de t'en parler.

— Un, ça te ferait peut-être du bien, deux, ça nous donnerait matière à discuter pendant qu'on est clouées dans cette voiture, et trois, si tu ne me dis rien, j'essaierai de toute façon de deviner.

Miranda pencha la tête en arrière, vérifia l'heure à sa montre, puis tourna la tête pour regarder par la vitre.

— Vas-y, fais-toi plaisir.

— Très bien. Alors, voyons voir... Ta sœur a fini par partir tellement t'étais casse-pieds... ? Tellement elle te trouvait rasoir ? À moins que ce ne soit toi qui l'aies chassée avec ce gros balai coincé dans tes fesses ?!

— Surtout ne prends pas de gants ! Vas-y, dis-moi vraiment ce que tu penses !

Sur la banquette arrière, Sibby, confuse, se ravisa.

— O.K., j'y suis peut-être allée un peu fort, admit-elle. Excuse-moi.

Miranda ne dit rien.

— C'est faux, tu n'as pas un balai coincé dans les fesses... Sinon, comment tu ferais pour conduire ?!!

Pas de réaction.

— Allez, quoi ! C'est toi qui as commencé avec le coup de la sécurité enfants ! Je te signale que je ne suis plus une gamine. J'ai quatorze ans !

Silence de mort.

— J'ai dit que je m'excusais !

Sibby s'affala sur son siège en soupirant.

— O.K., continue à faire la muette.

Toujours rien.

Jusqu'à ce que, soudain, Miranda finisse par parler :

— Ils sont morts.

Sibby se redressa brusquement vers le siège avant.

— Qui ?

— Toute ma famille.

— Par ta faute ?

— En quelque sorte… puisque je n'ai rien fait.

— Euh, écoute, mamie, tout ça n'a aucun sens. Tu sais au moins ce qui s'est passé, non ?

— Je n'ai quasiment aucun souvenir de cette période de ma vie.

— De ce jour, tu veux dire ?

— Non, de cette année-là, et de celle qui a suivi. Presque toute l'époque entre l'âge de dix et douze ans. Sans compter deux ou trois autres détails, ici et là.

— Cette histoire était trop pénible, alors tu as préféré oublier, c'est ça ?

— Non, c'est simplement… parti. Il ne me reste que des impressions et des rêves. Des rêves vraiment horribles.

— Du genre ?

— Du genre je ne suis pas là où je devrais être, quelque chose se produit et je laisse tout le monde tomber…

Elle se tut, agitant la main en l'air pour chasser ces scènes de cauchemar.

— Et tu penses vraiment que tu aurais pu empêcher quoi que ce soit toute seule ? Alors que tu avais quatre ans de moins que moi ?

Miranda eut l'impression que sa gorge était littéralement en train de se tordre. Elle n'avait jamais rien révélé à personne de sa véritable histoire, même aussi peu. Jamais rien, même à Kenzi.

Elle avala nerveusement sa salive.

— J'aurais pu essayer, au moins ! Être là au bon moment et *essayer* !

— Ça y est, sortez vos mouchoirs ! Humm, je sens que je vais m'endormir. Réveille-moi quand t'auras fini !

Bouche bée, Miranda la fusilla du regard dans le rétroviseur.

— Je t'ai dit depuis le début que je ne voulais pas en parler ! Tu n'as pas arrêté de me harceler avec cette histoire et maintenant tu joues les sans-cœur ?!

Elle reprit son souffle, folle de rage.

— Espèce de p'tite…

— Tu ne sais même pas ce qui s'est passé ! Comment peux-tu te sentir coupable ? Je ne vois vraiment pas pourquoi ce serait ta faute ! Franchement, arrête d'être obsédée par cette énigme, c'est de l'histoire ancienne. Vis plutôt l'instant T.

— L'instant T ? Qu'est-ce que tu racontes ?

— Tu sais très bien de quoi je parle. Vivre l'instant T, autrement dit, *carpe diem* : laisse tomber le passé et essaie de te concentrer sur le moment présent. Exemple : tu entends cette chanson qui passe à la radio… ? Archinulle. Tu vois cette grande ville qui nous entoure… ? Peuplée de beaux garçons que je ne suis *pas* en train d'embrasser !

Miranda prit une profonde inspiration, mais, avant qu'elle n'ait le temps de dire quoi que ce soit, Sibby enchaîna.

— En fait, tu t'excuses auprès des gens que tu assommes parce que tu n'as jamais eu l'occasion de t'excuser auprès de ta famille, et tu te sens obligée de me protéger parce que tu n'as pas pu la protéger, elle.

— Ce n'est pas du tout ça…

— Bla, bla, bla. Du déni en bloc ! De toute façon, assise dans cette voiture avec toi, je ne serai pas plus protégée qu'ailleurs. Pourquoi on n'irait pas se fondre dans la foule au lieu de rester en planque ici ? Je suis une pro quand il s'agit de passer incognito, tu sais !

— *Incognito*, toi ? Laisse-moi rire ! T'as vu ta tenue ?! On dirait que tu viens de tourner un remake du clip *Borderline* avec Madonna !

— Très drôle, la rabat-joie. Bon, allez, tirons-nous d'ici !

Miranda se retourna de façon à faire face à Sibby :

— *Quelqu'un essaie de te TUER !* Je parle chinois ou c'est toi qui as du mal à imprimer ?

— Arrête avec ça ! Je te l'ai déjà dit : ils ne peuvent pas me tuer. Va voir un psy, c'est vraiment une obsession chez toi ! Et, pour être franche, je commence à m'ennuyer sévère, ici. C'est quoi cette station de radio ? Soupe FM ? Pas question qu'on reste enfermées dans cette carlingue pendant six heures !

Miranda fut bien obligée de céder. Parce que c'était *elle* qui allait finir par étriper Sibby de ses propres mains.

C'est alors qu'elle eut une idée de génie. L'endroit idéal pour se fondre dans la foule…

— Bon, tu veux sortir, c'est ça ? lança-t-elle à Sibby, énigmatique.

— Oui. De préférence avec des garçons.

— Des *mecs*, la corrigea Miranda.

— Hein ?

— Les filles d'aujourd'hui disent *mecs*, pas « garçons ». C'est juste un conseil, si tu ne veux pas te faire remarquer.

Sibby sembla quelque peu interloquée, mais retrouva vite le sourire.

— Des *mecs*. Oui, compris !

— *Ouais*, pas « oui ». À moins que tu ne t'adresses à un adulte.

— *Ouais*, pigé.

— Et puis, on dit *mon Dieu* ! mais sûrement pas « grands dieux » !

— Quoi, j'ai… ?

— Ouais. Et oublie aussi « l'instant T », c'est tarte.

— N'importe quoi !

— Si, crois-moi. Ah ! Et, au fait, ça suffit de payer les mecs pour qu'ils t'embrassent ! Tu n'as pas à faire ça. Ils devraient s'estimer heureux de pouvoir t'embrasser.

Sibby fronça les sourcils.

— Pourquoi es-tu soudain si gentille avec moi ? Pourquoi m'aider alors que tu ne m'aimes pas ?

— Parce que je sais ce que c'est que d'être loin de chez soi, seule et pas vraiment à sa place. Et de ne jamais pouvoir confier à quiconque qui on est vraiment.

Elles roulèrent sans un mot pendant quelques minutes.

— Tu as déjà tué quelqu'un à mains nues ? l'interrogea subitement Sibby.

Miranda lui jeta un coup d'œil complice dans le rétroviseur.

— Pas encore…

8.

— T'es dingue ! s'exclama Sibby tandis qu'elles pénétraient dans la salle.

Les yeux de l'adolescente étaient exorbités.

— Tu as dit que ce serait nul alors que c'est *génial* !

Miranda, elle, frissonna. Elles s'étaient faufilées dans le grand hall du mémorial de Santa Barbara par une issue de secours ouverte, qui avait été bloquée à l'aide d'une cale ; sûrement un coup des trublions du bal pour pouvoir s'éclipser dehors et aller se prendre une cuite ou fumer des joints. Jetant un œil autour d'elle, Miranda constata d'ailleurs que ce plan en avait séduit plus d'un, vu le nombre d'élèves qu'il y avait dehors.

À l'intérieur, les murs de la salle avaient été parés de satin bleu brodé d'étoiles blanches, tandis que les quatre grands piliers au centre étaient drapés de rubans rouges et blancs. Les tables agencées sur les côtés étaient couvertes de nappes aux couleurs du drapeau américain, au centre desquelles trônait un bocal à poissons (lesdits poissons ayant été, on ne sait comment, teints en rouge et bleu), et, sur le pourtour de la salle, quelques monuments américains comme le mont Rushmore, la Maison-Blanche, la statue de la Liberté, la cloche de la Liberté et le Old Faithful (le vieux geyser de Yellowstone) avaient été reconstitués avec des morceaux de sucre. Cela grâce à la générosité du père d'Ariel West, bien sûr. À la réunion de la veille, cette dernière avait annoncé qu'après le bal l'ensemble du décor serait reversé aux « pauvres citoyens affamés de Santa Barbara qui ont besoin de sucre ».

Flottant au plafond, des ballons fixés à des cordons en caoutchouc rebondissaient mollement à mesure que la foule passait en dessous. Miranda était mal à l'aise, peu à peu assaillie par un vague pressentiment…

Sibby, en revanche, était au paradis.

— N'oublie pas : la majorité des mecs présents sont venus accompagnés. Alors, tâche de contrôler tes pulsions de serial kisseuse, l'avisa Miranda.

— Ouais, d'accord.

— Et si je t'appelle, tu rappliques, d'accord ?

— Dis, tu me prends pour ton chien ou quoi !

Miranda lui jeta un regard glacial.

— Ça va, rabat-joie, j'ai compris.

— Et au moindre pépin…

— … je te fais signe, oui, oui. Pigé. Allez, maintenant, va t'amuser un peu. Ah, c'est vrai, tu ne sais pas très bien comment faire. Bon, hé bien, en cas de doute, n'hésite pas… *fais-moi signe !*

— Dans tes rêves !

Sibby était trop occupée à scruter la salle pour répliquer.

— Ouah ! C'est qui cette bombe à lunettes dans le coin là-bas ? s'exclama-t-elle soudain.

Miranda regarda autour d'elle à la recherche d'une « bombe », mais tout ce qu'elle vit, c'était Phil Emory.

— Il s'appelle Phillip.

— Saluuuuuut, Phillip ! babilla Sibby en mettant aussitôt le cap sur le garçon.

Miranda planqua son sac de patinage sous une table et resta à proximité du mur, entre la Maison-Blanche et le vieux geyser, d'une part pour ne pas perdre Sibby de vue, de l'autre pour éviter de se faire repérer par un membre du corps enseignant. Elle s'était changée dans les toilettes du personnel, troquant son uniforme de travail contre la seule autre tenue qu'elle avait sur elle : son costume de patineuse. Et, en dépit du fait qu'il soit rouge, blanc et bleu, Miranda regretta de ne pas avoir une toilette plus appropriée pour un bal de fin d'année. En réalité, il y avait deux tenues dans son sac de patinage. La première était pour les matchs à domicile, avec un top dos nu en satin blanc, une cape bleue et une jupette assortie à rayures (si tant est que le terme jupette convienne à un truc d'à peine douze centimètres de long avec culotte intégrée). La seconde était pour les matchs à l'extérieur : idem, mais avec un haut bleu. Miranda avait jugé que le blanc ferait plus habillé, encore que, elle le sentait bien, ses mocassins noirs de chauffeur n'étaient pas vraiment faits pour arranger son look.

Elle resta là un moment, appuyée contre le mur, à se demander pourquoi tout le monde sauf elle avait cette faculté inouïe d'évoluer sur une piste de danse sans démolir personne. Puis deux battements de cœur distincts se firent entendre. Miranda les reconnut aussitôt et, tournant la tête, elle aperçut Kenzi et Beth jouant des coudes dans la foule pour venir à sa rencontre.

— Tu as fini par venir ! s'écria Kenzi en la serrant dans ses bras.

Une des choses que Miranda appréciait particulièrement chez son amie, c'était qu'elle donnait toujours l'impression d'être sous ecstasy, même quand ce n'était pas le cas. Sans jamais être gênée, elle lançait des « j't'adore ! » à tour de bras, en multipliant les embrassades.

— Je suis tellement contente que tu sois là ! Alors, prête à te libérer du poids de la puberté ? À être maîtresse de ton destin ?

« Avec de telles tenues de soirée, Kenzi et Beth pouvaient être maîtresses de *tout* », songea Miranda. Kenzi était vêtue d'une robe bleue dos nu et moulante, et elle s'était fait peindre une panthère noire avec un œil bleu saphir dans le dos. Beth, elle, portait une mini-robe rouge en satin et, enlacé autour de son bras, un bracelet serpent en or avec deux yeux en rubis (du moins, Miranda *supposa* qu'il s'agissait de rubis, vu que les parents de Beth étaient deux des plus grandes stars de Bollywood). L'âge adulte leur allait comme un gant, comme si l'avenir était une soirée hyperbranchée avec un excellent DJ, où seules les personnes inscrites sur la liste V.I.P. sont admises.

— J'aurais dû prévoir que le jour où l'heure serait venue de prendre mon avenir en main, je serais sapée comme une majorette réchappée de l'ère glaciaire ! soupira Miranda en jetant un œil à son costume de patineuse.

— Pas du tout, tu es superbe ! contesta Beth.

Miranda aurait pu prendre cette remarque pour un sarcasme ; sauf que Beth faisait partie des quelques rares personnes sur Terre qui ne savent pas ce que c'est qu'un sarcasme.

— Sincèrement, renchérit Kenzi, pour moi, tu es CCLB !

« Chaude Comme La Braise, donc », décoda Miranda.

— Je vois de grandes choses pour ton avenir dans le monde adulte !

— Et moi je te vois rendre visite à l'ophtalmo ! prophétisa Miranda.

Au loin, elle aperçut Sibby entraîner Phillip Emory sur la piste de danse.

Elle se retourna vers Kenzi, l'air contrarié.

— Honnêtement, vous me trouvez drôle… ou plutôt mamie, autrement dit rabat-joie ?

— Mamie, répéta Kenzi, amusée. Qu'est-ce que tu racontes ? Toi, tu es encore tombée sur la tête à ton entraînement !

— Non, je parle sérieusement. Est-ce que je suis drôle ?

— Oui, la rassura Kenzi d'un ton grave.

— Très, confirma Beth.

— Sauf quand tu prends tes airs de caporal-chef, ajouta Kenzi. Et aussi quand tu as tes règles, et à l'approche de ton anniversaire. Ah, et puis, une fois tu as aussi…

— Ça va, laisse tomber !

Le regard de Miranda dévia sur Sibby, qui avait pris la tête d'une danse en file indienne.

— Je plaisante, se ressaisit Kenzi en tournant le visage de Miranda vers elle. Tu *es* quelqu'un de drôle. Franchement, qui à part toi oserait se déguiser en Tom Selleck pour Halloween ?

— Ou aurait l'idée de divertir les gosses du service de cancérologie en reconstituant une scène de *Dawson* avec des Playmobil ? ajouta Beth.

Kenzi hocha la tête.

— Très juste. Même les enfants qui luttent contre le cancer te trouvent drôle, et ils ne sont pas les seuls…

Quelque chose dans le ton de Kenzi, notamment dans la seconde partie de la phrase, inquiéta Miranda.

— Kenzi, qu'est-ce que tu me caches ?

— Surprise…, chuchota Beth d'un air mystérieux.

Miranda était désormais pire qu'inquiète.

— *Kenzi ?*

— Oh, c'est trois fois rien, j'ai juste fait quelques recherches.

— Sur quoi ?

Pour la première fois, Miranda remarqua que le bras de Kenzi était couvert de gribouillis.

— Sur Ariel et Will. Sur le fait qu'ils ne sortent *pas du tout* ensemble !

— Je rêve ! Tu es allée lui demander ?

— J'ai fait une *interview* ! précisa Kenzi, légèrement vexée.

— C'est pas vrai ! Tu plaisantes, j'espère ?

Avoir une future journaliste pour colocataire se révélait parfois risqué.

— Détends-toi, il n'y a vu que du feu ! J'ai fait comme si c'était pour la rubrique potins, la rassura Kenzi.

— Elle a été remarquable !

Une fois de plus, Miranda aurait bien aimé avoir une issue de secours.

— Alors voilà : je lui ai demandé pourquoi, d'après lui, Ariel l'avait invité au bal. Il m'a répondu (Kenzi consulta son bras) : « Pour rendre une autre personne jalouse ! » Alors, évidemment, je lui ai demandé *qui*, et il m'a dit : « Tout le monde ! C'est le grand truc d'Ariel, la jalousie des autres. » Tu ne trouves pas cette réponse perspicace ? Surtout de la part d'un mec ?!

— C'est un malin ! approuva Beth. Et il est très sympa !

Miranda hocha la tête d'un air absent, cherchant Sibby du regard sur la piste de danse. Elle ne la vit pas tout de suite, mais elle finit par la repérer dans un coin avec Phillip. Et, miracle, sa protégée était en train de parler avec lui, pas de l'embrasser !

Miranda sourit, amusée.

— Regarde, on a réussi à la dérider ! se réjouit Kenzi.

Son amie semblait tellement heureuse que Miranda n'osa pas la contrarier.

— Merci d'avoir élucidé cette affaire, c'est…

— Attends, ce n'est pas fini ! Je lui ai aussi demandé pourquoi il avait accepté d'aller au bal avec Ariel alors qu'ils n'étaient pas vraiment ensemble ! Eh bien, tu sais ce qu'il m'a répondu ?

Kenzi jeta un nouveau coup d'œil sur son bras :

— « Parce que je n'ai pas eu de meilleure proposition ! »

— Avec un sourire très mignon ! précisa Beth.

— Exact ! Sans compter qu'il m'a regardée droit dans les yeux en disant cela. C'est clair qu'il parlait de toi !

— Archiclair !

Miranda adorait ses amies, même si c'étaient vraiment des illuminées.

— Arrête de me regarder comme si on venait de m'amputer du cerveau, Miranda ! Je te dis que j'ai raison ! Ce mec t'aime bien et il est célibataire, alors cesse de tergiverser et fonce. VIT, bon sang !

— VIT ?

— « Vis l'Instant T », énonça Beth.

Miranda en eut le souffle coupé.

— Je rêve !

— Quoi encore ? piaffa Kenzi.

— Non, rien, marmonna Miranda en secouant la tête. De toute façon, même célibataire, qu'est-ce qui te fait croire que Will veut sortir avec moi ?

Kenzi plissa les yeux dans sa direction.

— Bon, je te passe toutes les niaiseries que je suis obligée de dire sur ta gentillesse et ton intelligence en tant que meilleure amie. À part ça, tu t'es regardée dans le miroir dernièrement ?

— Oui, et crois-moi…

— Bye-bye ! la coupa brusquement Beth en entraînant Kenzi par le bras. À plus !

— Et n'oublie pas : VIT ! lança Kenzi par-dessus son épaule. Avale-le tout cru !

— Les filles, où est-ce que vous… ?

C'est alors que Miranda pivota brusquement en entendant un battement de cœur tout près dans son dos. Et qu'elle manqua de se cogner contre le torse de Will.

9.

— Salut ! lui lança Will.

— Oh, répondit-elle bêtement.

La BARBE, à la fin ! Est-ce qu'une fois dans sa vie elle pourrait sortir une phrase *normale* face à un mec ? Merci, Langue pendue, vraiment !

Le jeune homme lui lança un regard interrogateur.

— Je ne savais pas que tu venais au bal…

— Oh, euh, j'ai changé d'avis à la dernière minute.

— Très chic, ta tenue !

— Merci, la tienne aussi !

C'était peu dire. Il ressemblait à une double part de pancakes pomme-cannelle avec portion de bacon (extracroustillant) et de pommes de terre sautées. Autrement dit, la plus belle chose que Miranda ait vue de toute sa vie !

Réalisant qu'elle le dévorait des yeux, Miranda détourna brusquement la tête, rouge de honte. Le silence s'installa l'espace d'une seconde… puis d'une autre…

Pas plus de cinq secondes ! résonna une petite voix dans sa tête.

Ça en faisait déjà forcément une. Plus que quatre… maintenant trois…

Dis quelque chose ! Allez !

— Est-ce qu'il t'arrive de mettre des pantalons de cosmonaute ? bafouilla Miranda à brûle-pourpoint.

— Quoi ?

Zut, comment ça finit déjà… ? Ah oui, je sais !

— Parce que tu as de belles fesses !

Will la contempla d'un drôle d'air : l'air de prendre ses mesures pour une camisole de force.

— Je crois…, commença-t-il à dire.

Mais il s'arrêta ; apparemment, il avait du mal à parler. Il s'éclaircit la voix à trois reprises avant de reprendre.

— Je crois qu'en fait la réplique, c'est : « Parce que tes fesses sont d'une beauté intersidérale. »

— Ah… effectivement, c'est plus logique. Je comprends mieux. En fait, j'ai lu ce bouquin qui t'explique comment te faire apprécier des mecs et, d'après ce qu'ils disent, cette réplique est infaillible ! Sauf que j'ai été interrompue au beau milieu de ma lecture, à la blague d'avant, celle qui parlait de porcelaine – de porcelaine chinoise, hein, pas de poterie, attention –, et donc j'étais sur le point de lire la chute de la blague quand… Enfin bref, je crois que j'ai un peu tout mélangé !

Will continua à contempler fixement son interlocutrice. Confuse, cette dernière se souvint alors de l'autre conseil de son bouquin, et, machinalement, elle tendit le bras pour attraper la première chose qui lui tombait sous la main et la lui flanqua sous le nez.

— Tu veux une cacahuète ? lui proposa Miranda, maladroitement.

Stupéfait, le garçon manqua de s'étouffer à la question. Il toussota, gêné, puis lui prit finalement le bol de cacahuètes des mains, le reposa sur la table et s'approcha tout près de la jeune fille.

— Tu as lu un livre qui porte sur les garçons ?!

Miranda ne pouvait même pas entendre les battements de cœur du garçon tellement le sien jouait du tambourin.

— Oui, j'avoue. Faut dire que, manifestement, je ne m'en sors pas très bien sur ce plan. Après tout, si quand t'embrasses un mec il te repousse en te regardant comme une extraterrestre, il y a de quoi se poser des…

— Tu parles beaucoup quand t'es nerveuse, la coupa-t-il, le visage à deux centimètres du sien.

— Non, pas du tout. N'importe quoi. J'essaie juste de t'expliquer que…

— C'est moi qui te rends nerveuse ?

— Je ne suis pas nerveuse.

— Si, tu trembles.

— Évidemment, j'ai quasiment rien sur le dos.

Le regard de Will dévia sur ses lèvres et revint vers ses yeux.

— J'avais remarqué…

Miranda avala sa salive.

— Écoute, je vais…

Il saisit son poignet avant qu'elle n'ait le temps de s'enfuir.

— L'autre soir… ton baiser… j'ai adoré. Je t'ai repoussée parce que autrement je crois que je t'aurais arraché tes vêtements sur-le-champ. Et, à mes yeux, ce n'était pas la meilleure façon de terminer un premier rendez-vous. Je ne voulais pas que tu croies que c'était la seule chose qui m'intéressait !

Elle le regarda, l'air songeur. Le silence s'installa de nouveau mais, cette fois, Miranda laissa les secondes défiler.

— Pourquoi tu ne m'as rien dit ?

— Je voulais mais, dès qu'on se croisait, tu te volatilisais. À croire que tu m'évitais…

— Je voulais surtout éviter de compliquer les choses.

— Comme si c'était plus simple de se cacher derrière une plante en me voyant entrer dans la cafétéria mercredi midi !

— Je ne me cachais pas du tout ! Je, euh, je *respirais*… l'oxygène des plantes. Très oxygéné, comme air !

Maintenant, insérer votre cerveau dans le four.

— Bien sûr, j'aurais dû y penser !

— C'est très bon pour la santé, mais peu de gens sont au courant !

Et, cette fois, n'arrêtez pas la cuisson avant que ce soit BIEN CUIT.

— Non, à mon avis, les gens...

Miranda le coupa brusquement :

— Tu pensais vraiment ce que tu disais ? À propos de mon baiser ?

— Oui, *vraiment*.

Miranda sentit ses mains trembler ; doucement, elle tendit les bras et attira Will contre elle.

Mais, au même moment, la musique s'interrompit et le panneau « sortie de secours » se mit à clignoter. Une voix fluette se fit entendre dans un énorme haut-parleur :

« Veuillez vous diriger vers la sortie la plus proche et évacuer tout de suite le bâtiment ! »

Will et Miranda furent aussitôt bousculés dans différentes directions par la foule. Sous les ordres de quatre hommes en gilet pare-balles, les élèves affluaient en masse vers la porte principale. Le message se répétait en boucle, mais Miranda ne l'entendait plus. Ni lui, ni Ariel West qui hurlait que quelqu'un « paierait CHER » pour lui avoir « GÂCHÉ SA SOIRÉE ! » ; ni cette personne qui disait que « bon sang ! » c'était la meilleure fin de soirée de sa vie parce que, « mon vieux », il planait tellement. Non, ce qu'elle entendait, c'était de nouveau le cha-cha-cha cardiaque du shérif adjoint Reynolds, quoique légèrement étouffé par le gilet pare-balles. Ce n'était donc pas un exercice d'évacuation.

— C'est pour nous, non ? s'écria Sibby en se précipitant aux côtés de Miranda. Ces types de la section d'assaut, c'est nous qu'ils sont venus chercher ?!

— Ouais, ça m'en a tout l'air.

— T'avais raison, j'aurais dû rester cachée ! Je ne veux pas que quelqu'un soit blessé par ma faute ! Je vais me rendre, comme ça ils seront obligés de…

— Après tout ce temps ? la coupa Miranda avec emportement. Alors qu'il ne reste plus que trois heures à attendre ? Pas question ! Je n'ai pas dit mon dernier mot. On peut encore s'en tirer !

Miranda fit de son mieux pour paraître sûre d'elle, même si elle était totalement terrifiée.

Qu'est-ce que tu fabriques encore ? rappliqua fréquence T Nulle.

— Aucune idée, admit Miranda à voix basse.

Sibby la regarda, les yeux brillants d'espoir.

— Tu as vraiment un plan ?

Miranda déglutit nerveusement, puis inspira profondément.

— En route ! lança-t-elle à l'adolescente d'un ton déterminé.

— T'as intérêt à assurer, ma vieille, ajouta-t-elle pour elle-même.

10.

Son plan se déroula à merveille.

Enfin presque.

Six gardes bloquaient les issues de secours, plus quatre autres à la porte d'entrée, qui passaient chaque étudiant en revue. Dix au total. Tous masqués et en gilet pare-balles, expliquant patiemment qu'il y avait eu une alerte à la bombe et qu'il était indispensable d'évacuer le plus vite possible. Personne ne leur demanda pourquoi ils utilisaient des armes automatiques pour faire avancer la foule. Excepté le professeur Trope, qui s'avança jusqu'à l'un d'eux.

— Monsieur, je vous serais reconnaissant d'éloigner votre artillerie de mes étudiants !

Miranda et Sibby profitèrent de la distraction momentanée du garde pour se fondre dans la cohue. Elles se laissèrent porter par la foule en passant devant les deux premiers soldats. Plus que quatre à présent.

Soudain, la voix d'Ariel se fit entendre.

— Professeur Trope, regardez, Miranda Kiss est là ! Je vous avais bien dit qu'elle s'incrusterait au bal !

Quatre hommes avec des armes automatiques pivotèrent immédiatement et se ruèrent sur le cortège d'adolescents.

— Baisse la tête ! chuchota Miranda à Sibby.

Toutes deux plongèrent sous la mêlée et firent demi-tour à quatre pattes jusqu'au grand hall.

Miranda entendit la voix du professeur Trope dans son dos.

— Où est passée mademoiselle Kiss ? Je n'abandonnerai aucun de mes élèves ici !

— S'il vous plaît, monsieur, évacuez les lieux ! lui répondit un garde. Soyez tranquille, nous la retrouverons !

Miranda décida que, si elle s'en sortait, à l'avenir elle serait plus gentille avec le professeur Trope.

Enfin, *si* elle s'en sortait…

— Planque-toi là-dedans, vite ! lança-t-elle à Sibby en l'entraînant vers la reproduction du geyser.

— Pourquoi dans ce vieux volcan ? Je préférerais la Maison-Blanche !

— Non, je vais peut-être en avoir besoin. Allez, ne discute pas ! Ils ne pourront pas te repérer là-dedans s'ils ont des lunettes infrarouges.

— Mais et toi ? T'es tout en blanc !

— Justement, je vais me fondre dans le décor.

— Oh, bien vu ! Comment fais-tu pour calculer aussi bien tes coups !?

Ça, Miranda aurait bien aimé le savoir. Savoir pourquoi, dès qu'elle avait entendu le message d'alerte, instinctivement, une zone de son cerveau s'était mise à calculer la distance qui la séparait des sorties de secours, à détecter la présence d'éventuelles armes dans les parages et à guetter la porte d'entrée. Le fait que ses sens passent ainsi en mode accéléré était un vrai soulagement ; ça signifiait qu'une partie de ses pouvoirs se coordonnait. Toutefois, aurait-elle la force de se battre contre dix hommes armés ? Trois à la fois, c'était le maximum qu'elle avait affronté jusqu'ici, et encore ils ne portaient pas de mitrailleuses ! Ce soir, elle devrait donc user d'astuce davantage que d'audace.

— Passe-moi tes bottes ! lança-t-elle à Sibby.

— Pour quoi faire ?

— Pour se débarrasser d'une partie de nos adversaires et se tirer d'ici !

— Mais j'adore ces…

— Donne-les-moi, dépêche ! Et file-moi aussi un de tes bracelets en caoutchouc.

Miranda mit son piège en place puis retint son souffle tandis qu'un garde approchait. Elle l'entendit chuchoter dans son talkie-walkie…

— Pilier sud-ouest. J'en tiens une !

Des rubans s'agitèrent à mesure que le type les repoussait avec le canon de son arme.

— Qu'est-ce que... ?

Brusquement, Miranda catapulta sur lui le nez en sucre de George Washington avec le lance-pierre qu'elle avait bricolé (merci le bracelet de Sibby). Toutes ces heures passées à s'entraîner sur une cible furent payantes car le projectile atteignit le type pile au bon endroit pour l'envoyer valser. Ce dernier s'écroula la tête la première, de façon suffisamment violente pour rester docile quand Miranda lui ligota les mains et les pieds avec les rubans du pilier.

— Je suis vraiment désolée, lui souffla-t-elle en le retournant sur le dos pour lui fourrer un petit pain dans la bouche en guise de bâillon.

Puis elle esquissa un petit sourire narquois à son attention.

— Çà alors, Craig ! Dis donc, ce n'est pas ton jour, on dirait ! Au fait, ton mal de tête va mieux ? Non ?! Mince ! T'en fais pas, ça passera. Pense à te mettre un peu de baume sur les poignets et les chevilles quand on te détachera. Bye !

Récupérant les bottes qu'elle avait placées comme appât au pied du pilier, elle repéra un autre garde fonçant sur elle par la gauche. Aussitôt, elle lui balança une des chaussures façon Frisbee, puis entendit un *boum* satisfaisant, signe que lui aussi s'écroulait à terre.

Deux de liquidés, encore huit à gérer.

Miranda était en train de s'excuser auprès du type qu'elle venait d'assommer (et surtout en train de se dire que, des bottines, ça pouvait être sacrément utile !) lorsque le talkie-walkie accroché à la ceinture de sa victime grésilla.

— Léon, c'est le Jardinier ! Vous me recevez ? Où êtes-vous ? Donnez votre position !

Miranda s'empara de l'appareil du garde toujours inconscient.

— Je croyais que vous vous appeliez Caleb Reynolds, monsieur le shérif adjoint ? C'est quoi ce surnom de Jardinier ou plutôt de *Planteur*, comme dirait mon amie ?

Crépitements dans la radio, puis la voix de Reynolds qui résonne :

— Miranda, c'est vous ? Où êtes-vous ? Répondez !

— Juste là, chuchota-t-elle dans son oreille.

Elle s'était furtivement glissée derrière le shérif adjoint. Comme il faisait volte-face, elle enroula un bras autour de son cou en pointant le talon de la bottine sur sa gorge.

— C'est quoi, ce machin braqué sur moi ?! s'exclama-t-il.

— Tout ce que je peux vous dire, c'est que ça risque d'être très douloureux et de provoquer une méchante infection si vous ne me dites pas tout de suite combien d'hommes sont sur place et ce qu'ils manigancent !

— Il y en a dix à l'intérieur et cinq autres qui surveillent les sorties. Mais je suis de votre côté, Miranda !

— Que vous dites, monsieur le Jardinier ! Ce n'est pas l'impression que j'ai eue à la résidence !

— Parce que je n'ai pas eu l'occasion de parler à la fille !

— Va falloir trouver mieux ! Et inutile de me raconter des salades !

— Avez-vous la moindre idée de *ce* qu'elle est ?

— *Ce* ? Non, pas vraiment.

Le rythme cardiaque du shérif adjoint s'accéléra.

— C'est une prophétesse, en chair et en os ! *La Sibylle de Cumes*. Elles sont douze comme elle qui prétendent pouvoir contrôler l'avenir de l'humanité !

— Sans rire ? Moi qui croyais que ce n'était qu'une fichue gamine de quatorze ans, débordant d'hormones !

— La Sibylle utilise différents corps pour agir. Du moins, c'est ce que pensent les autres, les gens avec qui je travaille. Tous des pauvres types, ceux-là ! Ils font semblant de vouloir la protéger pour éviter que ses prophéties ne soient exploitées par des personnes sans scrupule. En réalité, ils font partie d'un réseau d'extorsion d'argent par chantage. L'un d'eux disait qu'ils pouvaient demander une rançon d'un montant de huit chiffres en échange de la fille !

Son rythme cardiaque ralentissait au fur et à mesure qu'il parlait.

— J'avais pour mission de trouver à quel endroit on devait venir la chercher. Ensuite, les autres auraient envoyé quelqu'un sur place avec quelques babioles de la fille pour prouver qu'on la détenait et obliger le Contremaître à payer !

Miranda tiqua au mot « babioles ». Il ne lui plaisait pas du tout.

— Mais vous n'aviez pas l'intention de les laisser faire, bien sûr ?

— Non, cette histoire de religion n'est qu'un prétexte dont ils se servent pour masquer leur cupidité. C'est écœurant ! J'avais tout prévu pour les arrêter...

Reynolds s'agita nerveusement, et son rythme cardiaque fit un bond.

— Mais toi, t'as débarqué et t'as tout fichu en l'air !

Il était réellement en colère. Miranda le sentait.

— Comment comptiez-vous les arrêter ?

— Je viens de le dire : en obtenant le nom du lieu où on était censé venir chercher la fille ! Quand tu t'es incrustée, j'allais lui souffler ce qu'elle devait dire, un lieu dont on avait convenu avec le détachement spécial de la police. Lorsque les autres nazes se seraient pointés là-bas, ils auraient été cueillis par mes collègues et, pendant ce temps, j'aurais conduit la Sibylle en toute sécurité jusqu'au vrai point de rendez-vous. Sauf qu'à cause de toi... des mois d'enquête tombent à l'eau !

Son rythme cardiaque était redevenu lent et régulier.

Miranda desserra la pression exercée par son bras.

— Je suis vraiment désolée, s'excusa-t-elle.

Il se retourna vers elle, d'abord l'œil mauvais, puis sourit à moitié en voyant la façon dont elle était habillée.

— Jolie tenue !

Il marqua une pause, l'air songeur.

— Il n'est pas trop tard pour réparer ce cafouillis. Est-ce que tu as un autre costume comme celui-ci ?

— De patineuse ? Ouais, mais en bleu.

— Peu importe, du moment qu'ils se ressemblent. Si vous êtes toutes les deux habillées de façon identique, on peut leur faire croire que c'est toi la Sibylle et t'utiliser comme appât pendant que nous, on va se mettre à l'abri.

Il débitait à toute vitesse les grandes lignes du reste de son plan.

— Ce serait encore mieux si on enfilait les perruques et les masques, histoire de compléter le déguisement, non ? lui suggéra Miranda.

— Bonne idée ! Dirige-toi vers l'entrée de service, celle par laquelle tu t'es faufilée en arrivant. Un type surveille la porte qui donne sur l'extérieur, mais il y a une autre porte sur la gauche qui est libre. Elle mène à un bureau. Je m'occupe de ces types et je…

Il s'arrêta net brandit son arme et tira derrière elle. En se retournant, Miranda découvrit qu'il venait d'abattre un des gardes.

— Il nous a vus ensemble, se justifia Reynolds. Je ne pouvais pas prendre le risque qu'un de ces salauds t'attrape ou prévienne les autres. Je vais détourner leur attention pour qu'ils restent dans le coin. Va chercher la Sibylle, change-toi et attends-moi dans le bureau.

Elle s'éloignait déjà quand, brusquement, elle interrompit son mouvement et se retourna vers Caleb.

— Comment nous avez-vous trouvées ?

Le rythme cardiaque du shérif ralentit.

— J'ai envoyé un message à toutes les patrouilles pour localiser ta voiture.

— Pas bête, lui concéda Miranda, j'aurais dû m'en douter.

Puis elle tourna les talons tandis qu'il envoyait un message radio :

— Homme à terre. Je répète, homme à terre…

Sibby était dans tous ses états lorsque Miranda revint auprès d'elle.

— Que s'est-il passé ? Tu es blessée ?

— Non. Je nous ai trouvé un moyen de sortir d'ici.

Miranda expliqua son plan pendant qu'elle et Sibby se changeaient. Puis toutes deux longèrent les murs du grand hall et filèrent vers le bureau de la direction. Ce faisant, elles entendirent le shérif adjoint Reynolds aboyer ses ordres aux gardes pour continuer à les retenir dans une autre partie de la salle :

— Non, n'allumez pas les lumières, ça leur donnerait un avantage !

Miranda perçut également un grognement de douleur, comme celui de quelqu'un qui vient de se faire assommer. Impressionnant, ce Caleb…

Elles atteignirent le bureau de la direction sans encombre. Sibby prit place dans le fauteuil du bureau ; Miranda, elle, se mit à faire les cent pas, arpentant la pièce au rythme du tic-tac de l'énorme pendule posée sur la cheminée. Coupe en cristal, boîte de papier à lettres, tous les objets qui lui passaient sous la main, Miranda les ramassait et les reposait après les avoir soupesés. Elle s'empara également d'une photo de famille représentant un homme, une femme, deux petits garçons et un chien, assis ensemble au bord d'une jetée devant un coucher de soleil ; le chien portait le chapeau de quelqu'un. Manifestement, c'était un membre à part entière de la famille.

Une main fit irruption devant le portrait.

— Miranda ? Allô ?! Je viens de te poser une question !

Elle reposa la photo.

— Pardon, tu disais ?

— Es-tu certaine de pouvoir lui faire confiance ?

— Oui, ne t'en fais pas.

— Et si tu te trompais ?

— Je ne me trompe pas.

L'horloge tinta ; Miranda sursauta.

— Je déteste cette pendule, ronchonna Sibby.

Miranda tournait maintenant comme un lion en cage dans la pièce.

Un tic-tac. Un pas.

— Je ne sais pas si j'en suis capable..., hasarda Sibby.

Miranda s'arrêta net et la dévisagea.

— Bien sûr que si.

— Je n'ai pas ton cran !

— Qui, toi ? La fille qui a eu – quoi ? – vingt-trois mecs en vingt-quatre heures ? Crois-moi, du cran, tu en as !

Miranda hésita et finit par lâcher :

— Tu sais combien j'ai embrassé de garçons dans ma vie ?

— Combien ?

— Trois.

Sibby la dévisagea, consternée, puis éclata de rire.

— Mon Dieu ! Pas étonnant que tu sois si révoltée ! Y a intérêt à ce que ton plan fonctionne, sinon tu auras eu une vie bien triste !

— Merci pour cette remarque pertinente !

11.

Dix-huit minutes plus tard, le shérif adjoint Caleb Reynolds était debout devant le bureau de la direction, observant les filles par l'entrebâillement de la porte. Il lui avait fallu un peu plus de temps que prévu pour tout mettre en place, mais à présent tout était prêt. Il se sentait sûr de lui et de l'issue de cette affaire. Surtout maintenant qu'il voyait les deux adolescentes dans leurs tenues de roller derby, minijupes et hauts moulants, ayant même enfilé masques et perruques. Elles se ressemblaient comme deux gouttes d'eau, sauf que l'une était en bleu et l'autre en blanc. Comme des petites poupées. Ouais, ça lui plaisait bien de les appeler comme ça : ses petites poupées.

Des poupées hors de prix !

— Miranda, tu es certaine que le fait d'avoir envie de l'embrasser ne t'induit pas en erreur ? s'enquit la petite poupée bleue.

— Qu'est-ce qui te fait croire que je veux l'embrasser ? rétorqua la petite poupée blanche. C'est toi la serial kisseuse !

— *Qu'est-ce qui te fait croire que je veux l'embrasser ?* se moqua la première. Faut vraiment que t'apprennes à t'amuser, toi !

— On verra ça quand je me serai débarrassée de toi !

La poupée bleue tira la langue ; ça le fit presque rire. Elles étaient mignonnes ensemble, ces deux-là.

— Sérieusement, comment sais-tu qu'on peut lui faire confiance ? insista la première.

— Parce qu'il a une idée en tête, et qu'on a la même !

Pour le coup, l'homme tapi derrière la porte dut réprimer une grosse envie de rire. Cette petite poupée blanche n'imaginait pas à quel point elle disait vrai. Du moins, en partie. Car, pour le reste, elle était loin du compte !

Il ouvrit la porte en grand. Toutes deux se retournèrent vers lui avec des étoiles plein les yeux, comme si Zorro venait d'arriver.

— Vous êtes prête, mademoiselle Cumes ?

Petite poupée bleue hocha la tête.

Mais petite poupée blanche intervint :

— Prenez bien soin d'elle, surtout ! Vous savez à quel point elle est précieuse !

— J'y veillerai ! Je vais la mettre à l'abri et je reviens pour la deuxième partie de l'opération. N'ouvrez la porte à personne d'autre que moi !

— Entendu.

Moins d'une minute plus tard, Reynolds était de retour.

— Tout va bien ? Sibby est en sécurité ?

— Absolument. Mes hommes étaient en position. Ça s'est fait en douceur.

— O.K., alors combien de temps on poireaute avant que je m'enfuie ?

L'homme s'approcha d'elle, l'acculant jusqu'au mur.

— Changement de programme, poupée...

— Ah, vous avez intercalé une scène où vous m'embrassez ?... Avant celle où je me fais passer pour Sibby et entraîne les gardes dans la fosse aux lions ?

Le shérif apprécia la façon dont elle avait souri en prononçant ces mots. Il tendit la main pour lui caresser la joue.

— Pas exactement, ma mignonne.

Ses mains glissèrent de son visage vers sa gorge.

— Mais, alors de quoi vous... ?

La poupée blanche qui lui faisait face n'eut pas le temps de terminer sa phrase : elle se retrouva brusquement plaquée contre le mur, suspendue à trente centimètres du sol, la gorge serrée entre les mains de l'homme.

— Il n'y a plus que toi et moi, désormais ! dit Reynolds en refermant ses doigts autour du cou de la jeune fille. Je sais tout à ton sujet ! Qui tu es, ce que tu fais…

— Ah, vraiment !

— Oui, princesse… *vraiment !*

Le shérif vit les yeux de la poupée masquée s'écarquiller de stupeur et sentit sa gorge se crisper sous sa poigne.

— J'étais certain que tu mordrais à l'hameçon !

— Qu'est-ce que vous racontez ?!

— Ta tête est mise à prix : « Miranda Kiss, recherchée morte ou vive » ! À l'origine, mon plan était de te laisser vivre un peu et de te ramener au bout de quelques semaines. Malheureusement pour toi, il a fallu que tu t'interposes. T'aurais mieux fait de t'occuper de tes oignons plutôt que des miens, *princesse* ! Désormais, je ne peux pas prendre le risque que tu me barres la route.

— De la même façon que vous barrez la route à Sibby ? C'est donc vous qui vouliez l'argent ! Vous avez trahi les autres, comme vous l'avez fait avec nous, en leur faisant croire que vous étiez de leur côté !

— Quelle perspicacité, jeune fille !

— Vous me tuez, vous kidnappez Sibby et vous empochez l'argent, c'est bien ça ?

— Eh ouais ! Comme au Monopoly ! Case départ, t'empoches deux cents dollars. Sauf que, dans le cas de cette fille, c'est plutôt cinquante millions !

La petite poupée blanche sembla réellement impressionnée.

— Et pour moi, tu touches combien ?

— Morte, cinq millions. Tu serais plus rentable vivante puisque, à ce qu'il paraît, tu es une sorte de mini-Wonder Woman aux superpouvoirs. Mais je ne prendrai pas ce risque.

— Ça, vous l'avez déjà dit ! grinça-t-elle d'une voix rauque.

L'air mauvais, l'homme resserra davantage son étreinte.

— Alors, ma mignonne, on joue moins les héroïnes, maintenant, hein ! la nargua-t-il en soutenant rageusement le regard de sa victime.

À présent, l'adolescente luttait vraiment pour respirer.

— Dis, si tu as l'intention de me tuer, accélère ! C'est assez gênant…

— Qu'est-ce qui te gêne le plus ? Mes mains ou… la sensation d'être une ratée *une fois de plus* ?

— Je ne suis PAS une ratée ! réussit-elle à crier en lui crachant au visage.

— Quelle audace… jusqu'au bout ! Admirable ! Toi et moi, on aurait pu bien s'entendre, tu sais… Malheureusement, le temps presse !

La jeune fille se débattit une dernière fois, puisant ce qu'il lui restait de force pour essayer de le griffer. Cette fougue qu'elle déployait, c'était stupéfiant ! Finalement, ses petits poings retombèrent mollement le long de son corps.

L'homme se pencha alors près de son visage.

— Un dernier mot, petite ?

— Deux, pour être précise : spray buccal. Ça n'vous ferait vraiment pas de mal !

Il rit, puis resserra les mains autour de son cou jusqu'à ce qu'elles se chevauchent.

— Bye-bye !

L'espace d'une seconde, le regard de Reynolds se grava dans celui de sa victime. Puis un craquement sec se fit entendre et une masse sombre s'abattit sur sa tête. Il tituba en avant et relâcha la fille en s'écroulant à terre, K.O.

« Il ne saura jamais d'où le coup est venu ! » pensa la poupée bleue, les doigts encore cramponnés à la pendule qui avait servi à l'assommer.

12.

Miranda, en costume bleu, poussa l'homme qu'elle venait d'assommer avec la pendule pour atteindre Sibby. Ses poignets étaient encore prisonniers d'une paire de menottes auxquelles pendillait un bout de chaîne, et ses mains tremblaient.

Elle souleva avec précaution la fille inconsciente.

— Sibby, réveille-toi !

Ça n'aurait pas dû prendre autant de temps. À la base, le plan était simple : elle et Sibby se substituaient l'une à l'autre en permutant leurs tenues. Lorsque le shérif adjoint Reynolds les confondrait, comme le présumait Miranda, ce serait elle, déguisée en Sibby, qu'il livrerait à sa bande, et elle se chargerait d'eux avant de revenir porter secours à Sibby.

Du moins, c'était ce qui était prévu.

— Bon, Sib', c'est l'heure de se réveiller ! s'impatienta Miranda, qui finit par prendre l'adolescente dans ses bras.

Elle la serra délicatement contre sa poitrine tout en se mettant en route au plus vite. Elle percevait les battements de cœur de Sibby, mais ils étaient faibles et lents. De plus en plus, même.

Non, ne me fais pas ça, je t'en prie !

— Lève-toi et marche, Sibby ! la supplia-t-elle d'une voix cassée. Allez, debout !

Miranda n'avait pas prévu qu'elle serait attendue par les cinq hommes de main de Reynolds. L'un d'eux, *au moins*, aurait dû être dans la voiture garée et prête à démarrer, non ? Et surtout, elle n'avait pas prévu la présence de cette femme que Caleb était venu chercher à l'aéroport, et encore moins son coup-de-poing américain à diamants fantaisie. Le coup qu'elle lui avait porté à la tête avait donné le temps aux types de menotter Miranda à un tuyau et l'avait un peu affaiblie. Il lui avait donc fallu plus de temps que prévu pour les assommer (moyennant une série de coups de pied circulaires et autres balayettes rotatives), de même que pour briser la chaîne de ses menottes et se libérer. Et ça avait donc permis au shérif de passer *plus de temps* en tête à tête avec le petit cou de Sibby.

Bien plus que prévu…

Les battements de cœur de Sibby se faisaient de plus en plus doux et devenaient à la fois plus durs à entendre.

— Je suis tellement désolée, Sibby ! J'aurais dû arriver plus tôt ! J'ai fait de mon mieux, mais je n'arrivais pas à enlever ces satanées menottes…

La vue trouble, Miranda prit conscience du fait qu'elle pleurait. Elle trébucha, mais continua à avancer.

— Sibby, tu ne peux pas t'en aller comme ça ! Si tu ne te réveilles pas, je jure que plus jamais je ne m'amuserais. *Jamais !*

Les battements de cœur n'étaient plus qu'un chuchotement à présent et l'adolescente, dans ses bras, un pâle fantôme. Miranda réprima un sanglot.

— Bon sang, Sibby, s'il te plaît…

Subitement, les paupières de la fille cillèrent. Ses joues reprirent des couleurs et, petit à petit, son rythme cardiaque se rétablit.

— Ça a marché ? demanda cette dernière d'une voix faible.

Miranda ravala la grosse boule qui s'était formée dans sa gorge, et refoula une envie irrésistible de serrer son amie de toutes ses forces dans ses bras.

— Oui, ça a marché.

— Tu l'as… ?

— … assommé à coups de pendule, comme tu me l'avais demandé !

Sibby sourit, tendit la main vers la joue de Miranda, puis referma les yeux. Elle ne les rouvrit qu'une fois dans la voiture, et le grand hall du mémorial derrière elles. Puis elle se redressa et regarda, hagarde, autour d'elle.

— Je suis assise devant !?

— L'occasion est spéciale ! lui confia Miranda. Mais ne t'habitue pas trop !

— Compris !

Sibby se dégourdit la nuque en penchant la tête d'avant en arrière.

— C'était un bon plan. Échanger nos tenues pour qu'ils te prennent pour moi et soient donc moins féroces…

— Ils ne m'ont quand même pas loupée !

Elle repoussa la cape qui tombait sur ses bras.

— J'ai brisé la chaîne, mais je n'arrive pas à retirer ces satanées menottes…

« Alors, prête à te libérer du poids de la puberté ? À être maîtresse de ton destin ? » songea tout à coup Miranda en se remémorant les paroles de Kenzi au bal.

— Et le Planteur ?…

— J'ai passé un coup de fil anonyme à ses collègues pour leur dire où ils pourraient le trouver, avec les corps des gardes qu'il a descendus. À l'heure qu'il est, il doit être en route pour la prison.

— Pourquoi étais-tu aussi sûre de ton coup ? Comment as-tu su qu'il allait nous trahir ?

— Quand les gens mentent, je le vois.

— À quoi ?

— À différents détails, des gestes infimes, mais principalement à leur rythme cardiaque.

— S'il accélère, ça signifie qu'ils mentent ?

— Ça dépend, personne n'est pareil. Il faut connaître leur réaction quand ils disent la vérité pour découvrir comment ils réagissent lorsqu'ils mentent. Ses battements de cœur à lui sont très lents, et encore plus quand il ment. Comme s'il essayait d'être archiprudent.

Sibby la regarda de plus près.

— Tu peux entendre les battements de cœur des gens ?

— Et plein d'autres choses aussi.

L'info n'échappa pas à l'oreille de Sibby.

— Comme quand le Planteur m'étranglait en pensant que c'était toi ? Tu sais qu'il m'a appelée « princesse » ? Et il a dit que tu avais des superpouvoirs comme une mini-Wonder Woman, un truc du genre...

Miranda sentit sa poitrine se serrer.

— Il a dit ça ?...

— Oui, et même que ta tête est mise à prix ! Cela dit, navrée de t'apprendre que je vaux dix fois plus que toi !

— C'est pas joli de crâner !

— Alors, c'est vrai ? Tu es Wonder Woman ?

— Je veux bien que le manque d'oxygène t'ait fait délirer, mais faut pas exagérer : Wonder Woman est un personnage de B.D. ! Or moi je suis *réelle*, une personne normale.

Sibby ronchonna.

— Tu n'as rien de normal. Tu es complètement névrosée !

Silence.

— Tu ne m'as pas répondu. Es-tu, oui ou non, une princesse aux superpouvoirs ?

— Et toi, es-tu, oui ou non, une divinité sacrée qui sait absolument tout de l'avenir ?

Leurs regards se croisèrent, mais aucune ne dit mot.

Sibby s'étira, s'affalant sur le siège passager tandis que Miranda allumait la radio. Elles continuèrent à rouler en silence, toutes deux le sourire aux lèvres.

— Je meurs de faim ! bâilla Sibby au bout de quelques kilomètres. On peut s'arrêter prendre un burger ?

— D'accord, mais le timing est serré, alors pas de bécotage avec des inconnus…

— Je savais que tu allais dire ça !

13.

Assise dans la voiture, Miranda regarda le hors-bord disparaître à l'horizon, emportant Sibby ailleurs, vers une destination inconnue. « Ce n'est pas le moment de rêvasser, se ressaisit-elle. Le shérif adjoint Reynolds est peut-être en route pour la prison, mais il peut encore parler. Tu sais parfaitement qu'il a menti à propos de la façon dont il t'a trouvée, ce qui signifie que quelqu'un à Chatsworth est dans le coup, sans compter que tu ne sais pas qui a mis ta tête à prix… »

Son téléphone portable sonna. Glissant son bras derrière son siège pour attraper la veste de son tailleur, elle essaya à plusieurs reprises de plonger la main dans la poche pour prendre l'appareil, mais le bracelet de la menotte l'en empêchait. Agacée, Miranda finit par saisir la veste et tout renverser sur ses genoux.

À la dernière sonnerie, elle décrocha.

— Allô ?

— Miranda, c'est Will !

Son cœur fit un bond.

— Ah, sa... salut, bégaya-elle, soudain intimidée. Alors... tu t'es bien amusé au bal ?

— En partie, oui. Et toi ?

— Pareil. En partie.

— Je t'ai cherchée après l'alerte à la bombe, mais tu étais introuvable.

— Je sais. La soirée a été un peu... mouvementée.

Un bref silence, puis tous deux reprirent la parole en même temps.

— Bon, toi d'abord ! suggéra finalement le jeune homme.

— Non, vas-y, toi ! se défila-t-elle.

Ils finirent par éclater de rire.

— Bon, se lança Will, je ne sais pas si tu avais prévu d'aller chez Sean après le bal... Tout le monde est là, c'est très sympa et tout, mais...

— Mais ?...

— Tu ne préférerais pas qu'on aille plutôt se prendre un petit déjeuner ? Chez le marchand de gaufres, par exemple ? Rien que toi et moi...

Miranda oublia de respirer.

— Ce serait vraiment génial ! s'exclama-t-elle, comblée.

Mais, subitement, elle se souvint que, d'après son bouquin, elle ne devait pas avoir l'air *trop* enthousiaste.

— Enfin, oui… pourquoi pas, se reprit-elle.

Will se mit à rire, de ce rire chaud comme un caramel fondant qui vous glisse au fond de la gorge.

— Moi aussi, je trouve que ce serait vraiment *génial*, Miranda.

En raccrochant, la jeune fille remarqua que ses mains tremblaient. Elle allait prendre le petit déjeuner avec un *mec* ! Et pas n'importe lequel : *Will.* Un mec qui portait des pantalons de cosmonaute ! Alors, Miranda réalisa qu'elle était enfin « chaude comme la braise ».

Et probablement folle à lier ! D'ailleurs, pour info, une folle agrémentée d'une paire de menottes, ça n'va pas aider !

Une fois de plus, elle essaya de casser les bracelets d'un geste sec, mais en vain. Soit ces menottes étaient spéciales, soit assommer dix personnes en une nuit – huit, en réalité, puisqu'elle avait affronté deux fois les deux mêmes types – était la limite de sa force. Intéressant, d'ailleurs, que sa force soit limitée… Elle avait encore beaucoup à apprendre sur ses pouvoirs… mais pas maintenant.

Pour l'instant, elle avait une demi-heure pour trouver un autre moyen de retirer ces fichues menottes. Elle se mit à fourrer tout ce qui encombrait ses genoux dans la poche de son tailleur afin de pouvoir conduire, puis s'interrompit en apercevant une étrange petite boîte carrée.

C'était celle que Sibby lui avait donnée lors de leur rencontre. Dire que cela faisait seulement huit heures !

Qu'avait-elle dit déjà ? Un truc bizarre… Ça y est ! Miranda s'en souvenait. Sibby lui avait tendu la pancarte avec son nom ainsi que la boîte, et elle avait dit : « Tenez, c'est sûrement à vous. » Non, l'intonation était différente : « C'est *sûrement* à vous. »

Alors Miranda ouvrit la boîte. À l'intérieur, blottie dans du velours noir, se trouvait une petite clé de menottes.

Alors, prête à être maîtresse de ton destin, Miranda ?

Chiche !

Table

1. *L'Enfer sur Terre*
S. Meyer 7

2. *La Fille de l'Exterminateur*
M. Cabot 71

3. *Le Bouquet*
L. Myracle 123

4. *Madison Avery et l'Ange des Ténèbres*
K. Harrison 171

5. *Baisers Divins*
M. Jaffe 249

« Pour l'éditeur, le principe est d'utiliser des papiers composés de fibres naturelles, renouvelables, recyclables et fabriquées à partir de bois issus de forêts qui adoptent un système d'aménagement durable. En outre, l'éditeur attend de ses fournisseurs de papier qu'ils s'inscrivent dans une démarche de certification environnementale reconnue. »

Composition Datagrafix

Achevé d'imprimer en Espagne par BLACK PRINT CPI IBERICA
32.05.3005.9/01– ISBN : 978-2-01-323005-6

Loi n° 49-956 du 16 juillet 1949 sur les publications destinées à la jeunesse
Dépot légal : octobre 2011